Ermanno Cavazzoni

Mitternachtsabitur

Roman

Aus dem Italienischen von
Marianne Schneider

Klett-Cotta

Non mihi conceditur unus angulus heremi.
Permittant mihi, quaeso, nihil loqui.
Nicht eine Ecke Einsamkeit ist mir vergönnt.
Man erlaube mir doch wenigstens, still zu sein.

HIERONYMUS, XVII. Brief aus der Wüste Chalkis

Irgendwo hab ich Mitternacht schlagen hören, als ich durch das Pförtchen der Bibliothek trat. Um die Wahrheit zu sagen, es war eher wie die Tür zu einem Kohlenkeller, wäre nicht das auffällige Schild gewesen, so grell beleuchtet, daß einem beim Lesen die Sehnerven wehtaten: *Bibliothek zur öffentlichen Lektüre. Öffnungszeiten: vierundzwanzig Stunden. Schließzeiten: acht Stunden. Montags wegen Inventur geschlossen.* Während ich auf den Klingelknopf drückte, stand plötzlich einer neben mir, im Mantel und mit einem Schal um den Kopf. Sein Gesicht sah man nicht, aber seine Füße, denn er trug nur ein Paar alte Filzpantoffeln, und unter seinem Mantel kam statt der Hose ein Schlafanzug zum Vorschein. Instinktiv schaute ich auf meine Beine und sah, daß ich ebenfalls im Schlafanzug war, aber Straßenschuhe anhatte. Da hat es mich ein wenig gefroren, wenn ich auch im Gesicht immer noch schwitzte. Als aufgemacht wurde, hatte sich bereits eine kleine vermummte Schar eingefunden, nicht nur in Mäntel und Jacken gepackt, sondern auch mit Decken über den Schultern und über dem Kopf. Manche hatten Kopfkissen unter den Arm geklemmt. Man sah Schlafanzugkrägen, Morgenröcke, Pantoffeln und Schlafmützen an allen Ecken und Enden, als wäre eine Schar Schlafwandler im Begriff zu fliehen oder auszuwandern. Alle diese Leute standen dicht gedrängt um mich und schoben mich dann ziemlich unsinnigerweise hinein, als müßten wir in eine Straßenbahn steigen, wo es doch einige Stufen hinunterging in ein weidlich unsicheres Halbdunkel. Und dabei trat man sich gegenseitig auf die Füße. Wer keine Schuhe anhatte, jammerte und verteidigte sich mit den Ellbogen; einen hatte ich direkt vor meinem Gesicht, der stieß auf meinen Mund, genau gegen einen Zahn. Und einem Typ, der kleiner war als ich, hatten sie den Kopf eingequetscht und gegen die Wand gedrückt. Ein anderer hatte seine Brille verloren, und dem Geräusch nach waren einige draufgetreten, dann fiel auch er selbst auf den

Boden, und auch auf ihn wurde getreten. Vom Gedränge geschoben, trat ich ihn ebenfalls, während er nach unseren Füßen schnappte. Und wer keine Schuhe anhatte, den biß er, denn ich vernahm kurzes Aufschreien, Fußtritte und ingrimmige Balgereien auf dem Boden. Die Stufen führten tief hinunter, und der Gang wurde immer enger, so daß einem beinahe der Atem ausging oder man den Geruch fettiger Haare, ungelüfteter Matratzen und die Ausdünstungen jahrelang durchschwitzter Betten einatmete. Ein Kopf wurde gegen meine Wirbelsäule gepreßt und drückte mich dermaßen nach vorne, daß ich die restlichen Stufen hinuntergefallen wäre, wenn ich mich nicht auf die Vorderen gestützt hätte: auf einen, der in eine Nylondecke eingewickelt war, und noch einen, der war aber eine knochige Frau mit einem wollenen Turban und renkte sich schier den Hals nach mir aus.

Als wir wie ein Korken aus einer Flasche in einen großen zwielichtigen Saal gelangten, blieb ich stehen, die anderen aber besetzten samt ihren Decken und Hüllen, sowie sie einer nach dem anderen hereinkamen, eiligst Plätze an den Tischen; nicht daß es an Plätzen gefehlt hätte, es gab so viele man nur wollte, aber offensichtlich einige sehr begehrte, um die man sich stritt. In einer finsteren Ecke sah ich zwei, die sich um einen Stuhl zankten und ihn hin und her zerrten, bis ein Dritter, ein Dicker, angelaufen kam, der sich draufsetzte und mit Beinen und Händen festklammerte, bis ihn die zwei umwarfen, ihm mit den Füßen ins Gesicht traten und verbissen weiter an den Armlehnen des Stuhls zerrten. Vor allem aus den versteckteren Seitenschiffen hörte man eine Zeitlang dumpfes Schlagen auf hölzerne Flächen, das Verschieben von Tischen und gedämpfte Wortwechsel. Einer, der von einem Stuhl vertrieben und mißhandelt worden war, blieb zu meinen Füßen reglos auf dem Boden liegen; spähte aber herum, und als er einen Platz gesehen hatte, der ihm paßte, stand er auf, als wäre nichts geschehen, und setzte sich, den Staub abschüttelnd, unter eine Säule. Der Saal bestand nämlich aus niedrigen Gewölben, die von quadratischen Säulen getragen wurden. Aber eigentlich müßte man eher von einem Keller sprechen als von einem Saal, von einem ziemlich weitläufigen, niedrigen, schlecht beleuchteten Keller, dessen ferne Ausläufer sich im nächtlichen Dunst verloren; von einer Säule zur anderen verliefen so niedrige Eisenstangen, daß man sich beinahe den Kopf anstieß. Über die Tische spazierten einige Hühner, was mir beim Eintreten sofort aufgefallen war, und andere hockten auf den Stühlen. Als alle diese Leute, inklusive ich selbst, hereinkamen, flogen die Hühner auf, das eine oder andere versuchte zwar auf seinem Platz zu bleiben, aber wer einen Schal oder eine Decke hatte, versuchte ihnen durch Herumfuchteln Angst zu machen. Eine Weile wurde Staub aufgewirbelt, wurden Flügel geschlagen und Federn flogen herum. Dann kamen die Streitereien und Übergriffe allmählich zur Ruhe; jeder fand seinen Platz, putzte die Hühnerkacke weg, säuberte mit den Händen oder mit dem Taschentuch auch die Tischplatte, machte das Lämpchen über seinem Platz an und setzte sich. Viele Hühner waren auf die Eisenstangen geflogen, wo sie eine Zeitlang noch aufgeregt gackerten; andere spazierten bedachtsam auf dem Boden herum, unter oder zwischen den Tischen. Dann kamen auch sie zur Ruhe: manche kauerten sich zusammen, andere scharrten und pickten etwas vom Boden auf.

Daß ich hier war, verdankte ich einem reinen Zufall. Vor einer halben Stunde, nicht länger, war ich ins Bett gegangen, aber auf einmal war ich wieder aufgewacht, mit einem leichten Zahnweh, und mir fiel ein, daß morgen meine Prüfung war: und zwar das Abitur. Ich mußte es noch einmal machen, weil einige, schon sehr viele, Jahre vergangen waren, mehr als gesetzlich erlaubt, und ich mein Zeugnis nicht abgeholt hatte; deswegen war es verfallen. Und daher begann ich mich im Bett hin und her zu wälzen, abwechselnd zu schwitzen und zu frieren.

Ganz kribbelig wurde ich bei dieser Vorstellung, drum setzte ich mich auf und machte Licht, aber es war so schwach und trüb, als wären die Glühfäden in der Birne verbraucht oder als käme um diese Zeit nur mehr ganz wenig Strom. Auf dem Nachtkästchen lag die Postkarte, durch die ich nach den bestehenden Vorschriften ein zweites Mal aufgerufen wurde. Während ich mit der Zunge mein Zahnfleisch und meinen Zahn abtastete, nahm ich die Karte und bemerkte, daß ich sie nicht ganz gelesen hatte; aber das Licht war so schwach und die Schrift so winzig, daß ich, wie sehr ich mich auch anstrengte, nur meine Sehkraft vergeudete. „Aber warum ist es eigentlich so klein geschrieben?" fragte ich mich. Es sah aus wie der Beipackzettel in einer Tablettenschachtel. Da stand ich auf und machte auch die große Lampe an, aber auch die hatte keinerlei Kraft; im Gegenteil, ich sah nun noch weniger, denn sie war sehr weit weg, und die Decke schien höher oben zu sein als sonst. Ich konnte nur die wenigen Wörter in der einen fetter gedruckten Zeile lesen. Wenn ich meine Augen sehr anstrengte und den Zettel ganz nahe an die Glühbirne hielt, glaubte ich zu lesen: . . . . . . *20. Jahrhundert.* Der Anfang war unleserlich. Entweder war es das Thema, das drankam, oder der Titel eines Textes, dessen Vorbereitung verlangt war. Und nun hörte ich im Stockwerk über mir die Pendeluhr schlagen: es war halb zwölf. „Und wenn sie rauskriegen, daß ich nichts mehr weiß?" sagte ich zu mir, „und daß mir selbst die Grundlagen fehlen? Das zwanzigste Jahrhundert . . .?" Sogleich stellte ich mir einige elementare Fragen zur Probe: Wer hat die Dampfmaschine erfunden? Wer die Elektrizität, den Verbrennungsmotor oder das Flugzeug und den Hubschrauber und wann? Wie viele Weltkriege und was für welche hat es in diesem Jahrhundert gegeben? Und welche Verwandlungen machte der Mensch dabei durch, im allgemeinen und im philosophischen Sinn? Nichts! Ich blieb stumm, war nicht imstande zu antworten. „Aber hast du dich denn nicht vorbereitet?" versuchte ich mich zu fragen. „Und warum nicht?" Auch das war mir leider unbekannt. Und deshalb ging ich im Kreis im ganzen Zimmer herum, wobei ich mir vergeblich an den Kopf schlug und meinen Blick schärfte, ob ich nicht auf dem Zettel ein anderes, womöglich leichteres Prüfungsthema entziffern könnte; aber ich ging immer wieder aufs neue im Kreis; dasselbe galt für die Fragen: Wie ich's auch drehte und wendete, ich kam immer wieder zum selben Punkt, zu dem Punkt nämlich, daß ich nichts wußte und mir die Grundlagen fehlten. Ich spürte, wie hinter meiner Stirn ein Abgrund reinster Unwissenheit gähnte; mein ganzes Denken hatte sich sozusagen gesenkt und war in meinen Zähnen gelandet, in Form einer immer akuteren Neuralgie, die wie das Pedal einer Nähmaschine auf ihnen herumhackte.

Solchen Fragen und Bezichtigungen ausgeliefert, ging ich also im Kreis herum, bis ich schließlich durch die Tür hinaus und die Treppe hinunter ging: ich wollte eine Apotheke und Tabletten, um wenigstens mein Zahnweh zu beschwichtigen; stattdessen sah ich sofort die Bibliothek, ausgerechnet unten im Haus, wo ich tagsüber immer einen Kohlenkeller vermutet hatte.

In dem Saal, in den ich geraten war, saßen alle, soweit sie es geschafft hatten, nahe bei den Wänden, in Nischen und kleinen Krypten, wo es schattiger war. In großer Zahl drängten sie sich um so manchen finsteren Tisch; menschenleer waren die Tische in der Mitte, auf die man eine bessere Sicht hatte. Einige hatten das Lämpchen mit einem Taschentuch verhängt oder mit einem Kleidungsstück, einem Unterhemd, einem Socken, einer Mullbinde oder einem Haarnetz. Andere hatten es gar nicht angemacht und nützten, über ihr Buch oder etwas Buchähnliches gebeugt, den Lichtschein ihres Nachbarn.

Der in dem Gedränge auf den Stufen überrannt worden war, kam als letzter. Er trug einen vollständigen Pyjama in Blau und Silber, seine Frisur war bei dem Zwischenfall aus der Façon geraten und seine verbogene und gläserlose Brille hielt er in der Hand. „Wie soll man da lesen?" sagte er halb zu mir, halb zu sich selbst. Ich nützte die Gelegenheit und fragte ihn, wie man hier drinnen verfahren müsse. „Die zuerst kommen", so antwortete er freundlich, „nehmen sich die besten Plätze, die, an denen man am ungestörtesten ist. Im allgemeinen hat jeder sein Buch schon auf der Seite und bedient sich selbst. Ich habe zum Beispiel das meine, immer dasselbe. Sonst können Sie sich eins geben lassen, wenn Sie hier neu sind." Dann ging er mit resignierter Haltung zu seinem Sitzplatz.

Durch die Stille hallte wutentbranntes Niesen und lautstarkes

Schneuzen, was insgesamt wie Üben auf einer Flöte klang, die chromatische Tonleiter hinauf und hinunter. Ich sah um mich und bemerkte, daß in meiner nächsten Nähe, so nah, daß ich den Atem schon ein wenig an meinem Hals spürte, aufrecht und steif wie ein Stock ein Bibliotheksbeamter stand. Ich drehte mich ein wenig weg, sonst hätten wir uns mit Nase und Gesicht gestreift. Er trug einen quadratischen, schmucklosen Hut und eine staubgraue Uniform mit Silberknöpfen wie ein ausgedienter Soldat, aber so verlottert, daß es einen ein wenig erbarmte, und so zerknittert, voller Fäden, Federchen und nicht näher definierbarer Überreste, daß es aussah, als hätte er sie nie ausgezogen und wäre darin alt geworden. Auch von den Achselklappen war nur ein Stückchen übriggeblieben, mit einer verblichenen und ausgefransten Zahl, und an seiner Brust steckte ein Schildchen mit der Aufschrift: Dr. Accetto, Oberbibliothekar.

Sofort suchte ich nach meiner Postkarte und hielt sie ihm hin, auch wenn sie bei dem schlechten Licht absolut unlesbar wurde, ich wies ihn auch auf die Zeile hin, wo nach meiner Meinung *20. Jahrhundert* stand. Kaum merklich beugte er seinen Oberkörper nach vorne und schon gab er deutliche Zeichen der Zustimmung von sich, als handelte es sich um etwas Altbekanntes. „Ist es ein Buch?" fragte er. Ich nickte: „Bestimmt." Und er: „Meine Frage wird Sie vielleicht wundern, aber die Leute, die hierher kommen, haben oft Ansprüche! Die wollen nämlich keine Bücher, die wollen Bier oder Wein und fangen an zu singen, als wären sie in einer Kneipe. Das ist eine Störung, und wir werfen sie hinaus." „Ja, sicher, das kann ich mir vorstellen", sagte ich, „aber ich möchte nur das Buch, das hier geschrieben steht." „Sehr gut, nehmen Sie Platz; man wird es Ihnen an den Tisch bringen." „Entschuldigen Sie, es ist aber ziemlich dringend." Und er: „Wir tun, was wir können."

Nun schien alles leicht und einfach, als wüßte er aus Erfahrung besser als ich, was ich wollte. Vielleicht war ich ein ganz gewöhnlicher Fall. Im Wirrwarr der mühevollen und einander jagenden Ereignisse, die sich in jener Nacht zutragen sollten, war dies der erholsamste und sorgloseste Augenblick, ich hätte mich sogar freudig wieder schlafen gelegt, wenn ich nicht schon dort gewesen wäre. Selbst mein Zahnweh hatte sich aus dem Staub gemacht und kribbelte nur noch von ferne.

Weithin sichtbar saß bei seinem angemachten Lämpchen der arme Kerl, den am Eingang alle getreten hatten. Ich setzte mich an seine Seite. Er saß aufrecht da wie ein Lesender, aber sein Kopf hing vornüber, so daß ihm auch die Wangen nach unten hingen. Er schlief schon, man hörte, wie seine Nase vibrierte. Und er war eingehüllt in einen Schwarm fliegender kleiner Falter, die den Lichtkegel mit Staub füllten; von meinem Blickpunkt aus schien es, als fiele der Staub aus seinem Kopf hinunter auf das Buch, als wäre er ein Nebenprodukt des Schlafes, und die fliegenden Motten desgleichen, auch sie aus dem Kopf in die Freiheit entlassen. Ab und zu zuckte er ein wenig mit einem Backenknochen, als würde sich ein spitziger Traum immer wieder dort entladen. Das Kinn in die Hand gestützt, schaute ich einer Schnecke nach, die ihm über den Ärmel hinaufkroch. Während ich so auf mein Buch wartete, beugte ich mich, anstatt ebenfalls zu schlafen, ein wenig vor, blies die Ameisen weg, da ich in der Mitte der Seite einen Zwischentitel sah, und versuchte aus Neugierde zu lesen.

Warum? Warum?

Außerdem lebte zu Beginn des Jahrhunderts eine Frau in Recanati: die war verheiratet, unbekümmert und von gesündestem Menschenverstand, aber von Zeit zu Zeit wurde sie unvermittelt von einem grund- und grenzenlosen Entsetzen ergriffen. Ihr Gesicht wurde so weiß, als würde ihr Blut stillstehen, sie wurde steif, ihre Augen starr und glasfarben, dabei ließ sie ihre Hausarbeit liegen, das Wasser auf dem Herd, die Hähne offen, die Wäsche halb gewaschen. Während sie voll Angst ihren Arm betrachtete, sagte sie immer wieder: „Warum haben wir Adern?"; und während sie ihre Hände betrachtete: „Warum haben wir Finger?"

So konnte es ihr in jedem beliebigen Augenblick ergehen, selbst während sie nähte, während sie sich vor dem Spiegel ihr Korsett zuschnürte, während sie die Suppe oder die Nudeln auf dem Herd umrührte. Die Fragen gelangten von werweißwoher in ihren Kopf, ohne daß sie es wollte, und gingen ihr durch Mark und Bein wie Frost.

Unvermittelt blieb sie stehen, betrachtete ihre Schuhe auf dem Boden mit einem Gesicht, das um hundert Jahre gealtert war und sagte: „Warum haben wir ein Gewicht?" Oder sie hielt beim Waschen ihrer Bettlaken erschrocken inne und sagte: „Warum gibt es das Wasser?" und fand keine Antwort. Dann sagte sie es leiser noch zweimal; betrachtete die Seife und die Bürste; betrachtete ihre Hände und ihre Adern, dann ließ sie vermutlich die Frage wieder fallen oder sie verschwand wie Dunst aus ihrem Kopf; und sie wusch unbekümmert und gedächtnislos wieder ihre Wäsche oder rührte die Suppe um.

Ich hatte noch nicht aufgehört zu lesen, da kamen zwei Köpfe unter dem Tisch hervor. Sie schauten um sich, dann sehr aufmerksam und lange auf Gesicht und Mienenspiel meines Nachbarn, der eine fuchtelte mit der Hand vor dessen Augen herum, um herauszukriegen, ob er etwas sah; dann nahm er die Schnecke und legte sie ihm auf ein Auge. Der andere hatte ihm in der Zwischenzeit mit einem Heftpflaster die Nase zugeklebt. Und da er nun mit offenem Mund atmete, flogen Schwärme von Faltern zwischen seinen Lippen ein und aus: auch Motten waren dabei, und andere Insekten, Hautflügler, Zweiflügler, Grillen und, wie mir schien, auch einige Glühwürmchen, die dann wegflogen und eine eindrucksvolle phosphoreszierende Spur hinterließen. Die beiden betrachteten ihn vergnügt und froh und spähten in seinem Mund herum; und das schienen sie teils pflichtschuldig, teils aus angeborener Neugier, teils zu ihrem Privatvergnügen zu tun. Beide trugen eine Art Briefträger- oder Liftboyuniform, aber verschossen und heruntergekommen, viele Nähte waren geplatzt. Plötzlich und ohne etwas zu sagen, beugten sie sich beide auf einmal nach vorne und stachen ihn mit einer Nadel in den Hals; er zuckte darauf zusammen und krümmte sich und atmete kräftig aus; die Schnecke war hinuntergefallen, und sie verschwanden leicht gebückt, so wie sie gekommen waren, und verloren sich zwischen den Tischen. Sein Atem wirbelte aus dem Buch noch einmal ein wahres Wespennest auf: Insekten und Staub, sogar geflügelte Ameisen. Die Henne, die in der Nähe hockte, fing an zu picken und die anderen herbeizurufen, die mit großer Geschwindigkeit ankamen. Da sah ich, daß er seine Augen zu kleinen Schlitzen geöffnet hatte, aus denen er mich ansah; eins war noch verklebt vom silbernen Schaum der Schnecke; daher blinzelte er dann ein wenig, während er sich mit der Hand den Stich am Hals rieb.

„Ich war's nicht", sagte ich, „ich hab Sie nicht aufgeweckt."

„Ach", sagte er, „schön wärs, wenn ich schlafen könnte. Dann würde ich jetzt in meinem Bett liegen. Meinen Sie nicht?" Es entstand eine kurze Stille, während derer er mich mit beiden Augen ansah; dann begann er wieder zu reden: „Mein Übel ist nämlich das Gegenteil, die Schlaflosigkeit. Und ich habe soviel Schlaf nachzuholen, daß ich manchmal für Augenblicke das Bewußtsein verliere. Das ist auch noch gefährlich, wissen Sie? Man kann ja umfallen und sich einen Knochen brechen. Aber Sie wissen das offenbar nicht."

„Doch, doch, weiß ich schon", sagte ich, „kann ich mir vorstellen."

„Das Bett ist für mich wie mit Nadeln gespickt: wenn ich mich hinlege, zucke ich überall, als hätte ich Heuschrecken im Blut. Drum komme ich hierher, weil man hier sitzt, die Zeit vergeht und man es ein bißchen weniger merkt. Außer am Montag, wenn die Bibliothek geschlossen ist. Da wird mir die Nacht zur Hölle; ich gehe hier in der Gegend spazieren, lehne meinen Kopf an ein Haus und mache die Augen zu. Aber das ist nicht wie schlafen, das ist ein Surrogat, noch dazu mit Risiken wie streunende Tiere, Diebe und betrunkene Autofahrer."

„Ich konnte heute nacht auch nicht schlafen", sagte ich.

„Wissen Sie, wie man sich da kuriert? Da gibt's nur eins: man sucht sich eine Freundin. Haben Sie eine?"

„Hin und wieder hab ich schon eine gehabt."

„Ich hab auch eine gehabt, und auf ihr, auf meiner Freundin, da verging mir in manchen Augenblicken die Schlaflosigkeit; nur sie, glaube ich, war imstand, mich zum Schlafen zu bringen, sogar tief, wenn auch nicht regelmäßig. Verstehen Sie, ich hing an ihr wegen der Vorteile, die das Leben zu zweit so an sich hat, und für meinen Schlaf, da war die Zeit mit ihr ein bißchen normaler, bis sie dann genug hatte."

Hüstelnd und mit dünner Stimme erzählte er weiter, wobei er ab und zu die Mückenschwärme verjagte, die in seinen Mund flogen und sich zwischen die Wörter schoben.

„Zu unseren Rendezvous kam ich immer mehr tot als lebendig, wegen der gnadenlosen Schlaflosigkeit, die ich durchgestanden hatte, unter den Augen rötlich blaue Säcke, aufgequollen wie Tintenfässer. Ihr mißfielen sie ja nicht: ich sähe aus wie ein Schauspieler, meinte sie, mein Blick sei so finster wie ein Dornbusch und aus meinen Augen entspringe ein hypnotischer Strahl. Sowie wir aufeinander zukamen, lagen wir uns schon in den Armen, sie war nämlich temperamentvoll, und das nützte ich gleich für ein erstes Nickerchen im Stehen aus und lehnte mich während der üblichen Gefühlsergüsse an ihre Schulter; meine Nerven entkrampften sich, auch meine Augen kamen zur Ruhe und traten in ihre Höhlen zurück. Dann gingen wir innigst ineinander verschlungen im Park spazieren; sie erzählte mir von ihrem Tageslauf und von den zahllosen Dingen, die damit zu tun hatten; abgesehen von meinen Beinen, die ja gehen mußten, war ich entschlummert, wie wenn einem jemand ein Schlaflied singt und man sich wie in einem Brutkasten fühlt, während man mit Hingabe und Wohlgefallen allmählich und unaufhaltsam den Schlaf nahen spürt. So sanken wir unversehens auf eine abgeschiedene Bank; der Mond schien durch das Laub, wir drückten uns aneinander, und ich ließ mich vollends gehen und schlief schamlos an ihrer Brust, den Kopf weich in ihre Unterarme gebettet. Ihre Brust war nämlich so beschaffen, daß sie mir vorkam, als hätte sie eine Unterlage aus wattiertem Plüsch mit einer ausgezeichneten Federung, einer Federung erster Güte würde ich sagen, nach anatomischen Kriterien ausgeklügelt, um den Erfordernissen des Schlafes oder des Ausruhens im allgemeinen zu genügen. Ihre Formen waren genau der Beweglichkeit des Halses angepaßt, so daß der Kopf in jene leicht ansteigende Schräge kam, in der die Wirbel weder überanstrengt noch herumgedreht noch steif wurden, bekanntlich ist ja der schlechte Schlaf der schlimmste Feind des Knochengerüsts und der Gesundheit.

Das waren gewiß die schönsten Augenblicke, auch wenn ich nicht imstande war, sie zu würdigen. Ich behielt im Schlaf mein hingerissenes und verliebtes Gesicht bei, und es klang wie Schnurren, wenn meine Nase und mein Rachen nun entspannt von selbst vibrierten. Ja, ich kann sagen, in solchen Momenten war ich echt und unverstellt ich selbst und sie meine vollkommene Ergänzung und Unterlage. Und sie redete und redete, denn sie war auch in der Rede üppig; ich verstand zwar nie genau wovon, aber mein wunderbarer Schlummer war wie ein Ja, eine bedingungslose Zustimmung bei jeder Frage und allen künftigen Fragen; und dies große zustimmende Ja drückte ich aus durch das Gewicht meines Kopfes, das sie zu spüren bekam. Wenn aber ihre Rede den Ton einer direkten Frage annahm und mein neurovegetatives Nervensystem davon Wind bekam, dann sprach ich jedesmal, ohne mich zu rühren, glaube ich, sehr passende Worte des Aufschubs. Ich sagte: ‚Ja, Emilia' — so hieß sie nämlich, ‚und wie, und wie; für immer'; oder ich sagte die passenden Adjektive und Abverbien nach der simplen Grammatik meines Rückenmarks, das sich höchstpersönlich dieser Gespräche annahm, um meinen Schlaf zu schützen, und sie ausdehnte bis zu einem Punkt, der gerade noch menschenmöglich war. In Augenblicken der Selbstbesinnung hörte ich beispielsweise, daß ich fünfzehnbis zwanzigmal hintereinander ihren Namen sagte wie ein Schlafwandler, den die Liebe erwischt hat: ‚Emilia, Emilia, Emilia . . .' und auch: ‚Ja, ja, ja . . .' sagte, wozu weiß ich nicht, aber sie fühlte sich verstanden und war höchst befriedigt, es war ein Ja mit Seufzen und Stöhnen, das keine höheren Fähigkeiten erforderte und auch nicht unbedingt das Wachsein einschloß. Das Rückenmark übernahm die Initiative und führte dann auch die Unterhaltung, indem es mir auch den richtigen Gesichtsausdruck, ein Mienenspiel voll Einverständnis und Liebe verpaßte, was aber den Schlummernden nicht störte, sondern ihn im Gegenteil behütete.

Nach einiger Zeit reichte ihr aber mein fortwährendes Ja auf die Dauer nicht mehr und ebenso das ‚oh, ah, eh', das mein Mund ausstieß, und auch meine Atemkoloraturen wirkten nicht mehr als Ausdruck einer gewissen Temperatur meiner Gefühle. Sie, diese Emilia, war nämlich jugendlichen Sinnes und dadurch, daß wir so miteinander redeten, stiegen ihre Erwartungen, und sie wurde mit der Zeit pedantisch: ‚Du magst mich nicht mehr. Nicht mehr so wie früher. Sag mir, wie gut ich dir doch gefalle, Natale!' Ich heiße Natale und, sooft ich in meinem Ohr meinen

Nachnamen rumoren hörte, kam ich ein wenig zu mir, denn das waren zu komplexe Fragen, ob sie mir noch gefiel oder nicht, meine ich, für die vegetative Seele. Also seufzte ich bedeutsam, drückte sie zwei- dreimal so, daß ein Konzept daraus entspringen und sich klar und deutlich ergeben konnte; dann ging's mit vollem Schwung wieder in den Schlummer. Wohlgemerkt nicht aus Egoismus, sondern aus Selbsterhaltungstrieb, für uns und für sie, damit wir zusammenblieben. Wenn aber eine oder zwei Stunden vergangen waren und sie noch einmal lange geredet hatte, spürte ich, daß sie mich rüttelte, mich am Kopf zog, dran klopfte wie an eine Tür und sagte: ‚... an wen denkst du? Du hast eine andere! Ich weiß genau, du denkst an eine andere. Wer ist's?' Ich kam zu mir und sagte schnell einige beschwichtigende Sätze, damit sie so liegenblieb, denn sie war so bequem und anschmiegsam, wie es nicht einmal ein Bett ist. Aber waren wir einmal bei diesem Thema, dann gab sie so leicht nicht nach, doch muß ich sagen, daß durch diese Störungen und Hindernisse die kurzen Schlummerstrecken zwischen einem Verhör und dem anderen eine unglaubliche Intensität, etwas krampfhaft und hartnäckig Starkes bekamen. Um sie wieder friedlich zu stimmen, deutete ich automatisch zum Himmel, zum Mond, wenn er da war, mit Liebesversonnenheit im Augenbrauenbogen und schlummerte sofort und selig wieder ein. Aber sie jammerte nun ohne Unterlaß: „Warum sagst du nichts? An was denkst du?" und schüttelte mich. Ich gab, ohne es zu wissen, Antworten von mir: ‚... unser kleiner Stern, so gern, so gern; dort oben so fern ...' Aber davon wollte sie nichts wissen. Mit einem Ruck ihrer Schultern und ihrer Brust ließ sie meinen Kopf abrollen, dabei fand sie unduldsame Worte für Himmel, Mond und Parkbank, die sie mit so lauter Stimme vorbrachte, daß ich vollends aufwachte, und so wäre es jedem ergangen, nicht nur mir, selbst einem Schwerhörigen.

Wieder einmal war ich so weit, schlaflos mitten in der Nacht, wenn alle Kreatur, Mensch und Tier den wohlverdienten Schlummer gefunden hat, jeder an dem Ort, den Gott, der Allmächtige, dafür vorgesehen hat; der Ochse in seinem Stall, das

Schaf in seinem Pferch, der Hund in seiner Hütte und so weiter, je nach dem, was recht und billig ist, damit Friede herrscht in den Gemütern und selig jedes Lebewesen die Augen schließt. Ich dagegen spürte, wie meine Augenlider anschwollen und spannten wie eine Wursthaut; meine Augen wurden ganz wirr durch ein magnetisches Leuchten, und in der nördlichen Ecke der Hornhaut sah ich in lebhaften Farben ein Nordlicht aufgehen und sich wieder entfärben. Es war die Schlaflosigkeit, meine gewöhnliche Schlaflosigkeit, die nie abflaute. Also mußte ich Abhilfe schaffen; ich versuchte sie wieder hinzulegen und die Klumpen ihres Unmuts auszubügeln; versuchte es mit dem Mond: ‚Schau mal, wie ruhig er uns ansieht', sagte ich, während ich sie zurechtrückte und ihre hochquellenden Brüste glattstrich und seitlich einschlug. ‚Emilia, Emilia, ich liebe dich, das weißt du doch!' sagte ich. Aber vergeblich, sie ließ sich einfach nicht erweichen, ich wußte nicht mehr, wie ich mich legen sollte, seitlich, bäuchlings oder rücklings. Ich flehte sie an: ‚Emilia, umarme mich, mach dir's bequem, laß mich auf deinem Busen liegen, für immer und ewig', aber anstelle eines weichen Kopfkissens bekam ich ein wütendes Schnauben und kompliziierteste Fragen serviert: warum ich denn mit ihr nie dahin oder dorthin ginge, warum wir nie zusammen tanzen gingen, warum wir keine Reisen machten. ‚Ja, ja, Emilia', sagte ich, ‚das machen wir alles noch', aber sie wollte wissen, wann genau und wohin, ob ans Meer oder ins Gebirge, ob mit dem Zug oder mit dem Auto; lauter so anspruchsvolle Fragen, daß man gut ausgeruht sein müßte, um einen Entschluß zu fassen, so sagte ich ihr, wozu ich im Moment nicht fähig sei, ich hätte gewiß einen Fehler gemacht, wäre auf etwas hereingefallen; daran denken könnte ich freilich schon, in aller Ruhe und ohne Eile, sie möge sich doch bitte wieder hinlegen, und ich würde mich dann auf ihre Fragen konzentrieren, bei allen das Für und Wider abwägen. Um mich nicht ablenken zu lassen, würde ich die Augen schließen. In den Wind gesprochen! ‚Wohin? Wann? An welchem Tag? Allein oder mit anderen?' fragte sie unbeirrbar weiter. Da blieb nichts anderes übrig als ein Streit. ‚Aber Emilia', sagte ich, ‚es reicht jetzt. Du bist unersättlich!', worauf die arme

Kleine einige Tränen zerdrückte, dabei aber wieder weich und nachgiebig wurde, und ich mich emsigst beeilte, sie für den höchsten Komfort zu drapieren, das heißt sie in eine schräge Lage mit einer konkaven Wölbung zu bringen, so daß ich mich in sie einwickeln konnte, sollte ich beim Morgengrauen unter Kälte oder Feuchtigkeit leiden. So setzte sie endlich an zu ihrer langen pausenlosen Rede: wer wir überhaupt seien, was ich für sie sei und wie sie sich mit mir fühle, mit wie wenig sie eigentlich zufrieden sei und noch viel anderes, das ich nicht mehr hörte, denn schon bei ihren ersten Worten, schon als der Prolog erklang, fühlte ich mich frei und schlief selig ein, zugedeckt und gebettet wie ein König im Märchen. O ja, ich liebte sie in derlei brisanten Lagen, auch wenn ich es nicht wissen konnte, auch wenn ich im Eifer der Rede hin und wieder einen Stoß, eine Ohrfeige, Schwärme von Küssen und ein paar Spritzer aus ihrer Nase zu spüren bekam oder verschwommen spürte, wie mir der Mund geschlossen wurde, falls ich einen nachträglichen Seufzer ausstieß. ‚Sei still', sagte sie, ‚hör mir endlich einmal zu', während ich selig weiterschlief. Wenn es Tag wurde, hatte sich immer alles geklärt, es gab keinerlei Meinungsverschiedenheiten mehr, sie war zuckersüß und sanft und verständnisvoll. Ich gähnte, wenn ich bestens ausgeruht erwachte. ‚Bist du müde, mein armer Liebling?' sagte sie. Müde war sie und ein wenig sprachlos, wenn ich sie an ihrer Haustür stehen ließ. Und ich ging frisch und munter nach Hause, um mein Tagewerk anzufangen."

Inzwischen hatte sich dieser Herr Natale beim Sprechen vornüber geneigt, die Schnecke war beinahe bis zu seiner Schulter hochgekrochen, und über seinem Buch schwirrten immer mehr Mücken.

„Sie hat mich dann verlassen, ohne daß ich es merkte; wer weiß, wohin ihre Reden in jener Nacht geraten waren. Wir waren auf unserer Bank, und alles war wie gewöhnlich abgelaufen. Vielleicht sogar noch besser. Ich war schon ein wenig eingenickt, während ich ihr entgegenging, und fiel ihr gerade so in die

Arme, als wären wir in einem Traum, danach sah und hörte ich nichts mehr, so selig war ich. Und ich kann weder sagen, worüber wir gesprochen haben, noch was zwischen uns vorgefallen ist: vielleicht war sie in ihrem Selbstgespräch an einem Punkt unheilbaren Zwiespalts angelangt, vielleicht hatte ich im Schlaf irre geredet und Laute von mir gegeben, die so ähnlich klangen wie böse Antworten, vielleicht hatte mein Gesicht unvernünftigerweise einen gehässigen Ausdruck angenommen oder es war ihr so vorgekommen, als würde ich nein sagen und hätte etwas gegen sie. Wer weiß? Plötzlich lag ich wach und allein auf der Bank, und sie wollte mich nie mehr sehen. Ich versuchte wieder mit ihr anzubändeln, als müßte ich sonst verzweifeln, bat sie, mir wenigstens eine Erklärung zu geben, denn während der Erklärung hoffte ich, wenn auch nur für eine Weile, zu schlafen, aber es war umsonst. Ich probierte es, mich vor ihrer Haustür hinzulegen, aber ich lag mit offenen Augen da, denn dort war es friedlich und still und kein Mensch störte mich; und so lauerte ich dem Schlaf auf, der nicht kommen wollte, auf mir nichts als den leblosen Fußabstreifer und eine universale Müdigkeit. Ich lungerte dann in den Cafés herum, aber nur wenn ich jemanden zum Diskutieren fand, nickte ich ein und schlief eine Weile, starren Auges und das Gesicht auf eine Handfläche gestützt; ab und zu redete mein Mund mit dem üblichen Vokabular von Sport oder Politik, damit der andere etwas vorgesetzt bekam und weiter mit mir redete. Aber einen guten Schlaf hat man bei Politik nicht, denn unversehens fiel mir der Kopf vornüber und manchmal fiel ich selbst hinterher, so daß wir dann auf dem Boden lagen, unter dem Tresen, wo mich sofort wieder eine rasende Schlaflosigkeit packte. Nie wieder habe ich mit soviel Hingabe geschlafen wie auf Emilia. Drum weine ich ihr nach. Und um jemanden zu finden, der ihren Platz hätte einnehmen können, brachte ich die Nächte in den Cafés zu, aber vergeblich.

Ich war damals Studienrat im Dienst, aber, wie Sie sich vorstellen können, litt ich in der Schule an einem so großen und so erdrückenden Schlafbedürfnis, daß der Unterricht ein endloser Alptraum für mich war. Nachdem ich mich nachts stundenlang im Bett hin und her gewälzt hatte, sprang ich lange vor dem Morgengrauen auf die Beine, weil es zu schlimm wurde. Ich versuchte mir das Gesicht zu waschen, aber während ich es einseifte, fiel mir der Kopf schon auf den Wasserhahn, und ich schwankte vor Müdigkeit dermaßen, daß ich meinen Schwerpunkt verlor und plötzlich mit einer Wange an der Wand lehnte oder, mit den Knien gegen das Bidet gestemmt, gefährlich nach vorn und nach hinten pendelte, wenn ich nicht gar mit der Stirn am Spiegel klebte, so daß ich, sobald meine Beine nachgaben, wohl oder übel meiner unheilbaren Schlaflosigkeit aufs neue ausgeliefert war.

Mit derlei Wechselfällen wurde es schließlich halb acht; ich eilte aus dem Haus zur Haltestelle; wenn der Bus nicht pünktlich kam, wurde es gefährlich, ich konnte nämlich im Stehen einschlafen, mit allen vorstellbaren Folgen: auf jemanden fallen, der sehr gereizt reagierte, wenn es ein Kind war, dieses zerquetschen, einen alten Menschen zu Boden werfen oder selbst unversehens unter die Räder eines Busses geraten. Irgendwie schaffte ich es meistens mit großer Willensanstrengung durchzuhalten, indem ich unentwegt hin und her ging und hüpfte, so verlor ich das Bewußtsein nur in den kurzen Momenten der Bewegungslosigkeit. Sobald ich aber im Bus war, wurde die Lage äußerst dramatisch. Hinsetzen war unmöglich, denn ich wäre an der Endstation und vielleicht am Ende aller Fahrten im Depot gelandet; aber stehen und mich an einem Griff festhalten ging auch nicht. Ich war so schläfrig, daß ich ins Gedränge eingewickelt schlief wie zwischen Matratze, Daunendecken und Kissen gebettet, und ohne jegliches Bewußtsein von der Menschenwoge getragen wurde. Daher versuchte ich, solange ich noch klar im Kopf war, mich so hinzustellen, daß ich von der automatischen Tür eingezwickt und zusammengedrückt wurde und somit einen Wecker hatte, der mich zur Pflicht rief, indem er mir ein Knie, einen Fuß, den Hals oder den Brustkorb einzwängte. Bei jeder Haltestelle erwachte ich schreiend, und die Leute erschraken, wenn sie meine roten und vor Schlaflosigkeit geschwollenen Augen und mein erschlafftes Gesicht sahen. Auf diese Weise konnte ich mit einem beachtlichen Grad an Wahrscheinlichkeit, wenn auch übel zugerichtet und getreten, die Schule erreichen. Aber dort begann erst die wirkliche, schwere und höchst komplizierte Schlacht gegen den fürchterlichen Schlafzwang. Das weiß niemand, der es nicht selbst erlebt hat.

Ungelogen war ich, glaube ich, dort nie länger als vier oder fünf Minuten vollkommen wach. Ich kämpfte zwar, damit mir die Augenlider und die Schädelmasse – in der Schule von erstrangiger Bedeutung – nicht sanken. Ich sagte: ‚Einer soll bitte im Lesebuch auf Seite soundso lesen', aber schon bei diesen Worten floß mir ein Schlafmittel ins Gehirn; ich erhob den Blick zur Zimmerdecke, als würde ich zuhören und nachdenken, verfiel aber im selben Moment in eine totale Geistesabwesenheit, was dem Schlaf zwar ähnlich sieht, aber eigentlich Schlaflosigkeit ist. Ich wahrte eine nachdenkliche und meinem Amt gemäße Pose, die ich sogar pädagogisch richtig nennen möchte, weil sie auch einen gewissen Respekt erheischte; stumm schaute die Klasse auf mich und wartete, daß ich ordentlich nachdachte, und hing derart an meinen Lippen, daß kurz darauf alle einer nach dem anderen in meinen Bann gerieten: zuerst nickte der Klassensprecher ein, dann die Fleißigsten, darauf die Mittelmäßigen, gefolgt von den Schwächeren, und allmählich schlief dann einhellig die ganze Klasse, selbst die Schlechtesten, die Esel, und die normalerweise Zerstreuten, die Widerspenstigen und sogar die Dickschädel begannen, vom guten Beispiel der anderen angespornt, brav zu gähnen. Dann hörte man manch dumpfes Aufschlagen, weil jemand plötzlich aus der Bank oder mit der Stirn auf das Pult fiel, andere kauerten sich auf ihrem Heft zusammen oder stützten ihren Kopf auf den Füller, wozu sie mit großem Einsatz, mit Ausdauer und Fleiß schnarchten. Aber all das konnte ich nur nachträglich folgern, nicht eigentlich feststellen.

Wir hatten beispielsweise einen Pedell mit der Untugend, an den Türen zu horchen, um dann beim Direktor zu petzen, wenn in einer Klasse Aufruhr herrschte, gesungen oder der Lehrkörper beschimpft wurde; der vernahm bei mir eine so exemplarische Stille, daß er an eine neue experimentelle Unterrichtsmethode dachte, bei der es nicht auf die Strenge, sondern auf die Selbstdisziplin ankam. Er sagte nämlich, die Aufmerksamkeit sei so groß und es sei so mäuschenstill, daß man die Fliegen summen hörte, denn eine Art Summen war hin und wieder zu hören. Auch konnte man nicht sagen, daß die Zeit durch Geschwätz, dummes Daherreden, Schimpfen oder Drohen vergeudet wurde. Und da der Pedell durch das Schlüsselloch in einer Ecke nur einen Schüler sah, der immer über die Bank gebeugt war, leitete er daraus die Vermutung ab, die Schüler seien ständig bei einer grauenvollen Klassenarbeit; und das freute ihn so, daß er nach stundenlanger Beobachtung selbst vor der Tür zusammensackte, als hätte er ein Beruhigungsmittel eingenommen; dort fand man ihn, da er wie ein Sack Rüben oder Kartoffeln den Ausgang versperrte. Ich genoß daher den Ruf eines modernen, strengen Lehrers.

Meiner Gesundheit taten solche Zustände der Geistesabwesenheit zwar ein bißchen wohl, aber sie waren weder tief noch ausreichend, denn sobald die Klasse einhellig zu schlafen anfing und ich somit auch die Beine hätte ausstrecken und mich auf die Seite hätte drehen können, meinen Mantel zwischen Kopf und Stuhllehne geklemmt, sobald also das Klassenzimmer einem Schlafsaal glich, kehrte mit einem Schlag und mit aller Heftigkeit meine Schlaflosigkeit wieder. Und da stand ich auf wie ein Gespenst und bewegte mich torkelnd zwischen den Bänken, weckte einen auf, um ihn lesen zu lassen und selbst aufs neue einzuschlummern. Als Lehrer habe ich daher im Unterricht weniger geschlafen, als ständig unter Schläfrigkeit gelitten.

Eines Tages kam es dann so weit, daß ich ohnmächtig wurde und bewußtlos umfiel: die Schüler, gerade noch wach, legten mich mitleidig quer über das Katheder, und da schlief ich fünf Minuten so tief wie ein Toter, der schon im Paradies ist; aber sobald sie es mir ein wenig bequem gemacht, eine Schultasche als Kopfkissen unterlegt und mich mit Zeitungen zugedeckt, sobald sie mir die Schuhe ausgezogen und zur Verdunklung die Rollläden heruntergelassen hatten, dachte ich, wie man sich vorstellen kann, leider: ‚Ja, jetzt schlafe ich ein für immer', und damit war ich schon wach, so wach, daß ich sagte: ‚Alle setzen! Jetzt wird abgehört!' Da hörte man den Pedell an der Tür rumoren, und schließlich schaute er kurz herein, als wollte er mir Beistand leisten. Ich hatte mich hingesetzt; öffnete das Klassenbuch und rief einen auf: ‚Abate!' Abate kam nach vorn, ein Schüler mit leiser Stimme und eingeschlafenem Gesicht. Ich schaffte es, eine Frage zu artikulieren, deren Ende ich aber bereits nicht mehr hörte, da ich bei den ersten Silben aufs neue eingeschlafen war: in einer strengen, unnachgiebigen Haltung, denn niemand sollte denken, daß ich Noten verschenkte. Was dann folgte, weiß ich nicht; ich weiß nur, daß ich bei meinem Erwachen die ganze Klasse liegend vorfand und Abate, auf dem Boden liegend, die Lippen bewegte, als würde er im Traum seine Hausaufgabe hersagen. Der Pedell, der hereingeschaut hatte, versperrte nun die Tür und sah nicht aus wie ein Schlafender, sondern wie ein Toter. ‚Die Glücklichen', dachte ich und saß wach da, schaute sie unverwandt an und beneidete sie.

Ich erinnere mich noch an so manchen Elternnachmittag, an Lehrerkonferenzen oder Notenbesprechungen beim Direktor; da überließ ich mich einem stillen, verschleierten, aber durchaus entschiedenen Schlaf, der aussah wie eine gewissenhafte Zustimmung zu allem, was gesagt wurde, denn im richtigen Moment nickte mein sinkender Kopf ein schönes Ja und wirkte besonnen und nachdenklich. Aber in Wahrheit sagten viele Ja, und ich habe den Verdacht, daß die Schlaflosigkeit sehr verbreitet war, mehr als man gemeinhin annimmt. Um mich herum sah ich lauter gerötete Augenlider, hörte schallendes Gähnen und spürte eine allgemeine Bettsehnsucht, und ich glaube, in seinem Innersten schlief auch derjenige, der gerade redete. Aus den Elternversammlungen kam ich daher stets ein bißchen ausgeruht, wenn es auch bei weitem nicht reichte."

In dem Moment sah ich den Oberbibliothekar mit seinem quadratischen, schwarzen Hut aufkreuzen; der sah von der Ferne aus wie ein Schulheft, von dem ein Band herunterhing. Er hatte einen steifen, gezierten Gang. Hinter ihm her kamen, wie zwei Lausbuben in Ferien, die in alle Löcher gucken und schnuppern, die beiden, die Herrn Natale in die Backe gestochen hatten, und bildeten seinen Hofstaat.

Und da Herrn Natale schon am Anfang seiner Rede der Kopf vornüber gesunken war und er mit aufs Buch gelehnter Wange weitergeredet hatte, griff der Oberbibliothekar zu seinem viereckigen Hut und knallte ihn auf den Tisch, wobei es so laut krachte, als wäre eine Granate explodiert. Natale streckte seine Arme hoch und hielt sie instinktiv schützend über seinen Kopf, als würde ein Balken oder die ganze Decke der Bibliothek einstürzen; viele, die in der Nähe halb oder ganz gelegen hatten, sprangen auf und schauten mit großen Augen und einer Hand auf der Brust um sich. Einem war das Gesicht feuerrot angelaufen wie einem, der zu Schlaganfällen neigt, und er sagte immer wieder: „Was war denn das? Was ist denn gefallen?" Selbst die Gehilfen, die gerade den Flaum auf der Glatze eines ziemlich weit nach vorn gesunkenen Lesers besichtigten, erschraken ein wenig und kamen sofort herbeigeeilt, als wollten sie fragen, warum, und ob es mit ihnen zu tun hätte; der eine begann sofort mit Eifer die Stelle des Tisches in Augenschen zu nehmen, auf die dieser Accetto seinen Hut geknallt hatte und wo zerquetschte Ameisen und eine betäubte, aber noch surrende Wespe lagen. Er winkte seinem Kollegen, als wäre etwas Bedeutendes los, und sie schlossen die Wespe unter vielen Vorsichtsmaßnahmen in eine kleine Schachtel ein. Dann machten sie sich wieder daran, zwischen Büchern und Lesern herumzustöbern und zu spionieren, Beistand und Ratschläge auszuteilen. Ich sah, daß sie einem etwas ins Ohr sagten und der den Kopf schüttelte—wozu weiß ich nicht—und sich sein

Ohr zuhielt. Einem anderen, der wohl aus Unachtsamkeit vom Stuhl geglitten war, halfen sie, wieder hochzukommen und sich wieder ordentlich hinzusetzen; aber der schien nicht zu wollen und machte sich wieder los, bis ihm schließlich sein Schlafanzug, der aus einem Stück und aus dehnbarem Material war, über den Kopf rutschte und sein Gesicht versteckte, wie wenn ein Marder oder Siebenschläfer in einen Sack gesteckt wird und strampelt, aber der Jäger den Sack schon zugezogen hat.

Accetto beugte sich zu mir herunter: „Haben Sie diesen Band verlangt?"

Ich sage ihm freudig danke, und er legt ihn vor mich hin. Da versuche ich ihn aufzuschlagen, aber das Buch ist noch nicht aufgeschnitten, wenn auch staubig und verwahrlost, und die Seiten bilden eine Ziehharmonika.

„Sie müssen die Bücher sorgfältiger behandeln", sagt er zu mir, „nicht hineinblasen, sie nicht umdrehen und nicht schütteln!"

„Schon gut", sage ich und suche nach dem Titel, aber das Buch ist ohne Umschlag, es hat ein schlampig aufgeklebtes und mit Tinte beschriebenes, aber schon verblichenes Etikett. „Ich habe ein anderes Buch verlangt", sagte ich halblaut, „es hat einen anderen Titel." Er stand aufrecht vor mir, seinen Hut mit Gummiband auf dem Kopf, und antwortete mir nicht. Zur Verstärkung und Einverständnis suchend, schaute ich meinen Nachbarn an, der zuhörte und seine Augen offen hatte, auch wenn sie müde waren und dauernd von den Mücken belästigt wurden. Er nickte mir aus seiner leicht zusammengekauerten Haltung leicht zu. „Es ist nicht das richtige" sagte ich noch einmal zu Accetto gewandt, und zeigte ihm das Etikett auf dem Buchrücken, wo stand: *Naturgeschichte des Zwanzigsten Jahrhunderts.*

„Ja, vielleicht ist es nicht genau das."

Und ich: „Es geht hier nicht um ein Vielleicht, entschuldigen Sie, aber ich habe ein anderes Buch verlangt, ein vollkommen anderes. Sie haben sich geirrt." Ich reichte es ihm hin, aber es ging ihm anscheinend nicht darum, es zurückzunehmen.

„Das Etikett", so meinte er, „kann manchmal irreführend sein.

Ich mag mich ja geirrt haben, aber Sie können mir glauben, es ist ein ernst zu nehmendes Buch, und wenn Sie genauer hineinschauen, werden Sie vielleicht zugeben, daß ich mich gar nicht so sehr geirrt habe."

„Passen Sie auf, meine Stunden sind gezählt, und ich habe ein ganz bestimmtes Buch verlangt, das nämlich für die Prüfung vorgeschrieben ist. Könnten Sie mir nicht den Gefallen tun?"

Aber er gab sich noch lange nicht geschlagen: „Sehen Sie, es ist nicht einfach, ein Buch zu finden. Sie sind zum erstenmal da. Die Bibliothek ist schon sehr alt und ist noch nie neu geordnet worden. Es ist schwierig, genau das Buch zu finden, das verlangt wird. Manchmal fehlt dieses Buch, weil es anderswo eingestellt wurde, wenn auch nicht weit weg, und es müßte gesucht werden. Sehen Sie?" Dabei wies er mich auf andere Tische hin, wo Leute auf Stühlen hockten und ihr Gesicht auf die Armlehne stützten und mit geschlossenen Augen unbequem und resigniert schliefen. „Sehen Sie, das sind Leute, die noch warten. Wenn Sie es so eilig haben, ist es dann nicht besser, Sie geben sich mit etwas Annäherndem zufrieden? Anstatt unnötig dazusitzen und in die Luft zu schauen? Aber selbstverständlich, wenn Sie Ihr Buch wollen, genau Ihr Buch?" — und dabei sah er mich zweifelnd an, als wollte er mir Zeit lassen, mein Schwanken, meine Anpassungsbereitschaft zuzugeben — „wenn es unbedingt dieses Buch sein muß, dann können Sie es bestellen. Das geht. Aber inzwischen empfehle ich Ihnen, nicht zu verzichten, wenn Sie schon eins haben. Was hat Sie eigentlich so enttäuscht? Daß der Umschlag fehlt? Oder haben Sie etwas gegen Staub?"

Ich sagte etwas gereizt: „Es geht weder um den Umschlag noch um den Staub."

„Na also, womit sind Sie dann nicht zufrieden?"

„Es ist nicht das Buch, das ich wollte." Und das sagte ich mit einem Blick auf Herrn Natale, der sich leicht zur Seite geneigt hatte, wie um besser zu hören, seine Augen konnte ich aber nicht mehr sehen.

„Sehen Sie sich's doch erst mal an. Wie können Sie nur so sicher sein? Es mag nicht genau das sein, aber ich kann Ihnen sagen, seinem Standort nach kommt es Ihrem Buch doch sehr nahe, und der Titel ist ja auch so ähnlich; wenn tatsächlich ein Irrtum vorliegt, dann entschuldige ich mich natürlich erst mal, aber ein großer Irrtum ist es nicht. Sie dürfen nicht so streng und pedantisch sein, mit jemandem, der alles tut, was in seinen Kräften steht. Ich hätte Ihnen auch irgend etwas bringen können; wir haben beispielsweise auch einige Atlanten. Interessieren Sie die?"

Ich sagte: „Nein, nein, die interessieren mich nicht, überhaupt nicht."

„Wir haben auch Weltkugeln, die einem Buch nicht einmal ähnlich sehen; die habe ich nicht herausgenommen. Wir haben Folianten aus rotem Leder, in denen nichts steht, keine Schrift, meine ich, sondern nur Kräuter und Blumen, das sind Herbarien."

„Aber ich will sie nicht, ich habe sie nie verlangt."

„Sehen Sie! Ich habe nicht nach dem erstbesten Band gegriffen, der mir untergekommen ist. Ich habe versucht, Ihnen entgegenzukommen. Und wenn Sie dann nein sagen und er Ihnen trotzdem nicht entspricht, dann können wir ihn ja umtauschen. Dafür bin ich da!"

„Dann tun Sie mir den Gefallen!"

„Aber wenn Sie nicht ein bißchen kulant sind und uns entgegenkommen und dem menschlichen Versagen einen kleinen Spielraum gestatten, dann ist es besser, Sie bestellen Ihr Buch und kommen in ein paar Tagen wieder. Wollen Sie das da denn nicht einmal anschauen? Ein Buch ist es immerhin. Es kann ja auch interessant sein."

Nun war ich in einer Zwangslage, voll Unruhe und Unsicherheit, um so mehr als meine Suche rein hypothetisch und so gehetzt war; außerdem sollte er endlich weggehen; allein würde ich sicher etwas hinkriegen. So nahm ich, wenn auch widerwillig, das Buch an, um etwas in der Hand zu haben; denn nun jagte mir der Gedanke an die Prüfung wieder abwechselnd Feuer und Frost durch die Adern.

„Aber dann brauche ich ein Papiermesser" sagte ich.

„Nein, sehen Sie, wenn man das Buch aufschneiden will, muß man einen Antrag stellen, denn für das Werkzeug ist ein eigenes Büro zuständig."

„Aber das ist doch ganz simpel, nur ein Papiermesser, das kann ich doch selbst machen, das sag ich Ihnen, ich kann es sogar sehr gut."

„Das mögen Sie wohl schon manches Mal gemacht haben und, das will ich Ihnen einmal glauben, wohl auch mit Erfolg gemacht haben. Aber, sehen Sie, jetzt sind Sie ungeduldig, und die Ungeduld führt zu Schnitzern. Außerdem bin ich nicht befugt, Ihnen die Verantwortung für das Aufschneiden zu übertragen, und auch wenn ich über das Bücheraufschneiden zu verfügen hätte, würde ich, meinem Gewissen folgend, lange zögern, das muß ich Ihnen gestehen, denn Sie sind hastig und, nehmen Sie mir's nicht übel, oberflächlich. Auf jeden Fall würde ich Sie gern bei einer Probe sehen, mit irgendeinem mittelmäßigen, zweitrangigen Papier, das keinen Verlust bedeuten würde. Sie wissen doch, eine winzige nervöse Geste ist genug, und schon rutscht einem die Hand aus!"

Ich spürte, wie die Zeit verflog, und ich hatte in der Ferne die Stunde schlagen hören, sehr weit in der Ferne irgendwo in der Stadt. Es war ein Uhr.

„Und wenn ich diesen Antrag stelle?" fragte ich, um die Sache zu beschleunigen.

„Wenn Sie den Antrag stellen, dauert es seine Zeit; Sie müssen noch einmal kommen. Hier wird nichts improvisiert, und die ganze Prozedur ist meiner Ansicht nach, aber ich kann mich irren, die ganze Prozedur ist weder unkompliziert noch einfach durchzuführen. Ich würde sagen, sie kann sich unter gewissen Umständen sogar als unmöglich herausstellen."

„Aber wie?" sagte ich, indem ich wehrlos meine Arme ausbreitete, „wenn das Buch schon so schlimm zugerichtet ist!"

„Sie sagen es. Das ist der Grund. Möchten Sie seinen Zustand noch verschlimmern? Wissen Sie überhaupt, wie viele Gefahren hier jeden Tag lauern? Wie viele Schäden wir allein durch die Insekten und, wie Sie selbst sehen können, durch deren unentwegte Defäkationen haben? Und dann durch den Schimmel, die Lichteinwirkung; durch Unvorhergesehenes wie zum Beispiel Erdbeben, Fröste, Überschwemmungen, Sturzfluten, Rowdies und Aufstände." Und da hielt er versonnen inne, als hätte er mit sich selbst gesprochen, und rückte seinen Hut in die horizontale Lage zurück, der durch den Gummi und mit dem anwachsenden Wortschwall nach hinten gerutscht war. Er schien an fürchterliche, bevorstehende Katastrophen zu denken, sogar an Meteoriten, denn er hatte seine Augen leicht nach oben verdreht. Ich schaute auch nach oben und sah ein Gitterfensterchen. Und ich glaubte, Nachtfalter mit Glühwürmchen fliegen zu sehen.

„Meine Prüfung ist morgen, morgen früh um acht, das geht nicht. Ich würde ja sonst den Antrag stellen, aber das hätte keinen Sinn." ‚Aber warum dieses Buch', dachte ich inzwischen, ‚warum habe ich mir eigentlich die Hände gebunden?', und ich hätte am liebsten schon verzichtet und zum Beispiel nochmal in das Buch meines Nachbarn gespäht, der jetzt mit schwerem Kopf ganz auf die Seite gesunken war und mich beinahe berührte.

„In Anbetracht Ihrer unzulänglichen Fähigkeiten", hatte inzwischen Accetto pompös angehoben, „und in Anbetracht Ihres unaufschiebbaren Bedarfs ...", dann beugte er sich herunter und sagte: „Geben Sie mir die Seite an, die Sie suchen, und wir werden etwas für Sie tun, zumindest versuchen, Ihnen entgegenzukommen, damit Sie nicht unnütz hier einen Platz besetzen."

„Nur eine?" frage ich.

„Um den Schaden so gering wie möglich zu halten; wenn diese Seite dann nicht nach Ihrem Geschmack ist, können wir erwägen, ob wir noch eine aufschneiden."

‚Aber sieh mal', dachte ich inzwischen, ‚was für Schwierigkeiten!' Und um zu etwas Handfestem zu kommen, machte ich mich daran, zwischen die Seiten zu spähen, indem ich sie ein paar Zentimeter auseinander spreizte; dabei fiel alles mögliche heraus: gelbliches Sägemehl, ausgedörrte Larven von Insekten, Spinnenhäute und schwarzer vulkanischer Sand, wohl die berüchtigten, schon erwähnten Defäkationen. In aller Eile gab ich ihm eine Stelle in der Mitte des Buches an, wo man den Titel eines Absatzes ein wenig sah. Da zückt er den enormen, wunderbaren Nagel seines kleinen Fingers, läßt ihn zwischen die Seiten gleiten und schneidet sie mit zwei Rucken, kühnen, meisterhaften Rucken auseinander. Vorsichtig, wenn auch mit Skepsis, blase ich alle tierischen Reste weg, während sich in meinen Zähnen die Neuralgie wieder bemerkbar macht.

Riesen des 20. Jahrhunderts

Nach Geoffrey Saint-Hilaire sind Riesen energielos, langsam in ihren Bewegungen, arbeitsuntauglich und faul und ermüden bei jeglicher Tätigkeit sofort; mit anderen Worten, schwach an Körper und Geist. Garnier sagt, schon gegen 1852 habe man im Café der Riesen, wo sie ihre Vorstellungen gaben, bemerken können, daß sie sich mit tumbem und trägem Gesichtsausdruck nur müde herumschleppten.

Auf jeden Fall kommt man als Riese nicht zur Welt, so die wissenschaftliche Fachliteratur und Virchow, sondern wird erst einer, unter vielen Schmerzen. Man wächst und wächst, und wenn der Riese sein Maximum erreicht hat, verfällt er in eine selbstmörderische Trägheit. Er betrachtet die Hügel am Horizont und hält sie für schlafende Freunde. Darüber wird er ganz schwermütig und es fallen ihm die Augen zu.

In der Gegend von Gorgonzola wurde 1905 ein verheirateter Bauer mit dem Spitznamen Pulcinella plötzlich ein Riese. Es begann damit, daß er in der Lunge eine unglaubliche Enge verspürte und seine Hände und Füße wachsen sah. Darauf folgten Rheuma und Knochenschmerzen, ein Knarren in den Backenknochen und im ganzen Gesicht. Seine Augen traten hervor und er bekam Angst, sie könnten ihm aus dem Kopf fallen. Inzwischen wuchs er in die Höhe und in die Breite, so daß ihm am Ende des Monats seine Kleider nicht mehr paßten. Er sollte damals gerade sechsundzwanzig werden. Schmerzen hatte er besonders in den Gelenken, die durch die große Reibung erhitzt waren. Er aß ungeheure Mengen und hatte großen Durst, der Schweiß, den er absonderte, war sehr flüssig und verflog sehr rasch. Aus seinem Kopf war ein Überbein hervorgewachsen, das hohl klang wie der Panzer einer Schildkröte. Im Stehen schwankte er und bekam Angst, da ihm schwindelig wurde. Also blieb er liegen in seinen zwei Betten, die er brauchte.

Gut beschrieben hat ihn der Tierarzt.

Er wirkt wie ein enormes krankes Kleinkind, das kein Licht verträgt und ins Bett macht. Seine Zunge zeigt sich bei der Untersuchung übermäßig groß, schlapp und teerähnlich; und aus seinem Mund kommt die heisere Stimme eines alten Kapauns. Sein Gedächtnis ist an einer bestimmten Stelle stehengeblieben: er sagt immer wieder, er habe Eiweiß im Blut, man müsse ihn waschen, dann fängt er wieder von vorne an, ohne je auf etwas anderes zu kommen. Es ist auch eine Verdickung der Nase und der Oberlippe zu bemerken, die beide angeschwollen und zu einem einzigen hervorstehenden Rüssel zusammengewachsen sind. Sexuell ist er völlig abgestumpft: wenn seine Frau ihm nahekommt oder sich ihm gewissermaßen zur Verfügung stellt, lassen ihn die Reize des Geschlechts und der Brüste völlig ungerührt. Beim Gehen stützt er sich auf drei Männer; er wiegt 190 Kilo und ist über zweieinhalb Meter groß. Wenn man ihn fragt: „Was spürst du denn?", antwortet er: „Daß der Kopf weit von den Füßen weg ist."

Dieser Pulcinella hatte schließlich nur mehr eine einzige Gewohnheit: er lag sehr niedergeschlagen im Bett. Nur manchmal am Abend, wenn er durchs Fenster in den Himmel schaute, war es, als würden ihn philosophische Ideen streifen, und er äußerte dem Arzt gegenüber seine Besorgnis wegen der Schwerkraft, ob sie nicht eines schönen Tages zunehmen würde auf der Welt, meinte er. Fünfzig Prozent der Riesen sind schwachsinnig, die anderen fünfzig haben nicht die Kraft, auf ihren eigenen Füßen zu stehen oder eine Tasche hochzuheben. Dr. Marro, der Leiter eines Siechenhauses, sagte, nachdem er im Garten zwölf Riesen beim Seilziehen zugesehen hatte, ein Gepäckträger oder ein trainierter Pfleger hätte mit einem Ruck alle zwölf zu Fall bringen können, ihre Körpermasse sei nur Ballast.

Einige Riesen verfügen allerdings über Riesenkräfte, die mit dem Wachsen der Statur zunehmen. Gian Piero aus Monticelli war bis dreizehn von normaler Größe. Alle in seiner Familie waren zwar stattlich, aber keiner riesig. Dann fing er an, größer zu werden; seine Muskeln blähten sich auf, seine Füße, seine Hände, seine Knochen, und seine Statur wurde imposant. Auch seine Haare waren dicker geworden und sahen nun beinahe aus wie Bandnudeln. Er sagte, es komme ihm vor, als würden ihm die Beine in die Länge gezogen, und seine Stimme schwoll an bis zu einem dumpfen Dröhnen, zu einem Flußrauschen. Er trank Unmengen Wasser direkt aus einem schlammigen Tümpel voller Kaulquappen. Daher bekam er wohl Typhus. Aber er hörte nicht auf zu wachsen; und wenn er auf dem Feld arbeitete, zeigte er eine Kraft, die der von fünf Pferden gleichkam. Feierabends setzten sich die anderen um ihn und sahen ihm zu, wie er unbeirrbar weiterarbeitete, Wurzeln aus der Erde riß, umgefallene Pappeln aufrichtete, mühelos ein Fuhrwerk voll Steine zog.

Eines Tages, als er gerade einen Spaten hochhob, durchzuckte ihn plötzlich ein Schmerz zwischen den Rippen am Rücken, und er mußte sich beinahe atemlos niedersetzen.

Von dem Tag an beginnt er rasch zu schrumpfen: seine Knochen falten sich, als wären sie aus Papier, die Wirbelsäule rollt sich zusammen wie eine Sprungfeder und krümmt sich zu drei oder vier Buckeln; der Hals hält den Kopf nicht mehr hoch, die Beine können nicht mehr gerade stehen; der Oberschenkelhals wölbt sich zu einem zerbrechlichen Bogen, die Füße werden immer breiter und laufen auseinander wie ein Brotteig. Anzusehen war es, als ob ein ungeheuer schweres Fleisch als schwere Last an einem schwammigen anämischen Knochengerüst hinge und als ob der Kopf eine Weltkugel aus Gußeisen wäre, die an einem Gummistiel befestigt ist. Wenn man ihn waagerecht hinlegt und auseinanderrollt, mißt er noch immer seine zwei Meter vierzig; aber im Stehen krümmt er sich, sinkt zusammen, und vergeblich ruft man ihm zu: „Bleiben Sie doch oben, halten Sie sich gerade!" Er rollt seine ungeheuren Ochsenaugen und blickt mit baumelndem Kopf auf das Bett und läßt zu seiner Entschuldigung und Rechtfertigung wiederholt ein tiefes Trompeten hören. Zu guter Letzt entschloß man sich, ihn im Stehen zu messen, da er sichtlich weiter einschrumpfte: er war einen Meter achtzig. Aber zwei Tage später war er einen Meter vierundsechzig. Seine höchste Stelle war der Rücken; er sah aus wie eine Trauerweide; sein Kopf berührte schon den Boden. Dies ist das Los aller Riesen, die nicht imstande sind, aus eigener Kraft aufrecht stehenzubleiben.

Ein Spezialist für Riesenwuchs und Makrosomie von der Universität Loewen, Professor Peter, behauptet dagegen, daß der wahre Riese bereits als solcher zur Welt kommt, und daß dabei nicht die Größe eine Rolle spielt, sondern gewissermaßen die Rinde. Ein wahrer Riese kommt nur selten zur Welt, vorzugsweise aber in Deutschland, alle zehn oder zwanzig Jahre. Man erkennt ihn, sowie er ans Licht kommt, denn er hat das Gesicht eines Erwachsenen: furchtbar und streng, kohlschwarze Augenbrauen und Säcke unter den Augen.

In alten Zeiten hielt man diese gelegentlich auftretende Rasse von Neugeborenen für Menschenfresser; und man phantasierte sich über ihren Geschmack allerhand zusammen. Heute weiß man, daß es keine Kannibalen sind, ganz ungefährlich sind sie allerdings nicht: Sie werden schließlich Staatsbeamte, Abteilungsleiter in Ministerien oder Direktoren an irgendwelchen verstaubten Gymnasien.

1935 wurde in der Nähe von Koblenz einer auf den Namen Prosperius getauft. Er war nicht viel größer als ein normales Kind, aber sein Gesicht war aschfahl und schlammig und sein Gesichtsausdruck voll stiller Vorwürfe; als ihn die Hebamme hervorkommen sah, wich sie einen Schritt zurück, und die ganze Familie ließ sich von seiner Miene und seiner Häßlichkeit einschüchtern. Aber wie alle seiner Rasse bedurfte er auch keiner besonderen Feinfühligkeit: oft vergaß man ihn im Wind oder in der Sonne, und er verdorrte; man vergaß ihn im Meer, und er schaukelte aufgequollen und bläulich auf dem Wasserspiegel, stets mit demselben dreisten Gesichtsausdruck. Dann schwemmten ihn die Wellen an Land. Aber anstatt geschwächt zu werden, gewann er aus allen diesen Mißgeschicken eine Rinde aus Pergament und seine typische Unerschütterlichkeit. Bis er drei Jahre alt war, sprach er kein Wort, ebensowenig gestattete er sich das jeglichen Sinnes und jeglicher Form entbehrende kindliche Gestammel. Er wartete, bis er vernünftig genug war und wirklich etwas zu sagen hatte; und zu den Tanten und den Familienangehörigen, die um sein hohes Stühlchen versammelt waren, sagte er eines Tages einen ordentlichen Satz; sagte mit seiner dunkel dröhnenden Stimme: „Blöder als ihr kann man wohl nicht sein!“

„Wenn Sie zufällig ein bestimmtes Buch im Sinn haben und wenn Sie einen guten Rat wollen", sagte mir inzwischen Herr Natale ins Ohr, „dann gehen Sie es selbst suchen. Lassen Sie sich begleiten, das ist Ihr Recht, und lassen Sie sich zu den Regalen mit der Fachliteratur bringen; sonst werden Sie nur weiter auf die Schippe genommen, wenn nicht schlimmer."

„Aber was ist das überhaupt für ein Fach?" sagte ich, „Geschichte ist es nicht, Mathematik auch nicht und Philosophie glaube ich auch nicht. Was für ein komisches Buch ist es denn?"

Auf Accetto zeigend, der wie eine Aufsichtsperson zwischen den Bänken herumging, sagte Natale: „Der dort — sehen Sie ihn? — ist ein arbeitsscheues Element. Der tut so pingelig, der mit seinem lächerlichen Hut und seinen zwei Gehilfen, haben Sie die gesehen?, die geben an, als wüßten sie Bescheid mit Büchern. Aber es sind zwei Lumpen, Schurken mitsamt ihrem Rädelsführer. Und ein Buch, das kann ich Ihnen sagen, denn ich hab's schon lange gemerkt, ein Buch haben die noch nie gesucht. Gleich hinter der Tür hat er einige gehortet, er tut so, als würde er werweißwohin gehen, in schwer erreichbare, entlegene Säle, tut so, als würde er die Regale rauf und runter absuchen, unter akrobatischen Anstrengungen und Einsatz seines Lebens, so sagt er nämlich. In Wirklichkeit bleibt er gleich stehen, sowie er aus dem Türchen da hinten draußen ist" — und er zeigte auf eine kleine Tür, die man kaum erkennen konnte, — „setzt sich dort in sein Kabäuschen neben dem Heizungsrohr und unterweist seine Gehilfen, wie man den falschen Freund spielt und in Wirklichkeit den anderen schadet. Wenn die erforderliche Zeit vorbei ist, um alles ordnungsgemäß erscheinen zu lassen, nimmt er eins von den gehorteten Büchern, im ganzen höchstens drei oder vier, er nimmt das, welches ihm am geeignetsten erscheint, aber Sie können sich denken, wieviel einer davon versteht, ohne

Hochschulabschluß und mit einem solchen Zerberusgesicht, Sie haben es ja selbst gesehen, dieses Gesicht und den Hut dazu, mit seinen Trugschlüssen und seinen falschen Argumenten zwingt er dann den Leser, das Buch zu behalten. Er betrachtet ihn, den Leser, als einen Pedanten, dem man nie seinen Willen tun darf, als einen pingeligen und fanatischen Pedanten, der hierher kommt, um die Bücher zu mißbrauchen. Aber wenn sie erklären, daß Sie dieses Buch nicht wollen, und wenn Sie darauf bestehen, kann es vorkommen, daß er's Ihnen umtauscht; aber es vergehen Stunden oder Tage, und glauben Sie ja nicht, die Lage bessert sich; er holt irgendein anderes hinter der Tür hervor und sagt, mehr sei nicht zu machen, ein anderer würde an seiner Stelle viel weniger tun, er würde sich einfach weigern, denn hier drin sind nach seiner Meinung nur wurstige Typen und Banausen, und er redet so lange, bis er den Leser herumgekriegt hat, indem er ihm nichts anderes in Aussicht stellt als unüberwindliche Hindernisse und Gesuche an den Direktor, die Generalintendantur und an den Ausschuß der Geheimräte.

Aber auch einer, der keine Ansprüche stellt, ist ihnen nicht genehm: mich lassen sie beispielsweise nie in Ruhe, weil ich nach ihrer Meinung nicht genug lese und ihnen ohne jeglichen Gewinn Bücher, Tisch und Stuhl abnütze. Auch wenn sie es auf ihre hinterlistige Art machen, weiß ich genau, daß sie es sind, wenn ich konfus bin und mich meine Schlaflosigkeit in der Zange hat. Aber, sage ich, so laßt mich doch in Ruhe, ich bin schließlich Studienrat und weiß selbst, was ich zu tun habe. Ich störe niemanden, stelle keine großen Ansprüche für die Bibliographie und bin nicht schwierig; ich habe immer dasselbe Buch, das braucht ihr gar nicht erst zu suchen. Legt es mir auf den Tisch, an meinen gewohnten Platz oder wohin ihr wollt, und ich verlange nichts mehr von euch. Ich fange es immer wieder von vorne an, weil mich das Lesen ermüdet und meine Nerven beruhigt; das ist wie damals, als ich meiner Freundin zuhörte. Die Wörter drehen sich in meinem Kopf wie ein Rad; ich kann mich nicht an sie erinnern, aber sie wiegen mich ein, und vielleicht träume ich dann. So kuriere ich meine Schlaflosigkeit, das ist meine Medizin, sonst müßte ich wenigstens wieder eine Frau haben oder vielleicht mehr.“

Während er so redete, überlegte ich schnell: zog meinen Zettel mit dem Prüfungstermin heraus und schwenkte ihn in der Luft. Als Accetto herkam, verlangte ich, er solle mich zum entsprechenden Regal gehen lassen. „Ich möchte selbst vor Ort gehen“, sagte ich.

Kurz darauf war ich ohne weiteres, aber ein bißchen beklommen und von einem Zähneklappern angespornt, auf dem Weg zu den Regalen des 20. Jahrhunderts. Das entnahm ich jedenfalls ihren Versicherungen.

Wir gingen eine Wand entlang, wo sich das Gewölbe senkte und man auf seinen Kopf aufpassen mußte und darauf, daß man in der Dunkelheit nicht stolperte. Accetto war an meiner Seite oder ein wenig vor mir; die zwei Gehilfen hörte ich hinter mir trippeln.

„Hören Sie mal!“ sprach mich Accetto an, „dieser Professor Natale, ich weiß ja nicht, was er Ihnen erzählt hat, Studienrat ist er jedenfalls nicht; es liegt ihm etwas daran, einer zu scheinen und es zu erzählen, aber er war nur hin und wieder Aushilfslehrer, bis er dann ganz vom Dienst suspendiert wurde. Überall fand man ihn schlafend. Von wegen Schlaflosigkeit! Der schlief im Stehen, im Sitzen, beim Gehen und auch wenn er redete; wenn andere redeten, brach er manchmal sogar zusammen und blieb ohne jegliche Haltung am Boden liegen; und im Unterricht war er skandalös, fortwährend, denn sein Beispiel machte Schule, und bei seinem Anblick erstarben Ansporn, Kraft, Einsatz und guter Wille. Hin und wieder wurde er eingesetzt, da sein krafttötendes Aussehen die unruhigsten Klassen beschwichtigte. Stimmt's?“ fragte Accetto und wandte sich nach seinen Gehilfen um. „Aber so geworden ist er durch einen Streich, einen schrecklichen Streich, auf den er hereingefallen ist, und seitdem hat er sich nicht mehr erholt. Bei einer Prüfung wurde ihm der Streich gespielt, und das machte ihn so fertig und verwirrte seinen Geist so sehr, daß er so geblieben ist. Das wissen alle hier drin.“

„Bei einer Prüfung? ein Streich?“ fragte ich interessiert.

„Genau.“

Und inzwischen liefen, wo wir vorbeikamen, überall Hühner weg. Hühner in einer Bibliothek, das mag merkwürdig erscheinen, aber niemand achtete darauf; lästigerweise hörte ich auch Wespen um meine Ohren schwirren.

Der erste Gehilfe nahm das Gespräch wieder auf: „Ja, es war die Prüfung für eine Planstelle als Oberschullehrer, für den Titel Studienrat, und ihm, Natale, war es sehr bange vor dieser Prüfung.“

„Haben Sie gehört? Lassen Sie sich erzählen, wie es in Wirklichkeit gegangen ist“, sagte Accetto und deutete auf diesen Gehilfen.

Und der Gehilfe sagte: „Ja, das kann ich machen“, dabei stieß er seinen Kumpel mit dem Ellbogen, „einen Monat lang hat er nicht gegessen, nicht geschlafen, nur gelernt; er lernte vom Morgen bis zum Abend, und in der Nacht hatte er sein Buch unter dem Kopfkissen, weil er die ganze Nacht alles auswendig wiederholte. Und wenn er steckenblieb oder eine Gedächtnislücke hatte, dann spähte er mit einem Lämpchen in sein Buch und sagte es noch einmal auf, sogar von hinten, damit sein Geist elastisch blieb, und durch Fragen, mit denen er sich selbst überrumpelte, brachte er sich in eine Panikstimmung; dann kroch er wieder ganz unter die Decke zurück wie in einen Tabernakel, um sich besser zu sammeln, und lernte weiter; darauf streckte er sich beruhigt wieder aus, hörte sich aber bis zum Morgen unentwegt ab. Das hat er mir selbst erzählt, denn ich war damals mit ihm befreundet.

Bei Tisch hatte er die Bücher auf seinem Teller liegen, die Suppe wurde inzwischen kalt in der Schüssel, und nachdem er eine Zeitlang ihren Geruch in der Nase gehabt hatte, glaubte er, er habe schon gegessen. Deshalb kam er herunter. Er lebte von Zucker, Tee, Koffein und Beruhigungsmitteln. Seine Mutter und seine Schwester verpaßten ihm, ohne daß er es wußte, das heißt, ohne daß er es wirklich merkte, Reis, Schokolade und Ei mit Wermut; manchmal auch in Würfel geschnittenes Suppenhuhn; er kaute, während sein Mund laut das Gelernte hersagte; er schluckte, während er umblätterte. Als nicht mehr viel bis zur Prüfung fehlte, war er eine Furie geworden, er sprang von einem Buch ins andere und las und las, ab und zu schrie er verzweifelt: ‚Mein Gott, ich weiß nichts', und alle Fächer wirbelten in seinem Kopf herum und versuchten, wie er sagte, ihm nach allen Seiten zu entwischen. In manchen Augenblicken hätte er die Prüfung sofort ablegen mögen; aber in anderen sagte er wieder, er brauche mindestens noch ein oder zwei Jahre. ‚Aber wenn ich an die Prüfung denke', murmelte er, ‚dann schnappe ich über, meine Beine wackeln, meine Kehle schnürt sich von selbst zu, mein Bauch knattert und ich bekomme eine Herzneuralgie.'

Wenn ihn seine Freunde in diesem Zustand sahen, versuchten sie reihum ihn zu trösten und zum Lachen zu bringen. ‚Du brauchst Ablenkung', sagten sie, ‚das tut deinem Kopf gut.' Aber er wollte nur, daß sie ihm Fragen stellten: ‚Stellt mir kniffliqe Fragen', bat er in seinem Wahn, und um ihm seinen Willen zu tun, nahmen sie ein Buch, schlugen es irgendwo auf und verlangten: ‚Seite 80, Zeile 4', dann aber lasen sie auf einer anderen Seite eine Zeile von hinten. Er machte einen Freudensprung: ‚Falsch, falsch' und er sagte die ganze Seite achtzig auf, machte eine Zusammenfassung des ganzen Buches, und am Ende war er so befriedigt, daß er eine Zeitlang ruhig und sicher wurde, einen Teller Spaghetti aß, Wein trank und mit seinen Freunden über sich selbst und über seine Prüfung scherzte. ‚Wenn ich euch als Prüfer hätte', sagte er, ‚ginge es mir sicher sehr gut.' Und sie: ‚Wir können eine Probe machen, dann gewöhnst du dich an die Prüfung und wirst ruhiger.' Er lachte: ‚Das wäre freilich eine gute Methode; ihr fragt mich ab und quält mich derartig, daß dann die richtige Prüfung nur noch ein Scherz ist.' Seine Freunde zwinkerten sich zu: ‚Reg dich nicht auf, du darfst dich einfach nicht aufregen, das ist das Wichtigste.' Dankbar und froher und auch ein wenig erquickt ging Natale nach Hause; aber sobald er das Prüfungsprogramm wieder vor sich hatte und an das bevorstehende Datum und an die Gesichter der Prüfer dachte und an sein eigenes wehr- und wissenloses Gesicht, packte ihn ein solcher Schrecken, daß er sich auf die Bücher stürzte und begann, auswendig aufzusagen, sich fürchterliche Fragen zu stellen und so zu tun, als wäre er schon in der Prüfung. Aus Aberglauben legte er sich sein Heft mit den Notizen aufgeschlagen über den Kopf, damit womöglich nach und nach etwas einsikkerte, und dazu stimmte er einen Meßgesang mit dem Wortlaut des Buches an und ging mit großen Schritten durch sein Zimmer und durch das ganze Haus.

Als nach seiner Rechnung noch drei Nächte und zwei Tage fehlten, klingelt es an der Haustür und er bekommt eine Mitteilung mit dem Stempel des Ministeriums, in der es heißt, daß die Prüfung schon am nächsten Morgen um neun stattfindet. Er schaut den Boten an und fällt halb bewußtlos um: er mußte doch alles noch einmal durcharbeiten und in seinem Kopf herrschte in dem Moment ein höllisches Durcheinander, in dem es nur so brodelte und sich nichts bewältigen ließ. Als er es schafft, sich wieder zu fassen, das Gesicht kreideweiß und eingefallen wie bei einem Verurteilten, denkt er: ‚Das ist mein Verderben, ich werde den Mund gar nicht aufmachen; wenn ich es überhaupt schaffe hinzukommen.' Dann liest er die Mitteilung noch einmal: der Buchstabe N war ausgelost worden, und er, Natale, war als erster dran. ‚Schlimmer könnte es nicht gehen!' denkt er, und sein Darm scheint ihm davonlaufen zu wollen, sein Magen hat sich gleichsam zusammengerollt und bellt. Dann schaut er sich den Boten an, der ihn aufgehoben hat und ihm Luft zufächelt. Mit seinem großen schwarzen Bart sieht er aus wie ein Unglücksrabe, er hat übertrieben dicke Augenbrauen, die Mütze tief ins Gesicht gezogen und die Uniform platzt aus allen Nähten, als wäre es nicht die seine. Natale schaut ihm genauer in die Augen und glaubt ein heimliches Lachen drin zu sehen. Da kommt ihm ein Verdacht; er nimmt die Mitteilung wieder in die Hand und liest sie ganz: um neun Uhr im Schulgebäude soundso, vor der Kommission usw. usw. und er liest so pompöse und überaus lächerliche Namen, als wären sie erfunden; Studienrat Schrecker, Studienrat Einsager, Studienrätin Schaselon. Dann schaut er sich die Stempel an, es sind viele, vielleicht ein bißchen zu viele, und alle frisch und gut leserlich; er liest noch einmal, und die Ausdrucksweise erscheint ihm so unwahrscheinlich, so aufgesetzt, daß er den Boten anschaut und sagt: ‚Sie sollen also der Bote sein?' ‚Ja', antwortet der andere. ‚Und das soll Ihr eigener Bart sein?' ‚Ja', erwidert er erneut, ‚wenn Sie nichts dagegen haben'; aber Natale sieht genau, daß er hinter dem Bart lacht und sich gleichzeitig verschanzt. Er glaubt inzwischen, alles durchschaut zu haben. ‚Wer schickt Sie eigentlich?' fragte er plötzlich. ‚Das Schulamt', antwortete der andere, als würde er einen Text rezitieren. ‚Und habt ihr alle solche Bärte?' sagt er noch; ‚und macht ihr immer so viele schöne Stempel?' Der Bote ist ein wenig perplex und tut einen Schritt zurück; aber Natale hat schon alles kapiert, den Streich, seine Urheber und den Zweck, und er hört auf. Sein Darm kommt zur Ruhe, sein Herz entkrampft sich, und auch das Gedächtnis kehrt in den Kopf zurück.

Am Tag darauf tritt er vergnügt lächelnd zur Prüfung an. Die Kommission sitzt im Turnsaal. Er geht hinein und sieht sie am anderen Ende in wackeligen, irgendwo aufgegabelten Bänken erwartungsvoll im Halbkreis aufgereiht. Er geht durch den ganzen, übermäßig großen Saal und denkt: ‚Etwas Besseres haben sie wohl nicht gefunden, um Eindruck zu schinden.' Er machte eine leichte Verbeugung und glaubte in einer vollbusigen Dame seinen Freund Pfeiflein wiederzuerkennen und in einem faltigen Professor mit Pfeife im Mund einen anderen Freund namens Peppino: nur daß er sich eine falsche Glatze als glänzendem rosa Gummi übergestülpt hatte, mit ein paar Haaren um die Ohren und über dem Nacken; und seine Augen waren selbstverständlich geschminkt, damit sie aussahen wie die Augen eines anderen. Sie fordern ihn freundlich auf, Platz zu nehmen; er kann sein Lachen kaum zurückhalten, denn während der Vorsitzende spricht, erkennt er in ihm die Gattin des Gemüsehändlers, Frau Siefer, aber mit Jackett, Krawatte und ungleich schlanker und männlicher. So beginnt die Prüfung zu seinem größten Spaß und mit größtem Wissensaufwand. Der Reihe nach fragen sie ihn die schwierigsten Dinge. Er antwortet mühelos, geht manchmal über die Fragen hinaus, nennt auch Dinge, die nicht mehr zum Prüfungsprogramm gehören, und denkt dabei, daß es eine sehr nützliche Übung ist. Die anderen zwei Prüfer schaut er sich lange an, kriegt aber nicht heraus, wer es ist, so gut sind sie maskiert. Aber als die zweite mutmaßliche Studienrätin den Mund aufmacht und ihn nach den Euler-Gleichungen fragt, hätte er ihr beinahe ins Gesicht gelacht, denn an der Stimme hat er den Kellner aus dem Café Puccini erkannt, dem Lippenstift, den dünnen Strümpfen und dem feinen Rachen-er zum Trotz, eine so gute Parodie, daß er sich biegen könnte. Aber der Übung halber antwortet er und um den Spaß nicht zu verderben, ergeht er sich in Einzelheiten, auswendig gelernten Zitaten und freut sich im Stillen, denn er fühlt sich ruhig, sicher und auf dem Gipfel aller seiner Fähigkeiten: wenn es die echte Prüfung wäre, wäre es ein Triumph, das Höchste, was sich ein Mensch wünschen kann.

Als sie zu ihm sagen: ‚Das ist genug!‘ sagt er: ‚Nein, nein, fragt mich noch was‘, und sie: ‚Es ist genug, Sie können gehen‘; und er: ‚Noch eine kleine Frage, nur eine; das war bis jetzt ein Witz für mich.‘ ‚Aber was erlauben Sie sich!‘ sagt einer der Prüfer mit Fistelstimme. ‚Hinaus mit Ihnen!‘ Da es Natale nun nicht mehr schafft, sich zurückzuhalten, und vor Lachen beinahe umkommt, steht er auf und zieht die Studienrätin, die wie Pfeiflein aussieht, an den Haaren. Es ist eine Perücke, wie er vermutet hat, aber darunter kommt ein undurchschaubares Wesen zum Vorschein, vielleicht wirklich eine Frau, aber mit Vollglatze. Er schaut sie betroffen an und versucht sie mit ihrem Namen zu rufen: ‚Pfeiflein, das bist du doch?‘ Die anderen Prüfer springen bei diesem Anblick auf. Der Kandidat Natale verstand nun nicht mehr, was für ein Streich hier gespielt wurde und wer ihn spielte, denn als er sie aus der Nähe fixierte, sah er zwar ein Bärtchen und einen frisch rasierten Flaum über der Oberlippe, der nur schlecht und recht überpudert war, aber er konnte sie kaum erkennen. Da streichelte er ihr Gesicht, um darauf zu kommen und murmelte immer leiser: ‚Antworte mir doch, steckt Pfeiflein hinter dir oder nicht?‘ Und dabei versuchte er ausfindig zu machen, ob sonst noch etwas Falsches da war, das man hätte abnehmen können: er probierte es mit der Nase, mit dem Kinn, mit den Augenwimpern, letztere blieben tatsächlich in seiner Hand samt einem Zahn, der von selbst aus dem Mund gesprungen war. Dann hob er ihr den Rock hoch, um nachzusehen, ob darunter etwas war, während ringsum geschrien wurde, und auch das Wesen, das er betatschte, schrie. Da er sich nun gar nicht mehr auskannte, weil es unter dem Rock stockdunkel war und stark roch, ließ er ihn wieder fallen, wandte sich einem Studienrat zu und versuchte ihm die Haut vom Gesicht zu ziehen, denn sie schien ihm wie zum Scherz aufgeklebt und getrocknet; dann wollte er ihm Haare und Ohren ausreißen, so daß eine hitzige Rauferei in Gang kam, während er nicht wußte, ob er noch lachen sollte oder lieber schon weinen und immer wieder sagte: ‚Jeder Spaß hört sich einmal auf, Peppino.' Aber leider war es nicht Peppino, sondern der echte Studienrat Einsager; und Pfeiflein war nicht Pfeiflein, sondern Frau Schaselon, Studienrätin für Griechisch, offiziell vom Ministerium ernannt. Der fünfte Prüfer war klein, ein richtiger Knirps. Er war der letzte, den Natale zu entkleiden versuchte; aber auch im entkleideten Zustand mochte er ihn drehen und wenden, wie er wollte, er erkannte ihn nicht. Als Natale nun gezwungen war, sich zu ergeben, murmelte er immer noch: ‚und ich hab gedacht, es wär Pfeiflein, hab gedacht, es wär Pfeiflein'.

Darauf hieß es von ihm, er hätte eine hervorragende Prüfung abgelegt, wenn nicht eine künstliche und zu lange ausgedehnte Ruhe im Verein mit einem körperlichen Verfall und zuwenig Schlaf plötzlich zu einer Verletzung des Thalamus geführt hätte, weshalb er jetzt keine Unterschiede mehr wahrnehmen könne. Und von dem Augenblick an konnte er nämlich Schlafen und Wachen nicht mehr unterscheiden, und Schlafen nennt er nun Schlaflosigkeit. Das ist die Wahrheit, wenn Sie gestatten; und ich weiß es, denn ich bin sein alter Freund Pfeiflein."

Als ich von so einer Prüfung hörte und da ich mich in diesem unglückseligen Fall beinahe selbst beschrieben fühlte, überlief es mich nicht nur heiß und kalt, sondern es packte mich auch eine noch dringlichere Lesewut, ich mußte unbedingt etwas Ernsthaftes und Sicheres finden, auf das ich mich stützen konnte.

„Schon gut, schon gut", sagte ich, „derlei Fragen gehen mich nichts an. Macht mir die Stunden, die mir noch bleiben, nicht noch schwerer, es sind ohnehin nicht viele; ich bin ja selbst zu so was verurteilt, so gebt mir doch ein Buch!" flehte ich, „gebt mir doch ein Buch über das 20. Jahrhundert", denn ich hatte es zwei Uhr schlagen hören, und meine sämtlichen Zähne klapperten schon wieder und taten mir sehr weh. Es kam mir vor, als hätte ich Nägel im Mund und ein Hammer würde sie in knotiges Holz einschlagen.

„Wenn es so dringlich ist", sagt Accetto etwas respektvoller als zuvor, „wir sind schon in der Nähe." Und er kommt tatsächlich gleich darauf mit einem Band an, wenn man ihn überhaupt so nennen darf, der noch schlimmer zugerichtet ist als der erste; es schienen vom Boden aufgelesene Blätter zu sein, aufeinander gelegt, wie es gerade kam und mit einer Schnur kreuzförmig zusammengebunden. Vielleicht waren sie einmal ein Buch gewesen und hatten einen Titel gehabt; jetzt war auch der Rücken abgenagt und man wußte nicht mehr, was es eigentlich sein sollte. Blätter mit anderem Format waren darunter, entweder kleinere oder größere. Es war mir sonnenklar, dies gehörte zu den Büchern, die er jedem aufschwätzen wollte, zumal den Unerfahrenen. Er sagte nämlich: „Dies Buch wird sehr häufig verlangt, es gehört immer zum Prüfungsstoff. Hier, nehmen Sie Platz!" Und er gab mir einen Tisch, der höher war als die anderen, und einen eben solchen Stuhl. Da saß niemand; aber wenn es auch nur ein paar Zentimeter waren, man überblickte einen großen Teil des Saales.

Die Reihenfolge der Seiten war durcheinander; ihre Zahlen durchaus zufällig. Ein Blatt — ein wenig vergilbter als die anderen — lag verkehrt drin und stammte aus irgendeinem anderen Band. Wer weiß, ob es nicht durch eine Gunst des Schicksals gerade dasjenige war, welches ich suchte. Und mangels Besserem auf mein gutes Geschick bauend, begann ich ein wenig nervös, es anzuschauen.

In Amerika zum Tode verurteilt

Einem gewissen Juss, einem mehrfachen Mörder, wurde im Gefängnis sein Todesurteil überbracht; er war ein dicker, nicht besonders männlicher Mann. Im ersten Moment wurde er kreideweiß, sogar seine Augen hatten ihre Farbe verloren, und er blickte drein wie ein Tauber, der zwar nichts hört, aber von den Lippen in etwa den Sinn der Worte abliest. Er spielte gerade eine Partie Karten gegen sich selbst. „Wie?" sagte er und deckte im selben Moment eine Karte auf.

Und da geschah das Unerklärliche. Er fing an zu schluchzen; man hätte denken können, er weinte, aber es war eine Art Lachkrampf, so akut und so stechend, daß er sich mit den Armen das Sonnengeflecht halten mußte und ihm das Fleisch im Gesicht wackelte. Dann bekam er wieder Luft und begann sich aufs neue zu krümmen und unter lautstarken Krämpfen liefen ihm die Tränen herunter, eben wie einem, der sich freut und aus vollem Halse lacht. In den kurzen Ruhepausen schaute er die aufgedeckte Karte an und wieder packte ihn das entsetzliche Lachen, das sich in ein Schnauben verwandelte, mit einem Blasen zwischendurch, das zu heißen schien: „wie? wie?" Da der Gerichtsvollzieher glaubte, das alles rühre von einem Mißverständnis her oder der Mann sei tatsächlich ein bißchen taub, las er den kurzen, in sich sehr einfachen, schmucklosen Satz mit dem Urteil noch einmal, worauf sich die krampfartigen Heiterkeitsausbrüche und das Wie? Wie? des Veurteilten verdoppelten. Daraufhin und nach einem Augenblick der Ratlosigkeit nahm der Gerichtsvollzieher, um eine Erklärung zu suchen, seine Brille ab und las die Verordnung, die er in Händen hielt, ein paarmal halblaut für sich, als müßte er sie studieren. Dabei trat nach und nach ein leicht amüsiertes und Juss fragend zugeneigtes Lächeln auf seine Lippen, während sich dieser in der Zwischenzeit krumm und bucklig lachte und die Angelegenheit immer komischer zu finden schien.

In dem Moment erfaßte auch den Gefängnisaufseher, wie von einer Epidemie angesteckt, ein albernes, anteilnehmendes Grinsen, das dann in ein ungehemmtes, überzeugtes Lachen überging. So daß sie sich einige Minuten später ohne ersichtlichen Grund alle drei kugelten, allen voran Herr Juss. Und als durch die angelehnte Tür verwundert ein Aufseher erschien, schüttelte es alle noch mehr, und es dröhnte so kräftig, daß auch dieser, der Vierte, sowie ein Fünfter, der neugierig hinter ihm stand, sich, ohne viel zu fragen wieso und warum, reflexartig dem Spaß anschlossen, wobei sie sich sogar mit übertriebenem Eifer und äußerster Bereitwilligkeit auf dem Boden rollten und einander mit den Händen auf die Schultern schlugen und sich wie Betrunkene an die Wand lehnten. Der Gerichtsvollzieher sagte von Schluchzern unterbrochen, immer wieder: „Ach Gott, ach Gott, ach Gott!"; dann mußte er sich setzen; hin und wieder hob er das Blatt in die Luft, als wollte er um eine Atempause bitten; aber das ließ jenes epileptische und übertriebene Gelächter erneut anschwellen, auch bei den zwei letzten Lachern, die von nichts wußten. Herr Juss hockte in einer atemlosen Ohnmacht zusammengekauert, die Stirn auf das eiserne Tischen gestützt; hin und wieder schlug er mit der Faust auf das Tischchen und wabberte wie ein Pudding. Dann sahen sie, wie er seinen Blick erhob und um sich blickte; er war nicht rot, sondern bleich und aufgedunsen, und sein glattes Haar hatte sich gekräuselt. Die anderen steckten noch mitten in ihrem grundlosen Gelächter: aber schon mit Anzeichen eines Irreseins: der ältere Aufseher hatte ein schiefes Gesicht wie nach einem Schlaganfall und ruderte mit dem linken Arm durch die Luft; sein ihm zunächst stehender Amtskollege befand sich mitten in einem Asthmaanfall, nichtsdestotrotz lachte er weiter. Auch der dritte rang nach Luft und schien nahe daran, die Besinnung zu verlieren.

Als Juss da, so heißt es, den Gerichtsvollzieher über den Schemel ausgestreckt liegen sah, das Blatt des Gerichts auf dem Boden, die Spielkarten verstreut und vielleicht, wer weiß, die offene Tür, das Waschbecken mit dem Handtuch, seine offenen Schnürsenkel, einige obszöne Wörter an der Wand, eine Kippe und die Asche im Aschenbecher, als er vielleicht blitzartig alle diese Dinge sah, wurde er mitsamt allen seinen Organen noch einmal von der krampfartigen Heiterkeit in die Zange genommen, aber so, als sollte er sich tatsächlich totlachen. Seiner eingerollten Kehle entfuhr ein zweimaliges Zischen, hohl klingend und paroxystisch, und er regte sich nicht mehr, von einem endgültigen Aufstoßen gewürgt.

Von den drei Gefängnisaufsehern blieb dem einen eine Lungenverletzung, die anderen drei waren in den folgenden Jahren abgestumpft und schweigsam; womöglich in größerem Maß als zuvor. Der Gerichtsvollzieher erholte sich nie mehr: seine Karriere endete hier, denn er selbst reichte seinen Abschied ein. Hin und wieder überkam ihn ein Zittern und eine Erschlaffung, die einem tonlosen Lachen nicht unähnlich waren.

Wissenschaftlich geklärt wurde der Fall nie, noch entdeckte man eine ähnliche psychische Dynamik in anderen Fällen. Juss blieb, die Stirn auf sein Tischchen gestützt, wie tot sitzen; die Pik-Zwei, die Karte, die er aufgedeckt hatte, hielt er bewußtlos und gefühllos fest in der Hand. Seine Hinrichtung wurde abgesagt und auf unbestimmte Zeit verschoben, in Anbetracht des lethargieähnlichen Zustands, in dem er von da an verharrte. Sein Gehirn war ausgebrannt, als wäre das Lachen das sichtbare Zeichen einer elektrischen Hochspannung gewesen. Wodurch diese erzeugt worden war, ist schwer zu sagen; denn vom Sachverständigen des Gerichts wurde festgestellt, daß der Wortlaut des Urteils jeglicher Komik entbehrte; auch ließ sich kein symbolischer Sinn und kein komisches oder ironisches Element in jener Pik-Zwei entdecken.

Was die Gefängnisaufseher angeht, so wurde einer als Halbinvalide in den Ruhestand geschickt, die anderen beiden wurden versetzt und zurückgestuft. Auf jeden Fall haben beide zu ihrer Rechtfertigung immer wieder beteuert, es habe etwas in der Luft gelegen, gegen das sie machtlos waren, etwas wahrhaft Unerklärliches, das man einatmete, sobald man die Zelle betrat. Einer meinte ein geruchloses Lachgas, das Juss ausströmte, der andere ein fulminanter Virus oder Sporen oder sonstige Bazillen, die sich latent schon auf den Gegenständen und auf Juss abgelagert hatten: diese Bazillen sollen sich, als das Urteil verlesen wurde, in die Luft erhoben und dort verteilt haben wie Niespulver. Wenn es nicht die Wirkung war, die der Gedanke an den elektrischen Stuhl bei manchen Gemütern hervorruft, die ohnehin schon einen Hang haben zu sinnloser Heiterkeit und Fröhlichkeit.

Während mir beim Lesen immer heißer wurde und immer ängstlicher zumute war, weil ich mich selbst abgebildet sah, verfolgte ich unwillkürlich auch alles, was sich ohne Unterlaß in meiner Umgebung abspielte. Einer der zwei Gehilfen schob sehr langsam eine Hühnerfeder in die Nase eines Lesers, der seinen Kopf in die Hand stützte, den Ellbogen auf den Tisch gestemmt hatte und heimlich und still in der Pose eines Lesenden schlief. Während ihn also der eine mit der Feder kitzelte, betrachtete der andere mit dem größten Vergnügen und aus nächster Nähe die Grimassen der Unduldsamkeit auf seinem Gesicht. Bis der Leser plötzlich und blindlings herausnieste und dabei Tisch und Buch vollspritzte. Die zwei Gehilfen krümmten sich unter albernem Gelächter; Accetto kam angelaufen und begann dem Leser mit leiser Stimme eine Standpauke zu halten, wobei er ihm ab und zu, wenn ihm die Augen wieder zufielen und er wieder am Einschlafen war, mit einem Tintenlöscher an die Stirn schlug und abwechselnd das Buch damit trocknete. Inzwischen sah ich, wie die zwei Gehilfen, hinter seinem Rücken halb versteckt, die Lage ausnützten und dem Leser, sobald ihm der Kopf vornüber sank, Ameisen in den Hals schoben, so daß er, als er sich so gnadenlos gepiesackt fühlte, mit einem Schlag zu sich kam, sich kratzte und mit den Händen auf Genick und Rücken schlug, während Accetto nicht abließ, ihn auf die einzelnen Spucketropfen im Buch hinzuweisen und an die Stirn zu klopfen, als wollte er sie ihm für immer einprägen.

Pfeiflein hatte inzwischen neben diesem noch einen Schläfer entdeckt und ihm mit einer Hasenmiene, zugleich froh und schadenfroh, und mit einem heimtückischen Hieb den stützenden Arm entzogen, so daß der Kopf mit einem dumpfen Schlag aufs Holz plumpste, der Typ aufwachte und sich die Stirn rieb, weil ihm der Bluterguß wehtat. Bei seinem Aufprall mußte er auch eine Blattwanze zerdrückt haben, denn es stank bitter und bestialisch.

Den beiden machte es sichtlich Spaß, sich wie Lausbuben zwischen den Tischen herumzutreiben und bald den bald jenen zu quälen. Auf einmal hatten sie eine Schlinge um einen Stuhl gebunden und zogen aus einiger Entfernung daran, so daß sie ihn und den darauf befindlichen Wissenschaftler, der selbstvergessen schlief, nach rückwärts ausschlagen ließen, bis nach einem stärkeren Ziehen der Stuhl umkippte und der Wissenschaftler wie ein Häufchen Lumpen, aus dem ein Kürbis herausrollt, auf den Boden fiel, wobei der Kürbis beim Aufprall klingt, als hätte er einen Sprung. Der Wissenschaftler erhob sich unter Mühen und rieb sich den Hinterkopf; auch den Stuhl zog er hoch, während ringsum andere, durch das Knarren und Plumpsen erwacht, umsichtig ihre eigenen Stühle in Augenschein nahmen und probeweise auf ihnen schaukelten, um zu sehen, ob sie solid oder baufällig waren.

Die zwei aber waren schon wieder anderswo und belästigten andere Leute, und ich konnte sie von meinem erhöhten Sitz aus sehen und meinen Blick nicht mehr von ihnen abwenden. Zwei Schatten ähnlich drückten sie beispielsweise eine Tube Klebstoff in die Ohren eines Schläfers und hefteten ihm dann einen Klebestreifen über die Augen. Sie gingen immer ganz langsam zu Werk und mit der größten Lust. Dann klebten sie ihm einen Streifen über den Mund und zwickten ihm die Nase mit einer Wäscheklammer zu; der wurde feuerrot und schnappte nach Luft, wobei er nichts hörte, nichts sah, nicht atmete und nichts mehr kapierte, und während er wohl glaubte, er müsse sterben oder sei schon gestorben, riß er sich wie rasend geworden die Klebstreifen aus dem Gesicht. Das mochte beinahe lächerlich aussehen, aber mir wurde angst und bange dabei, denn niemand war hier in Sicherheit vor diesen zwei Teufeln; ein Augenblick der Schwäche und man hatte sie schon am Hals, aus der Ferne von Accetto gelenkt.

Ich sah zum Beispiel, daß sie im Vorbeigehen einen Schlafenden mit einer Stecknadel in den Hals stachen, und der wie in einem Alptraum einen tonlosen Schrei ausstieß und mit weit aufgerissenen Augen um sich blickte; sie verbeugten sich gemeinsam vor ihm, aber wie zwei lustwandelnde Unschuldslämmchen. Einen anderen schlugen sie mit einem Lineal aufs Genick, obschon dies, um die Wahrheit zu sagen, eher Accettos Methode war. Oder sie blieben hinter einem Stuhl stehen und zündeten unter dem Ohr des Sitzenden ein Streichholz an, bis der in die Höhe sprang und die Hand auf sein rauchendes Ohr hielt und nicht wußte, was los war, aber vor Schmerz Tränen in den Augen hatte. Den grausamen Trick mit den Streichhölzern wandten sie systematisch an: manchen steckten sie welche zwischen die Finger und liefen davon. Die armen Betroffenen hörte man lange Zeit schreien, weinen und wehklagen. Leuten, die keine Haare hatten und somit keine Gefahr für das Gebäude darstellten, zündeten sie, wie ich sah, den Kopf an, dabei gab es eine riesige bläuliche Flamme, die zwar sofort erlosch, aber die ganze Haut wurde glühend heiß und ein wenig gebraten. Die Betroffenen wußten nicht ein noch aus, fuchtelten mit den Armen herum, rieben sich die Brandblasen und die rauchenden Hautreste, während die letzten Flammen ausgingen. Sie ließen ein Gejammer hören wie Neugeborene, wenn sie sich versengen, und unter Qualen nahmen sie ihre Lektüre wieder auf.

Außerdem waren auch schädliche Tiere im Einsatz, die einem große juckende Beulen beibrachten: die hatten sie immer bei sich, schüttelten sie in kleinen Marmeladegläsern so lange, bis sie wild geworden waren, und setzten sie dann auf Hälse oder Backen oder schütteten sie in Ärmel, Halsausschnitte oder ins Haar. Ich habe auch gesehen, wie sie auf einen Barfüßigen ein neurasthenisches Hündchen hetzten, das sich in den Zehen festbiß, als wären diese besonders feindlich und unbelehrbar. Unter dem Stuhl hörte man es knurren und um sich schlagen, und alle zogen vor Schrecken die Beine hoch. Einem anderen sperrten sie den Fuß in einen Sack zusammen mit einer wildgewordenen Katze; wo sie die hergenommen hatten, weiß ich nicht; vielleicht hielten sie eigens zu diesem Zweck immer eine bereit. Auf allen Vieren waren sie unter den Tisch gekrochen, während in einiger Entfernung Accetto die Oberaufsicht führte, und im Nu hatten sie den Fuß geschnappt und festgebunden. Der Leser war vor lauter Schreck vom Stuhl gefallen und versuchte die Knoten aufzuknüpfen, während man sah, wie die Katze lossprang und mit Krallen und Zähnen über den armen Fuß herfiel. Für die Füße, ob beschuht oder unbeschuht, hatten sie eine Vorliebe, insbesondere wenn sie von den Sitzen hinunterbaumelten oder in Vergessenheit geraten schienen; zum Beispiel zwängten sie sich unter den Tisch und schlugen mit einem Hammer darauf; ich habe aber auch gesehen, daß sie ein wenig heißes Pech auf die Schuhe träufelten und anzündeten. Ein Schuh aus Leder oder Wolle wird dadurch glühend heiß, und sein Besitzer stampft mit ihm vergeblich auf den Boden und schreit wie verzweifelt um Hilfe, weil er ihn mit den Händen nicht aufbinden kann; in seiner Umgebung wachen alle auf, aber, wie ich gesehen habe, herrscht hier keine Solidarität. Ich habe auch gesehen, wie ein Hosenboden entflammte und die gesamte Behaarung bis zum Knie dabei versengt wurde. Einer, der keine Schnürsenkel hatte, schleuderte seinen flammenden Schuh mit einem Fußtritt in die Luft, so daß er einem griechischen Feuer gleich einem anderen in der Nähe sitzenden Wissenschaftler auf den Kopf, aufs Buch oder sonstwohin fiel, ihn mit glühenden Steinchen überrieselte und seine ganze Umgebung in Aufruhr versetzte, denn eine solche Bombe kann jeder abbekommen, auch wer nicht vorübergehend eingenickt ist. Wenn aber das Feuer das Buch erwischt und anzündet, wird der Wissenschaftler, wer immer er auch sein mag, ob neu oder alt, unschuldig oder schuldig, hinausgeworfen und zur Wiedergutmachung des Schadens verpflichtet, anderenfalls behält Accetto seinen Mantel, seine Jacke oder seinen Schlafanzug als Pfand zurück. Ich habe gesehen, wie er einen hin und her schüttelte und wie einen Gassendieb anpöbelte, während seine zwei Gehilfen lachten und mit Gummi auf ihn schossen. Es war ein Professor für Numismatik, dem ein feuriger Schuh auf seine Schulter gefallen und das Buch vor seinen Augen verbrannt war. Accetto hatte ihm seinen Überzieher ausgezogen und wollte ihm auch sein altmodisches Nachthemd noch ausziehen. Der Professor leistete schwach Widerstand und schämte wegen des Lärms und weil er im Mittelpunkt der Aufmerksamkeit stand.

Inzwischen versengten die Gehilfen einem anderen die Augenbrauen und die Wimpern mit einem Feuerzeug; dann zündeten sie ihm auch noch den Bart an und nahmen gleich darauf Reißaus. Und der rieb sich, als käme er nach einem langen Urlaub wieder auf die Welt zurück, seine Wangen, die von dem verbrannten Bart kohlschwarz geworden waren, und klagte mit leiser Stimme. Mit dem Feuerzeug kannten die beiden nämlich keine Grenzen; wo sie vorbeikamen, sah man Rauch aufsteigen; man sah, daß bei einigen Wissenschaftlern das Feuer aus dem Ärmel schlug und ihre Kleidungsstücke glühten, wodurch sich eine dichte schwarze Wolke bildete, wenn der Stoff aus synthetischen Fasern war; und der Wissenschaftler mußte, um nicht zu ersticken, eiligst alles ausziehen, worauf er in Socken, Leibbinde oder wenig mehr schamrot dastand; dabei ist zu bedenken, daß die Unterwäsche nie modern und nie besonders präsentabel war.

Am liebsten wäre ich davongelaufen; ich fürchtete, auch mir könnten einen Moment die Augen zufallen oder aus Versehen der Kopf sinken. Ich hatte keinerlei Lust auf die Fürsorge, mit der sie mich wachhalten würden; mir reichte schon mein Zahnweh. Aber auch im wachen Zustand hätte ich in ihrer Gegenwart nie ernsthaft lernen können, vorausgesetzt, daß jene fliegenden Blätter überhaupt etwas waren, das sich lernen ließ.

Pfeiflein saß inzwischen in der hintersten Ecke des Saales schweigend und mit der Miene eines frechen Schülers neben einem wehrlosen alten Männchen, dessen Kopf ganz leicht zurückgelehnt war und das einen Schlafanzug trug. Er hielt ihm das Feuerzeug unter die Nase und ließ es im Schlaf das Gas einatmen. Inzwischen winkte er seinen Kumpan zu sich, der auch sein Vergnügen haben und ihm helfen sollte, bis das Männchen dann mit den Armen in der Luft herumfuchtelte, um nach etwas zu greifen, dann aufsprang, als wäre es plötzlich unabdingbar zum Schlafwandler geworden, und auf einen Kollegen fiel, der die Augen offen zu haben und wach zu sein schien, während er aber schlief; als der das Gewicht des anderen auf sich spürte und in seiner Nähe auch noch die zwei Gehilfen sah, versteckte er sich instinktiv unter dem Tisch; worauf die beiden sagten: „Das darf man nicht, das ist verboten; dafür sind doch die Stühle eigens da; man darf doch nicht unter dem Tisch arbeiten." Und schon hatten sie seinen Fuß gepackt und zerrten daran, während er sich ans Tischbein klammerte. Und da er nur Socken anhatte, hatten sie während des Zerrens gleich einen Socken in Brand gesteckt; der brannte nun, und das arme Männchen brüllte: „Es ist genug. Ich weiß von nichts und ich hab nichts getan." Und schlug mit dem anderen Fuß aus, den der zweite Gehilfe vergeblich in der Luft zu packen und mit einem eben losgemachten Hosenträger aus Gummi zu peitschen versuchte. „Dort unten darf man nicht sitzen", sagten sie, „das ist verboten." Und er: „Ich komme hoch, wann ich will." Sie: „Nein, sofort müssen Sie hochkommen, auf der Stelle." Und sie zerrten wieder, während der brennende Socken wahrscheinlich schon die Haut an den empfindlichsten Stellen angriff, denn er schrie jetzt: „Hilfe, Hilfe, was macht ihr?", aber vergeblich. Als auch seine Zehennägel Feuer fingen, ließ er, wie ein Verdammter brüllend, seine Stütze los, schlug und blies auf seinen brennenden Fuß. Vielleicht hatten sie Alkohol darüber geschüttet. Mit seiner strengen und steifen Miene hatte sich Accetto genähert und sagte: „Was machen sie denn dort unten, Herr Professor?" Die Gehilfen hatten ihn losgelassen und sahen ihm lachend und sich gegenseitig mit dem Ellbogen anstoßend ins Gesicht. Da setzte er sich wieder hin und weinte mitten in den Rauchschwaden.

Ringsum waren alle wach, taten aber, als wäre nichts los, taten, als wären sie eifrigst in ihr Buch oder in ihre eigenen Gedanken vertieft, manche schrieben hüstelnd etwas nieder, sahen aber aus, als hätten sie sich in ihre Kleidung verkrochen, und wie zum Schutz hatten sie den Kragen hochgeklappt, einen Schal um den Kopf gewickelt und die Füße aus Angst vor den Hunden hochgezogen. Aus den Augenwinkeln verfolgten alle, inklusive ich selbst, die Bewegungen der Gehilfen. Plötzlich sprang einer auf und lief davon; er war im Unterhemd und hatte seine Schuhe in die Hosentasche gesteckt.

Hinter einer etwas entlegeneren Säule, aber in meiner Nähe hatte Pfeiflein jemanden gefunden, der den Radau und das Geschrei nicht gehört hatte; er lag der Länge nach ausgestreckt auf einem Tischchen, das niedriger war als die anderen, und lächelte im Schlaf, als wäre er in seinem privaten Paradies. Ich brauchte mich nur leicht zur Seite beugen, dann sah ich alles. Pfeiflein tänzelte ein wenig um ihn herum, winkte mit einer Gesichtsbewegung seinen Kollegen heran, der herbeigeeilt kam, dann zog er aus seiner Tasche eine kleine Schachtel mit einer Biene drin, die öffnete er genau vor dem leicht geöffneten Mund des selig Schlummernden. Als dieser einatmete, ging die Biene mit, die gleichzeitig zu summen anfing: sie muß ihn entweder in die Zunge oder in den Gaumen gestochen haben, denn der Wissenschaftler fuhr aus dem Schlaf hoch, verzog sein Gesicht zu einer so schmerzlichen Grimasse, als würde er erdrosselt, ohne schreien zu können; die Biene war schon weg, und er preßte seine Hände auf den Mund, während die zwei Kumpane mit verwunderten und teilnahmsvollen Mienen um ihn standen, als wollten sie ihn fragen, was los sei und ob sie ihm irgendwie helfen könnten. Er schüttelte den Kopf, um zu sagen, nein, er brauche nichts, es tue ihm sehr weh, sie sollten aber ruhig gehen, er brauche keinerlei Hilfe. Sie ließen aber nicht ab, mehr mit Zeichen als mit Worten gaben sie ihm zu verstehen, daß sie ihm in den Mund schauen wollten; der eine sagte, er sei ein gelernter Krankenpfleger: „Ich schwöre es Ihnen", sagte er; der andere beteuerte, er habe Medikamente bei sich. Bis sie ihn schließlich herumgekriegt hatten oder er klein beigab, weil sie zwei gegen einen waren. Mit vielen Umständen kramten sie ein Fläschchen mit Tropfenzähler hervor. Ich weiß nicht, was für eine Säure es enthielt und ob es wirklich ein Medikament war; es roch jedenfalls nach Soda. Als sie ihm zwei Tropfen davon in den Mund fallen ließen, stieg durch die Berührung mit dem Speichel ein wenig weißer Dampf auf, und der Arme begann mit hoher Stimme zu kreischen und sich mit den Händen die Lippen und das Zahnfleisch zu zermartern und zu spucken. Kaum hatte er auf das Buch gespuckt, natürlich ohne Vorbedacht, sondern in der Raserei des Schmerzes, kam sofort auch Accetto herbeigestürzt und stellte sich zwischen ihn und das Buch und schlug ihn mit einem Millimeterlineal auf den Hals. Die zwei Gehilfen nahmen ihn in Schutz: „Nein, nicht", und zu Accetto gewandt: „er kann nichts dafür", und wollten ihm aufs neue Tropfen verabreichen, wogegen er sich energisch wehrte, ohne jedoch sprechen zu können. Die Zunge hing ihm aus dem Mund: so groß wie eine Hand, dick angeschwollen und schwarz, vollkommen schlaff, und er machte verschiedene Anstrengungen, um sie zu sehen. Da kam einer der Gehilfen mit einer Zange, die er in einem Werkzeugtäschchen bei sich hatte und wollte ihn im Guten herumkriegen, sich wenigstens einen Zahn ziehen zu lassen, denn — wie er immer wieder beteuerte — er sei Professor für Zahnheilkunde und es gebe keinen anderen Ausweg, um zu verhindern, daß sich das Granolom noch weiter ausbreite. Da sagte der Wissenschaftler nein: „Ich will nicht" und klammerte sich an den Stuhl. Aber nach der Meinung des zweiten Gehilfen wollte er sagen, man müsse ihn gleich in die Zunge zwicken — und er zeigte ihm eine gebogene Zange —, um die schwarze Galle auslaufen zu lassen, sonst würden die Kieferknochen und die Schleimhäute absterben, oder eine Drüse zwicken, um dem anaphylaktischen Schock zuvorzukommen. Da fingen sie an, miteinander zu streiten, was besser wäre, der Zahn oder die Drüse, und wollten es sich gegenseitig beweisen, dabei hielten sie den Wissenschaftler bei den Ohren fest, zwickten ihn aus Versehen ins Kinn oder in die Backen, während sie an seinen Lippen Wäscheklammern befestigten, damit sie auseinander blieben; mit der gebogenen Zange hatte der eine seine Nase gepackt, der andere nahm ihn in Schutz und sagte, die Nase habe doch mit all dem nichts zu tun, und in der Aufregung zwickten sie auch sich selbst. Schließlich sah Accetto das Buch in Gefahr, denn einer von ihnen hatte sich draufgesetzt, und verklopfte sie alle ein wenig, inklusive den Wissenschaftler, der sich mit den Händen den Kopf abschirmte und seine abgetötete Zunge heraushängen ließ. Die zwei verteidigten sich mit den Zangen, aber dann gaben sie auf, und zum Zeichen dafür hielten sie Accetto ihre Hälse und Köpfe ungeschützt hin.

Als ich aber wieder zu lesen versuchte, um doch noch irgend etwas für mich herauszuholen, da schlüpft vor meinen Augen eine winzige Spitzmaus mit einem Gebirgsjägergesicht aus den Blättern und erwartet mich sitzend am Zeilenende, wobei sie ihren Schnurrbart ausstreckt, den Satz beschnuppert und sich kratzt. Um mich nicht wieder ablenken zu lassen, will ich sie nicht sehen und überspringe sie einfach mit den Augen; sie aber läuft schnuppernd Zeile um Zeile hinter mir her und bringt mich schließlich doch durcheinander, da sie sich quer über den Sinn legt; dann springt sie plötzlich auf eine Grille, die am Buchrand erschienen ist, und frißt sie auf. „Aber wie soll man sich hier auf eine Prüfung vorbereiten?" sagte ich und schüttelte die Seite. Hätte ich bloß das nie getan! Aus einer Höhle nämlich, die sich in einem großen O auftat und vielleicht bis in die abgelegensten Winkel der letzten Seite vorstieß, kommen Tausende und Abertausende von Ohrwürmern heraus, dringen in das Buch ein und kriechen mir über die Hände. „Aus ist's mit dem Lernen! Aus ist's mit der Prüfung!" Da blies ich und sah gerade noch, daß die beiden Gehilfen sich aufrichteten, und Accetto mich ansah. Mit dem Staub flogen auch die üblichen Motten hoch, die mir in einem Wirbel ins Haar und in den Kragen flogen; eine wäre mir beinahe in ein Auge geschlüpft, eine andere in die Nase.

„Sie haben in der Nase gebohrt", rief Accetto plötzlich über mir, wobei er mir gerade in die Augen blickte.

„Nein, das ist nicht wahr."

„Dann haben Sie sich gekratzt, ich hab's doch gesehen."

„Ich hab mich nicht gekratzt. Das sind die Motten hier und die Läuse; die sind ja überall und springen mir ins Gesicht, die belästigen mich dauernd und schwirren um meinen Kopf herum. Ich habe geblasen, sonst nichts." Er schaute mich sehr argwöhnisch an und hätte gern zugeschlagen, schien aber mich und meine Worte noch abzuwägen. „Wieso", fragte ich, „sind eigentlich hier so viele so lästige Tiere? eine derartige Störung?"

„Wieso? fragen Sie mich. Das werde ich Ihnen gleich sagen. Schauen Sie!", und er zeigte mir einen kleinen gelben Fleck auf der Seite, während es um uns weiterhin von bekannten und von nie gesehenen Insektenarten wimmelte. „Schauen Sie!", und er zeigte mit dem Fingernagel auf ein Härchen, das aus einer Augenbraue oder einer Nase stammen mochte. Um es zu sehen, mußte man einen sehr geübten Blick haben, denn es war so weiß wie das Papier.

„Von mir ist das nicht", sagte ich, „bestimmt nicht."

„Egal von wem es ist; dies sind die normalen organischen Reste irgendeiner Lektüre. Sie oder sonst wer, das spielt keine Rolle. Aber durch solche Hinterlassenschaften, sie mögen ja nicht immer vorsätzlich sein, wachsen und vermehren sich die Tiere, über die dann geklagt wird; das ist ihre Nahrung, und ihr selbst füttert sie heraus." Ich machte ein Gesicht wie einer, der nichts dafür kann; er trat noch näher zu mir und atmete mich feucht an.

„Zwischen den Seiten der Bücher", sagte er, „aber das können Sie sich nicht einmal vorstellen, weil sie noch ein windiger Neuling sind, liegt die gräßlichste Unflat jener schmutzigen und buckligen Wesen, die wir Leser nennen. Ein in seine Lektüre vertiefter Leser ist an sich schon ein lasterhaftes Wesen, übelriechend sein Atem und seine Hose, auf dem besten Weg zum Gehirnschwund mit allem, was sich daraus für die Transpiration und für die Gesundheit der Gliedmaßen im allgemeinen ergibt. In den Büchern findet man daher alles: Schuppen zum Beispiel! Sie wissen ja nicht, wie ekelig das ist, eine Schuppendecke, als hätte es ins Buch geschneit, dazu die anderen Absonderungen der Kopfhaut; auch Haare! Sie wissen gar nicht, wie viele Haare, und erst die Körperbehaarung! Härchen aus Bärten, Schnurrbärten und Ohren landen in den Büchern; und bei jeder Lektüre kommen neue dazu, schichtweise, denn Lesen ist ein vandalischer Akt in jeder Hinsicht. Ich kann Ihnen die Seiten zeigen, die den Leuten gefallen und bei denen sie sich unbewußt länger aufhalten; es sind mit einer Fettschicht überzogene Seiten, Fleckchen überall und anderes Zeug, das uns ständig aus dem Gesicht fällt, ohne daß wir es wollen; Spucketröpfchen zerknittern das Papier oder werfen es auf, wenn es sich um Husten, Niesen, Auswurf oder Lachen handelt, vor allem wenn sie zwischen den Zähnen herausspritzen in Form jenes gewiß nicht hygienischen Sprühregens, der Ihnen bekannt ist. Und erst die Nase! Für wieviel ist sie verantwortlich, für wie viele Papierschäden! Je versunkener und gefesselter der Leser, um so mehr vergißt er auf die guten Manieren und steckt einen Finger nach dem anderen in die Nase, alle enden sie dort, und Gott allein weiß, was sie dort oben treiben, was für widerliches, unappetitliches Zeug sie herunterholen und dann wohl oder übel in das arme Buch kleben. Ich sage es Ihnen nur, um Sie zu warnen, denn mir selbst dreht sich schon der Magen um, wenn ich nur davon rede. Aber auf jeden Fall, mit oder ohne Nase, die Finger des Durchschnittslesers, vor allem des leidenschaftlichen Gewohnheitslesers sind frevlerisch, sie sondern tierische Fette, Klebstoff, Enzyme, Drüsenausscheidungen ab. Was macht denn ein Leser? Er kratzt sich die Füße, um von anderem zu schweigen, und transportiert den ganzen übelriechenden Schleim auf die Buchseiten. Manche stecken sich gar die Finger in den Mund, um die Speisereste zwischen den Zähnen auszugraben, dann wollen sie auch noch umblättern, deswegen werden die Ecken gelb, dann grau, dann schwarz und glänzend. Und aus den Ohren fällt inzwischen alles Mögliche, abgesehen von dem gelben Ohrenschmalz, das sich über den Druck legt, mit der Zeit, das will ich Ihnen zeigen, werden manche Seiten durchsichtig wie Butterbrotpapier, so saugen sie sich voll mit dem ganzen Schmutz.

Sie werden nun denken, daß nur die Seiten von allgemeinem Interesse so geschunden werden. Beileibe nicht, auch das Gegenteil ist der Fall, mein lieber Herr. Ist ein Buch zu langweilig, dann finde ich außer dem ganzen Abfall auf jeder Seite den Abdruck der Stirn, der Wangen, der Nase aller Leser, denen der Kopf zu schwer wurde und auf das Buch hinabsank."

„Hinabsank?“ wiederholte ich leicht angewidert.

„Jawohl, mein Herr“, sagte er, „manchmal sind es nur Schatten mit fettiger Oberfläche, aber manchmal ist es stundenlanger Schlaf, und Sie wissen ja, wie man da schwitzt, wie einem die Augen triefen und wie man sich unaufhörlich hin und her wälzt, und der Kopf ist schlimmer als ein mit Druckerschwärze getränkter Tampon, schlimmer als ein Stempel, er drückt sich gleichsam mit Tiefgang durch viele, viele Seiten hindurch. Ein Glück, wenn einer keine eitrigen Pickel oder Furunkel hat, bei der Sucht, sich während des Lesens und dem damit verbundenen Halbschlaf zu kratzen und die Krusten abzulösen, denn sonst muß das arme Buch auch noch die Funktion von Gaze und Verbandzeug für den Leprakranken übernehmen; es wird zu einer Art schrecklichem und — das kann ich Ihnen sagen — stinkendem Schweißtuch, auf dem ich die Augenhöhlen, das Kinn, die Wangenknochen und alle Falten des Schächers oder des Pharisäers erkenne, der darauf geschlafen hat.“

Ich versuchte ihn zu unterbrechen, aber er achtete nicht auf mich.

„Sie sind naiv, mein Lieber, Sie sind ein Idealist, wenn Sie glauben, daß man hier auf rechtschaffene Weise von den Büchern Gebrauch macht; dieser Ort ist zum Nachtasyl, zum öffentlichen Schlafsaal geworden, wo man schnarcht und die Bücher als Kopfkissen verwendet, mit allen Folgen, die sich daraus für die Verwahrlosung unseres Büchrebestandes ergeben. Ich würde es den Leuten zur Pflicht machen, wenigstens ein Häubchen zu tragen und echte Kopfkissen zu benützen. Kommt es Ihnen vielleicht gut vor, eine ehrenwerte Bibliothek so voller Schläfer zu sehen? Mit einem aufgeschlagenen Buch vor der Nase? Was für eine Vorstellung, sage ich, macht man sich da von einem Leser? Und außerdem stinkt es! Haben Sie es gerochen? Im Schlaf hat der Körper das Bedürfnis, alle Gärungsgase auszustoßen, nicht durch die größeren Kanäle, sondern durch Poren, durch die Nase, so daß man die Luft mit dem Messer schneiden kann und ein krampfartiges, zwangartiges Husten hört; außerdem Geschrei wegen der Alpträume, die die einzelnen anfallen, das Irrereden, das aus den Träumen kommt, ganz zu schweigen von den niedrigen Schimpfwörtern, die im Schlaf gesagt werden. So gehe ich zwischen den Tischen herum; schlage mit der Handfläche auf die Tischplatten, um Lärm zu machen; gehe mit Tüten herum, die ich aufblase und am Ohr dieser falschen Leser platzen lasse; klatsche ich in die Hände, so nehmen sie sich eine Weile zusammen und sitzen schwankend aufrecht, wenn ich in der Nähe bin, aber sobald ich wegschaue, sinkt ihnen das Gesicht wieder nach unten und sie bleiben am Buch kleben, als ob ihre Backen aus Honig wären. Nun stellen Sie sich vor, in welchem Zustand ich das Buch zurückbekomme: Ich nehme es mit zwei Fingern und würde es ihnen am liebsten ins Gesicht knallen, sie grün und blau prügeln und alle aus der Bibliothek hinauswerfen, denn die Bücher sind nur noch Brutstätten von Viren, Krankheiten, Ausschlägen, Maul- und Klauenseuche, Skrufolose, Madenfraß, verstehen Sie?"

Da stand ich auf, machte ein paar Schritte und wollte nichts als weg. Er lief mir nach und blies mir mit seinen Ideen die Ohren voll. Ich konnte sie mir nicht zustopfen.

„Auf jeden Fall, sehr geehrter Herr, auch wenn nichts von all dem je passieren würde, auch wenn die Leser Handschuhe und eine Maske vor dem Gesicht tragen würden, in den Büchern würden trotzdem immer organische Reste und Flüssigkeiten landen; und wissen Sie, von wem an erster Stelle? Vom Drucker! Wissen Sie überhaupt, was für schmutzige und skrupellose Individuen die Drucker sind? Sie lassen sich den Nagel ihres kleinen Fingers wachsen"; und er zeigte mir den seinen und sagte: „Noch länger; und das aus Rowdytum, um den Druckereibesitzer zu schädigen, wenn er eine Lohnerhöhung oder eine Stunde an der frischen Luft verweigert; sie stecken sich den Fingernagel ins Ohr und graben schön tief, ordentlich und gewissenhaft hinunter, und mit einem eigentümlichen Gebaren werfen sie unter das Druckpapier Ohrenschmalzbällchen, die dann in der Drukkerpresse zu länglichen, durchsichtigen Marken werden. Ich war selbst Drucker und weiß Bescheid; schauen Sie nur her, wenn Sie wollen, wie viele in einem einzigen Buch sind. Das ist ihre Rache an der Gesellschaft.

Und jetzt passen Sie auf, wie es weitergeht, ich habe es nämlich tagtäglich mit meinen eigenen Augen gesehen; der Besitzer ruft sie und sagt: ‚Das Buch ist voller Ohrenschmalz; wer war das?' Die Drucker schauen, als wüßten sie von nichts, denn das ist typisch für sie, sie sagen sogar: ‚Was für ein Buch, was für Ohren?' Der Besitzer zieht ein Exemplar heraus, blättert es vor ihnen durch und zeigt ihnen die vielen Fettkügelchen und Fettflecken. ‚Sieht aus wie Mortadella und nicht wie ein Buch', sagt er. Die Drucker beugen sich über das Buch und schauen, äußern Zweifel, im allgemeinen wälzen sie alles ab auf die Papierfabrik, auf die dortigen Arbeiter, ganz miese Typen, Streikbrecher und solche Streber, daß sie sich nicht einmal schneuzen, so versklavt sind sie schon. Und überhaupt stammt das Zeug nach ihrer Meinung nicht aus dem Ohr, sondern aus der Nase. Darauf kommt es zu einer gigantischen Diskussion, die Seiten werden gegen das Licht gehalten, und der Betriebsrat wird einberufen, welcher dann festlegt, das ist eindeutig Nase und nicht Ohr. Der Besitzer aber, der eine lange Erfahrung hat, sagt: ‚Nein, ich erkenne doch Ohrenschmalz und würde es nie im Leben mit Nasenrotz verwechseln. Ich bin doch nicht blöd.' Und dabei schaut er auf die langen kleinen Finger, die nach einer unverhohlenen Herausforderung aussehen, zumal noch mit Spuren des Boykotts behaftet. In dieser Phase führen die Streitigkeiten im allgemeinen zu nichts, denn der eine sagt Nase, der andere Ohr, und man müßte die Flecken von einem Chemiker untersuchen lassen, um ihre wahre Natur festzustellen, dann von einem Biologen, ob man überhaupt den DNA herausbekommt und damit den Schuldigen, lauter höchst knifflige und langwierige Prozeduren, zu denen man Ruhe und Besonnenheit braucht, was in den konkreten Situationen meistens fehlt.

Es kommt dagegen so weit, daß der Firmeninhaber, nicht so erbost über den Schaden wie über das schlaumeierische Gebaren der Belegschaft und über den Fingernagel, der als Symbol des Widerstands provokatorisch geschwungen wird, daß sich also der Inhaber in der Werkstatt versteckt und die Herstellung bespitzelt. Vor ihm, aber mit dem Rücken zu ihm, steht der Drukker an der Rotationsmaschine; und er sieht, daß der Fingernagel überallhin gesteckt und für die niedrigsten und unanständigsten Dienste eingesetzt wird, und daß er der Sammeltopf für alle Körpersekrete und Krusten vom Kopf bis zwischen den Zehen ist. Schon das ergrimmt ihn ungeheuer, denn nach seiner Meinung geht man zur Arbeit, um zu arbeiten und nicht um sich zu kratzen; und in Zukunft muß eine eigene Klausel dazu in den Arbeitsvertrag aufgenommen werden, aus Gründen der Hygiene und der guten Luft: Die Reinigung des Körpers, wie auch immer vorgenommen, sei es mit den geeigneten Hilfsmitteln, sei es mit ungeeigneten, aber zu diesem Zweck verwendeten, ist ausdrücklich untersagt; ebenfalls untersagt ist jegliches säumige Wohlgefallen an Juckreiz und ähnlichem Zeitvertreib ... Aber da, auf einmal sieht er den Fingernagel in einem linken Ohr verschwinden und sich wirbelnd darin drehen, während die Walzen anfangen zu rotieren und das Papier durchläuft. Also bereitet er sich vor, sein Versteck zu verlassen und einzugreifen. Der Drukker scheint jedoch nicht mehr aufhören zu wollen, er läßt seine Hand und den kleinen Finger mit unterschiedlichen Geschwindigkeiten vibrieren, ohne sich um den schon begonnenen Druck und um die Mängel zu kümmern, die bei Fahrlässigkeit auftreten können. Er steht da, als würde er diese lange Ohrentätigkeit genießen, und der Firmeninhaber bebt vor Zorn, er würde am liebsten aus seinem Versteck hervorschießen und ihm mit einem Stock die Hand verdreschen und dann mit einem Beil den fraglichen Finger an der Wurzel abhacken, um ihn zur Warnung und Drohung der ganzen Bande vorzuführen; und er kocht vor Empörung, und inzwischen juckt es ihn auch schon in der Gehörmuschel, die Schuld dafür schiebt er auf jenes unflätige Schauspiel, von dem er gewissermaßen angesteckt wurde. Während er sich so kratzt, denkt er noch an eine Norm, die in das Statut für die Arbeiter einzufügen wäre, um den exzessiven Lärm und das Risiko der Schwerhörigkeit für alle zu bekämpfen: Wie sich gezeigt hat, ist der ständige Gebrauch von Propfen in den Ohren allerorts unumgänglich, um eine Abriegelung der Ohren zu garantieren und dem Lärm sowie eventuellen Fremdkörpern den

Zugang zu diesen zu verwehren und der Entnahme jeglichen Nebenprodukts entgegenzuwirken ...

Nun kommt noch ein zweiter, ein jüngerer Drucker, auch er hat seinen kleinen Finger bereits im Ohr stecken, ist ebenfalls von der schändlichen Gewohnheit befallen. Dann kommt ein dritter und ein vierter, und wer es bis jetzt noch nicht machte, der fängt beim Anblick der anderen auch an, aus Sympathie oder im Geist des Aufruhrs, seinen Finger in der einen oder anderen Höhle seiner Ohren kräftig vibrieren zu lassen, mit einer derartigen Gleichgültigkeit und Hartnäckigkeit, daß der Firmeninhaber hochspringt und herumschimpft, er habe sie entlarvt, auf frischer Tat ertappt. ‚Auf welcher Tat?' fragt der Anführer. Und als Antwort packt der Firmeninhaber seinen kleinen Finger, zerrt ihn in die Höhe, ruft mit lauter Stimme, alle sollten kommen, auch die Leute aus den Büros, auch die Abteilungsleiter und die Stopper. ‚Das ist Ohrenschmalz', brüllt er, ‚das kann mir keiner abstreiten.' Und er will, daß alle eine Art gelbe Polenta anschauen, die sich unter dem Fingenagel befindet und nach den Worten aller, der männlichen und der weiblichen Angestellten, abstoßend und widerwärtig ist. So weit so gut, aber mit einem Zynismus ohnegleichen und einer Unverschämtheit, die eigentlich den Knast verdiente, sagt der Oberdrucker und alle anderen um ihn herum auf einmal im Chor, dies sei eben echte Polenta, und Polenta falle allerdings keinem aus dem Ohr, sondern es komme eben vor, daß einem ein wenig unter den Fingernägeln stecken bleibe, insbesondere wenn man arm sei und den Gürtel enger schnallen müsse, während andere Leute von Polenta keine Ahnung hätten, dafür Reste von Kapaunen und Kalbsbraten unter den Fingernägeln. ‚Zeigen Sie mal Ihre Fingernägel', schrien sie dem Besitzer zu. Und er darauf: ‚Das ist keine Polenta, liebe Leute, ich weiß auch, was hungern heißt, was glaubt ihr eigentlich?, und kenne mich aus.' ‚Jetzt kennen Sie sich mit Brathähnchen aus', wird ihm von allen Seiten zugeschrien. ‚Nein, ich kenn die Ohren von der Pike auf, und außerdem habe ich euch auf frischer Tat ertappt, jetzt werden wir sehen', und er läßt den kleinen Finger des Anführers nicht mehr los, es kommt sogar zu einer Art Kraftprobe, einer Auseinandersetzung. ‚Man rufe einen Chemiker!' brüllt der Firmeninhaber, denn er hofft, den gesamten Betriebsrat wissenschaftlich zu widerlegen, und es entspinnt sich ein Hin und Her voll gegenseitiger Beleidigungen. ‚Waschen Sie sich doch Ihre eigenen Ohren!' ‚So tut mir doch den Gefallen. Ruft einen Chemiker!'

Ein Angestellter tritt vor. ‚Ich bin zwar kein Chemiker, aber ich verstehe etwas davon, ich habe mich schon immer für Experimente interessiert, schon von Kind an.' ‚Aber sind Sie denn in der Lage', sagt der Firmeninhaber, indem er ihm den Finger und den langen gelben Nagel des Oberdruckers zeigt, ‚die genaue chemische Zusammensetzung dieses Stoffes zu sagen? Und ob es sich um Ohrenschmalz handelt oder um Polenta?' Der Angestellte überlegt, während alle mit skeptischen Mienen und verschränkten Armen dastehen, dann sagt er: ‚Nun ja, das ist nicht schwer; bei einem Druck von 776 Millimeter schmilzt Ohrenschmalz bei 66 Grad Celsicus; wenn es bei Annäherung an eine Flamme schmilzt, ist es Ohrenschmalz, wenn es verkohlt, ist es Polenta.' Das hätte er nicht sagen dürfen! Der Firmeninhaber zieht blitzartig sein Feuerzeug aus der Tasche und versucht den Finger des Druckers in Brand zu stecken. Da erhebt sich ein allgemeiner Schrei der Empörung: ‚Ein Anschlag auf die Arbeiterbewegung!' ‚Der Beweis, der wissenschaftliche Beweis!' schreit der Inhaber und versucht den Finger anzuzünden. ‚Das ist Mittelalter! Barbarei!' grölt es von allen Seiten. Und es käme zu einem gewalttätigen Zusammenstoß, wenn der falsche Chemiker mit seiner kreischenden Stimme nicht durchdringen würde: ‚Einen Augenblick, meine Herrschaften, einen Augenblick!' Alle halten inne und hören ihn bereitwillig an: ‚Ich schlage vor: wir entnehmen eine Probe und halten sie über eine Flamme.' Das scheint alle zu befriedigen. Als aber der Inhaber anordnet, zur Entnahme zu schreiten, weichen alle angeekelt zurück, unter den Angestellten macht sich sogar eine hartnäckige Weigerung breit. ‚Das ist nicht unsere Sache, sondern eine Unverschämtheit, ein Übergriff.' ‚Ein Freiwilliger, bitte', schreit der Inhaber, immer noch den berüchtigten Finger in der Faust. Ein kleiner Drucker tritt vor, von den anderen nach vorne gedrängt: ‚Ich', ruft er, ‚Padovani, Zante'; alle klatschen ihm Beifall. Der Besitzer ist mißtrauisch, aber mangels Besserem erklärt er sich einverstanden. Mit Dieselöl getränkte Lumpen werden angezündet, aber als man sich zur Entnahme anschickt, sieht der Inhaber gerade noch, wie Padovani mit seinem Fingernagel zwischen den Zähnen nach etwaigen Polentaresten sucht; ohne Zweifel, um die Analyse zu fälschen. Der Inhaber greift mit einem Ruck auch nach Padovanis kleinem Finger, hält ihn fest in seiner linken Hand und brüllt dazu: ‚Ihr Halunken, ich hab euch gesehen!', und er versucht beide zum Feuer zu zerren, um auch die angeklagten Finger darüber zu halten und gehörig zu rösten; darauf erhebt sich sakrosankt und einstimmig der gewerkschaftliche Protest gegen die Verrohung und die Hexenjagd. Es kommt zu einem unbeschreiblichen Krawall; der Inhaber verliert die Kontrolle über die zwei Angeklagten, weil er aus Versehen selbst in das Feuer tritt und statt der beiden Finger sein eigener Hosenboden Feuer fängt und mit großer Rauchentwicklung und zu seinem großen Schrecken glüht. Was dann kommt, verliert sich in irrsinnigen Verfolgungsjagden und gegenseitigen Beschimpfungen wie: ‚Du Kriegshetzer!', ‚Ihr Betrüger!', ‚Du Schnüffler!', ‚Ihr Feinde der Kultur und der Nation!', ‚Du Halsabschneider!', ‚Ihr Stümper!', ‚Du Hehler!'

In der Zwischenzeit ist, wie man feststellt, die Auflage fertiggedruckt, und die Maschinen sind automatisch stehengeblieben. Ein bedrucktes Blatt wird herausgezogen, alle drängen sich zusammen, um es in Augenschein zu nehmen, es ertönt ein Schrei des Inhabers: ‚Schuppen! Wer war das?' So ging es zu in der Zeit der großen sozialen Konflikte, mein lieber Herr; ich war dabei, und es war jeden Tag, oft sogar zweimal täglich dieselbe Leier. Die Wahrheit ist: das gedruckte Papier ist und bleibt ein Sammelbecken für allen Schmutz, selbst Eiter, Schuppen und flüssige Sekrete."

Inzwischen waren wir am Ende des Saales angelangt; mit aller Deutlichkeit schlug es drei. „Es reicht jetzt", sagte ich da zu Accetto, „ich bitte Sie"; am liebsten hätte ich auch noch geweint, nur damit er endlich aufhörte. Sein Wortschwall hatte ihn mitgerissen und so weit entführt, daß er sich schon gar nicht mehr auskannte. Wer weiß, wohin ihn dieser Weg noch führte, er hatte nämlich schon wieder angefangen, gegen die exokrinen Drüsen zu wettern und die Unsitte, aus nächster Nähe lesen zu wollen. Er mochte ja vielleicht sogar recht haben, aber ich konnte mich nicht damit aufhalten. „Das mögen ja wichtige Fragen sein, aber ich kann mich im Moment nicht damit befassen, denn sie setzen sich in meinem Kopf fest und lassen ihn nicht mehr los; morgen hab ich Prüfung und weiß immer weniger." Ich hatte das Programm hervorgezogen, aber es war, als ob es in der Tasche noch verblichener und kleiner geworden wäre.

„Ja, dann" sagte Accetto und deutete mit dem Finger auf eine Tür, die zwischen zwei Säulen kaschiert war, „dann haben wir auf jeden Fall noch unseren kleinen Lesesaal. Dort sind die Bücher nach Themen aufgestellt und stehen Ihnen zur Verfügung." Dann besprach er sich leise mit seinen Gehilfen und sagte: „Ich überlasse Sie jetzt meinen Gehilfen Pfeiflein und Heiligmann; die werden Ihnen zur Seite stehen und, falls nötig, auch Anregungen geben."

Ich sagte: „Nein, lassen Sie nur, wenn Sie mir ein paar Hinweise geben, dann komme ich allein zurecht." Ich hatte ein wenig Angst vor den zwei Lumpen, es hätte mich ja plötzlich der Schlaf übermannen können, dann wäre ich ihren Aufmerksamkeiten nicht entkommen. Aber es war nichts zu machen.

Anfangs wichen sie nicht von meiner Seite und betrachteten mit Interesse meine Füße; dann lüpften sie die Schöße meiner braunen Hausjacke und hielten sie lachend in Händen, als wäre es eine Schleppe und sie die zwei entsprechenden Pagen, ihren

Ausrufen nach erschienen sie aber eher wie Kutscher oder Fuhrleute. So ging es eine geraume Zeit dahin. Ich sagte: „Jetzt reicht's!", und sie: „Jawohl, Herr Hieronymus!"; so nannten sie mich, als wäre Hieronymus ein Spitzname, dabei war es mein wirklicher Name, auf dem Standesamt eingetragen; ich weiß nicht, woher sie ihn erfahren hatten, denn ich selbst konnte mich kaum noch an ihn erinnern. „Jawohl", sagten sie, „zu Befehl" und zogen die Rockschöße wie Zügel an, wobei sie mich immer wieder anfeuerten: „Immer voran, immer voran, der Herr", so daß wir kaum einen Schritt vorwärts kamen, obwohl ich mich bemühte, vorwärts zu kommen und vor Anstrengung und Qual schwitzte. Dann begannen sie, meine Jacke auszuschütteln, da sie nach ihrer Meinung voll Insekten und Staub war. Heiligmann klopfte sie mit einem Schneebesen aus und sagte: „Entschuldigen Sie, mein Herr, achten Sie einfach nicht darauf", und tatsächlich klopfte er eine große Staubwolke heraus, es flogen sogar lebendige Insekten auf, die sie einzufangen versuchten, indem sie in die Hände klatschten oder mit dem Schneebesen und einem kleinen Kartoffelschäler nach den fliegenden haschten. All das war weder eine Hilfe, noch trug es zu meiner Prüfungsvorbereitung bei: „Ihnen wachsen Haare, wo keine hingehören, Herr Hieronymus", sagte Pfeiflein, „sollen wir sie Ihnen entfernen?" „Jetzt reicht es!" sagte ich. „Laßt mich in Ruhe." Inzwischen spielte er mit einem Feuerzeug, das er ständig an- und ausmachte. Dann wollte er, daß ich es anschaute, sein Feuerzeug, während er es fest und ruhig in der Hand hielt. „Ich weiß, wie es aussieht", sagte ich, „vielen Dank, laßt euch nicht stören!" Ich sollte in das kleine Gasloch schauen: „Schauen Sie mal da hinein", sagte er; ich kannte den Scherz schon und sagte: „Das ist ein altes Spiel und nicht besonders amüsant." Aber er bestand so lange darauf, und der andere, der Heiligmann hieß, fragte schon: „Soll ich ihn an den Haaren festhalten?", daß ich am Ende doch hineinschaute; Pfeiflein ließ sofort eine Flamme auflodern und versengte mir die Augenbrauen und andere Haare, so daß es ganz brenzlig roch. Sie kicherten ein wenig und wollten mir Alkohol geben, dann wurden sie zum Glück abgelenkt.

Wir hatten daher für wenige Meter eine lange Zeit gebraucht, und schließlich war der kleine Lesesaal aufgetaucht, den ich schwitzend betrat, da auch die Tür nicht leicht zu öffnen war; sie drehte sich nicht in den Angeln, und als ich sie mit Gewalt öffnete, fiel ein wenig Verputz auf mich herunter.

Auf einer Balustrade stand, kaum sichtbar, ein Bücher ordnendes Fräulein. An einem ziemlich langen Tisch saß ein einziger Mensch. Gleich neben der Tür, versteckt durch ein zurücktretendes Regal, auf dem in großen Buchstaben PHILOSOPHIE geschrieben stand, waren zwei Offizianten, einer hockend, der andere kniend, die auf einem Stoß Bücher Karten spielten; aber mit winzigen Karten, wohl Reisekarten, nicht größer als Briefmarken. Bevor sie eine ausgaben, betrachteten sie sie lange und warfen sie dann auf das improvisierte Tischchen. Eine Zeitlang sah ich ihnen zu, um sie nicht zu unterbrechen. Sie sprachen leise miteinander über Accetto; ich hörte mir an, was sie sagten, auch wenn ich lieber an meine Prüfung gedacht hätte.

„Weißt du's schon von Accetto?" sagte der eine, der größere. „Er hat nämlich einen Sohn, der war selleriesüchtig."

„Selleriesüchtig?" hörte ich den anderen sagen.

„Ja, selleriesüchtig."

„Aber der Sellerie ist doch keine Droge."

„Hast du ihn ausprobiert?"

„Natürlich! Ich esse oft Sellerie, ich meine Selleriesalat."

„Das will nichts heißen", fing der erste wieder an. „Sein Sohn nahm Sellerie als Droge, und niemand konnte verstehen, wie das zuging."

„Ich glaube, das ist unmöglich."

„Ich auch: aber du müßtest ihn sehen, in welchem Zustand er ist, nur noch Haut und Knochen, und ganz gelb im Gesicht."

„Sind sie mit ihm zum Arzt gegangen?"

„Klar, aber die Ärzte konnten nur feststellen, meinst du denn, ein Arzt würde an den Sellerie glauben?"

„Nein, nein, sicher nicht. Aber nach meiner Meinung glaubt überhaupt niemand an den Sellerie."

„So ist es. Genau wie du sagst. Überhaupt niemand glaubt

daran. Aber was geschieht in der Zwischenzeit? Es geschieht, daß ein armer Junge ins Verderben geht."

„Aber man soll ihm doch den Sellerie wegnehmen!"

„Ja, du sagst es auch, ist es nicht so? Du denkst doch auch, daß die jungen Leute am ungeschütztesten sind."

„Was soll ich dir sagen, ich bin kein Arzt."

„Zum Glück bist du keiner; was die nicht alles gefaselt haben, die Ärzte. Leere Worte, und dem Jungen geht's dabei immer schlechter und er wird immer verschlossener. Ich frage ihn jedesmal, wenn er hierher kommt mit seinem Vater: ‚Ist es denn der Sellerie? Sag es mir ruhig, es bleibt auf jeden Fall unter uns.' Aber er leugnet natürlich. Und ich sage wieder: ‚Ist es wegen dem Sellerie? Raus mit der Sprache, wenn es dich drückt; von mir erfährt keiner was!' Das sage ich, weil es eine Art Therapie ist, wenn er damit rausrückt. Sein Vater redet nie mit ihm, und so wachsen unsere Kinder heutzutage auf, es drückt ihnen was aufs Herz, das geht nicht hinauf und nicht hinunter."

„Aber wer sagt denn, daß ihm ausgerechnet der Sellerie schadet?"

„Sagen tut's eigentlich niemand; wollen doch alle ihre Ruhe. Und er leugnet, denn er ist ein Dickschädel, genau wie sein Vater. Aber du müßtest sehen, wie fahl er aussieht!"

Während ich mir diesen enervierenden Schwachsinn anhörte, kam Pfeiflein an und schoß dem Hockenden mit einem Gummi ins Ohr; der war auf der Stelle beleidigt und wollte boxen, warf sich schon in Positur. Ich sagte: „Nein, nein, Moment mal, gebt mir erst noch ein Buch!", denn ich hatte gesehen, daß auch der andere aufgestanden war, er wollte offenbar dem ersten zu seinem Recht verhelfen, Pfeiflein packen und ihm den Gummi auf dieselbe Art zurückschießen. Pfeiflein hatte sich hinter mir versteckt und reizte sie weiter, indem er ihnen seinen erhobenen Zeigefinger hinstreckte, mich schubste, damit ich auf sie fiel und sie umwarf oder auch, damit sie mich als ihren eigentlichen Gegner betrachteten. „Nein, nein", sagte ich, „halt, halt, ich hab jetzt keine Zeit, um Gottes Willen, ich will das Buch soundso, das hier ist." Und ich nannte das 20. Jahrhundert, wobei ich auch meine

Postkarte vorwies. Da kamen alle eiligst zu mir, um sie anzuschauen. Heiligmann sogar auch, um sie zu beriechen. Einer der Offizianten zückte eine Lupe und begutachtete meinen Zettel eine ganze Weile, wobei er ihn nach allen Seiten drehte und wendete, obgleich Pfeiflein versuchte, ihm einen Finger ins Auge zu drücken und ihn mitsamt dem Stück Papier anzuzünden. Heiligmann rügte ihn, indem er auf komische Weise Accetto nachahmte, und löschte die Flamme mit seinem Speichel. Ich fürchtete für meine Postkarte und hielt sie von da an fest in der Hand. Da richtete sich der eine Offiziant auf einmal auf und mehr die anderen als mich anschauend, sagte er deutlich: „Abriß der Philosophie des 20. Jahrhunderts. Wollen Sie das?" Ich stimmte sofort zu; es erschien mir als eine plausible, klare Sache. Ich war aber überzeugt, daß er den Titel einfach so gesagt hatte, um mir eine Freude zu machen, denn alle grinsten vor Vergnügen, und die Lupe, so merkte ich, war gar keine Lupe, sondern ein umgekehrter Salatlöffel aus Plastik. Jetzt benutzte er ihn nämlich, um Heiligmann und Pfeiflein wegzujagen, die sich schon weit entfernt und, wie mir schien, unter einen Stuhl geflüchtet hatten.

In dem Moment nahm der, welcher die vermeintliche Entzifferung der Postkarte vorgenommen hatte und außerdem magerer und größer war einen staffeleiähnlichen Schemel und stieg vor dem Regal hinauf, sogar höher als nötig, denn er mußte sich unter der Decke zusammenbuckeln. Er schaute lange ins Fach oder tat so, als würde er hineinschauen und herumblättern, was weiß ich, dann sagte er: „Das Buch ist nicht da; wollen Sie dann das daneben?"

„Aber was?", sagte ich, „meinen Sie, das ist dasselbe?"

„Schauen Sie, für mich haben alle Bücher denselben Wert; ob das eine oder das andere von mir verlangt wird, dazu habe ich keine Meinung. Ich frage Sie nur, ob Sie es zufällig wollen, um Ihnen entgegenzukommen, nicht um Ihnen eins auszuwischen. Wenn Sie beleidigt sind, wissen Sie, was ich dann mache? Ich steige wieder hinunter, und das Buch bleibt an seinem Platz."

Inzwischen hatte der andere, der kleinere Offiziant, auf der untersten Sprosse sitzend, zu reden begonnen: „Eine Achtlosigheit herrscht hier", sagte er in einlekendem Ton, „eine Wurstigkeit, das können Sie sich gar nicht vorstellen. Nur äußerst selten findet man ein Buch, eigentlich praktisch nie. Aber wenn ich Ihnen einen Rat geben darf, und ich kenne mich allmählich hier aus, nehmen Sie das Buch daneben, hören Sie auf mich! Auch wenn es nicht genau das ihre ist, nicht genau dem entspricht, das Sie verlangt haben, bedenken Sie, daß vielleicht andere gerade dieses Buch gesucht und nicht gefunden haben; und wer weiß, vielleicht werden Sie selbst bald gerade dieses Buch suchen, und das sag ich Ihnen, dann werden Sie es umsonst suchen und Sie werden bereuen, daß Sie jetzt so hochmütig gewesen sind."

„Aber ich möchte den Abriß; ihr habt mich doch selbst darauf aufmerksam gemacht."

„Ja, stimmt; wir haben ja auch nichts dagegen zu sagen; aber bedenken Sie, daß jemand anderes, vielleicht sogar gestern, Ihren besagten Abriß hätte bekommen können und ihn in dem Moment aus Hochmut verachtet hat. Wollen Sie es auch so machen?"

Der oben auf der Staffelei Stehende rief inzwischen zu mir herunter: „Ich steige hinunter; dann wollen Sie also das Buch daneben nicht? Sicher nicht? Weisen es zurück?"

Und sein unten gebliebener Kumpan versuchte immer noch, mich zu überreden. „In der Bibliothek", sagte er, „das wissen Sie wohl nicht, weil Sie hier neu sind, ist der schlimmste Fehler der Hochmut. Ein Hochmütiger wird immer unzufrieden sein, weil er alle Gelegenheiten versäumt. Er versteht es nicht, sich abzufinden, seine Gedanken anzupassen. Hier findet man ein Buch nur, wenn man es nicht ausdrücklich sucht. Man muß im richtigen Moment zugreifen und darf sich keines entgehen lassen. Also warum so dickköpfig und taub? Wenn Sie es so machen, werden Sie nie etwas bekommen und mit Ihren Vorstellungen und absoluten Ansprüchen allein bleiben; aber zum Schluß, glauben Sie mir, werden Sie noch allen nachweinen und sonst nichts. Denken Sie an die Zukunft."

Ich hörte mir seine Argumentationen an und war nicht unempfänglich dafür. Ich war hochmütig, das stimmte; nie zufrieden, voller Ansprüche. Wozu etwas verlangen, das es nicht gibt? Wie ein Dummkopf; außerdem vergingen die Stunden, und meine Zähne erinnerten mich daran. Daher gab ich klein bei und sagte: „Bringen Sie es mir, einverstanden, ich nehme es an."

Er brachte mir einen ungebundenen Haufen Blätter, alle vom Bücherwurm durchlöchert. Sogar Schlangenschuppen waren dabei und die Ränder waren von den Mäusen angenagt. Trotzdem setzte ich mich an den einzigen langen, langen Tisch; mit einem winzigen Hoffnungsschimmer schlug ich die Blätter auf, wo sie nicht aneinander klebten. Ein wenig weiter vorne saß der vornehme Herr im Morgenrock, der mir schon aufgefallen war; er war wohl in Gedanken versunken oder eingeschlafen wie alle.

Protophilosophische Systeme

Es gab einmal eine bekannte Sekte im Abendland, die sich des schwächsten Denkens der Welt rühmte.

Entstanden war sie so: Einer von ihnen, sein Name wird allerdings geheim gehalten, war unsagbar schwach im Geist, so schwach, daß er nichts anderes zustande brachte als: ga — ga — ga.

Dies ist daher als das wahre Gründungsmanifest der Sekte anzusehen. Und die Anhänger machten, je nach ihrem Studienniveau, während sie nach und nach die neue Philosophie erlernten: „piep — piep" oder: „kickericki". Es wurden auch viele Tagungen abgehalten, die jedoch immer mit Streit und Zank endeten. Auf der einen Seite schrie eine Fraktion: „wau — wau" und auf der anderen erwiderten ihre Gegner, wie vorauszusehen war: „miau". Da begann der Dekan des Ga — ga — ga, der den Vorsitz führte und dessen Haar mit Federn gemischt war, in den Lautsprecher zu gackern, etwa wie folgt: „ga — ga — ga — ga — ga — ga", um die Auseinandersetzung abzubrechen und zu einer Übereinkunft zu gelangen. Es kam aber vor, daß sich ganz im Gegenteil die Streitigkeiten verdoppelten, daß im Parkett einer mit ausgestrecktem Zeigefinger aufstand und, von einem maschinengeschriebenen Blatt ablesend, skandierte:

„quack — quack . . ., quack — quack . . .“; bis es wirklich zuging wie in einem Hühnerstall, so viele Beschimpfungen und Proteste wurden laut. Die einen machten „tschlip — tschlip“, die anderen „määäh“, wieder andere „kra — kra“ oder „kri — kri“, so daß jedes „ga — ga — ga“ oder „gack — gack“ des Vorsitzenden vergeblich war.

Wenn man sagen wollte, um welche spezifischen Fragen und Kontroversen es ging, würde man die Postulate und das Credo der Bewegung banalisieren. Klar ist freilich, daß es Protagonisten von größerem Ansehen gab, und wenn diese sprachen, beruhigte sich das allgemeine Gekläff. Einer besonders drückte sich in kurzen Maximen aus, die aber so schwach waren, daß sie von allen als Musterbeispiele verwendet wurden. Mit einem todernsten, finsteren Gesicht meldete er sich zu Wort, dann machte er, ungefähr wie eine Stockente, so etwas wie „hhhh“, darauf eine lange Pause, und noch einmal „hhhh“, diesmal knapper, was aber doch wie eine unbarmherzige Ermahnung klang. Und daher galt auch im Vergleich zu jenem „ga — ga — ga“, das gewissermaßen das Manifest oder Programm der ganzen Schule gewesen war, dieses trockene und so wenig Denken enthaltende „Hhhh“ als ein großer Fortschritt.

Der Philosoph des „Hhhh“ war jedoch trotz seiner Berühmtheit äußerst bescheiden in seinem Auftreten und Aussehen. Er war ein wenig platt- und breitfüßig und gewöhnlich barfuß; die Stirn fehlte ihm praktisch und sein Schädel war ziemlich plattgedrückt; sein Haar trug er mit Brillantine glatt und wasserdicht nach rückwärts gekämmt.

Es läßt sich also sagen, daß bis zu ihm (inklusive) die klassische Phase dieser Philosophie reichte und das Denken beinahe bis auf den Nullpunkt zurückging, wobei es seinen eigenen mythischen Ursprung berührte. Dann kam die Wende zum Populärwissenschaftlichen. Das heißt, eines Tages in einer Vollversammlung geschah etwas Unerhörtes. Einer, der erst seit kurzem zur Sekte gehörte, aber Assistent eines Denkers auf dem Gipfel seiner Laufbahn war, schwach an Geist, wie es nur wenige gibt, und auch ein wenig schwerhörig, erhob sich von seinem Sitz und sagte ohne Umschweife: „... guten Tag ... guten Abend ... verehrte Kollegen ... wir sind hier zusammengekommen ... die Philosophie vor allem ... also gehen wir nun zur Abstimmung über." Wie bei jeder aufsehenerregenden Neuheit so gab es auch hier einen kleinen Tumult, einen Sturm im Wasserglas; das heißt, man schnatterte und hackte aufeinander los, und, um ihm zu widersprechen und zum alten Stil zurückzukehren, ließen manche ein Wiehern oder eine Art Eselsgeschrei hören und machten immer wieder: „iiih ..., iiih". Man bewies aber alles in allem doch nur ein Denken von äußerst gesundem Menschenverstand, das angesichts der Schwäche des neuen Denkens erbleichen mußte. So wurde die neue Philosophie tatsächlich als eine Revolution aufgefaßt, und alle verwendeten nun beim Sprechen das Alphabet, drückten ihre Gedankengänge allgemeinverständlich aus und hielten Vorträge. Nun kamen die Leute in hellen Scharen, um ihnen zuzuhören, während sie früher wegen ihres verstiegenen Formalismus nur ein hochspezialisiertes Fachpublikum gehabt hatten; jetzt aber konnte sie nicht nur jedermann verstehen, sondern es hatte sich überall, ins Denken aller, eine Schwäche eingeschlichen; man kann sagen, diese Philosophie hat sich so verbreitet, daß sie jedem Gedankengang zur Regel geworden ist und fast überall gleichsam aufs Brot gestrichen wird.

[...]

Was den Orient betrifft, so gehört bekanntlich in Indien, im Tamil Nadu, zu jedem Wohnhaus ein außerhalb liegendes Häuschen, das als Klo dient: Es steht einen Meter über der Erde auf vier Pfählen und hat in der Mitte ein Loch. Die Exkremente fallen durch das Loch auf die Erde mitten in einen Pferch, wo ein kleiner schwarzer Philosoph lebt, der sie eiligst auffrißt. Ein Reisender kam einmal in ein Haus, wo ihn der Hausvater mit der dort üblichen Höflichkeit bat, er möge die nicht ganz einwandfreie Hygiene entschuldigen; der Philosoph sei nämlich vor sechs Tagen getürmt, wutentbrannt die Umzäunung durchbrechend, wahrscheinlich habe ihn irgend etwas angewidert. Aus Rücksicht auf den Gast hatte man versucht, ihn ausnahmsweise durch ein Schwein aus Madras zu ersetzen; dieses war aber scheu und widerspenstig und nagte nachts an den Pfählen, um alles zum Einstürzen zu bringen.

Sich einen Philosophen zu halten, ist, obschon ein uralter Brauch, heute doch nicht mehr so weit verbreitet. Ein Grund dafür ist, daß diese ihren Obliegenheiten nicht mehr so pflichtschuldig und gewissenhaft nachkommen, ja sogar parteiisch werden, was so weit gehen kann, daß sie ein Familienmitglied oder einen vorübergehenden Gast nicht leiden können und sich kategorisch weigern, ihn zu bedienen. Der andere Grund ist psychologischer Natur: durch das Loch kann man sehen, wie sie sich im Kot wälzen und nach oben blicken. Und man schaut einander schweigend in die Augen. Es kann aber auch vorkommen, daß der Philosoph, nachdem er die Schritte des Gastes und das Knarren des Türchens gehört hat, schon herbeigeeilt ist und aufrecht stehend mit Schnauze und Ohren aus dem Loch herausragt. Wenn sie sich das einmal angewöhnt haben, wird es peinlich, ja sogar gefährlich.

An einem bestimmten Punkt ihres Lebens angelangt, türmen die Klophilosophen; sie werden von einer wahnsinnigen, undefinierbaren Raserei befallen und sehnen sich nach Flüssen, grünen Ebenen, nach einem Leben als Strauchdiebe in wilden Horden als Feinde des Menschen. Gewöhnlich irren sie wochenlang umher und, wenn sie nicht wieder eingefangen werden, magern sie ab, werden noch kleiner, schwärzer und struppiger. Manche gewöhnen sich an eine feuchte Umgebung und leben wie Schildkröten in Sümpfen oder Flußschleifen. Andere wieder steigen auf die Berge bis an die Grenze des ewigen Schnees; sie leben dort in einem hohlen Baumstamm oder auf einem Felsvorsprung, der Unbill der Witterung ausgesetzt. Sie scheinen immer in Betrachtung versunken zu sein, als wären sie auf dem Gipfel der Weisheit angelangt. Wieder andere, und das sind die meisten, werden zu wilden Tieren mit abstehenden, stechenden Borsten wie Stachelschweine, mit leicht giftigen Zähnen und zu Krallen gekrümmten Nägeln, mit denen sie kratzen und sich an die Äste hängen können.

Gelingt es jedoch, sie kurz nach ihrem Ausbrechen wieder einzufangen und zu ihren Pflichten zurückzuführen, dann nehmen sie nach einigen Tagen passiven Widerstands und hartnäckiger Weigerung ihre schlichten, nützlichen Gewohnheiten wieder auf, aber ohne Überschwang und ohne Begeisterung. Bei oberflächlicher Betrachtung könnte man sie träge nennen. Aber wenn sie durch das Loch ihren verschleierten Blick nach oben wenden und einen ansehen, glaubt man, einen Schlafwandler zu erblicken, glaubt man, in ihren Augen den Abglanz der Frage nach dem Sinn dieses zerbrechlichen Daseins zu lesen.

Ich muß sagen, leicht war es nicht, hier zu lesen. Zum Teil, weil mich meine Lektüre erschreckte: Das ist also die berühmte Philosophie? — sagte ich zu mir —. Aber welche Schule, welches Jahrhundert? Ist es der neueste Stand oder nur ein Hirngespinst? Und zum Teil wurde ich durch das Reden des Fräuleins abgelenkt, das von der Höhe eines Regals mit dem unten sitzenden Herrn sprach, der jedoch keine Regung und keinerlei Lebenszeichen von sich gab. Das Fräulein befand sich auf einer Balustrade, wo sie einen Stoß Bücher abstaubte und wieder einordnete. Ihre Stimme, die angenehm und sehr bestrickend klang, legte sich über meine philosophische Lektüre. Ich hörte, daß sie sich beklagte, die Tiere würden überhandnehmen; und wären es wenigstens nur Insekten: ihretwegen, wie sie sagte, auch Motten, Wanzen und so weiter, mit deren Geruch und mit dem Juckreiz würde man schon fertig werden; sie würden ein paar Ecken abnagen, was, wenn man zum Beispiel den Schaden betrachte, den das Feuer in der Vergangenheit schon einmal angerichtet habe, beinahe als Glücksfall zu betrachten sei. Aber Tatsache sei eben, so sagte sie mehrmals, daß man weitaus größere Tiere hier gesichtet habe; Affen nämlich habe man gesehen. „Ich selber ja nicht", sagte sie, „aber die Zuständige für Saal drei und Gang drei eins, drei zwei und drei drei, Frau Holzapfel, die hat welche gesehen, der sind sie auf den Kopf gesprungen, während sie auf dem höchsten Bord einen Standort suchte und ganz oben auf der Leiter stand, was an und für sich schon gefährlich ist."

Für den unten sitzenden Herrn klang das offenbar wie ein Wiegenlied, und der Bleistift, den er in den ersten drei Fingern hielt, war im Begriff, ihm aus der Hand zu fallen, das Fräulein redete weiter und fragte ihn auch nach seiner persönlichen Meinung.

„Meinen Sie nicht, wir hätten alle Anrecht auf eine Versicherung?" fragte sie, „aber nicht nur gegen Stürze oder Bücherrutsche, auch gegen Bisse, denn Frau Holzapfel von Saal drei sagt, die Affen hätten sich an ihre Beine geklammert und genauso gebrüllt, wie wenn sie beißen wollten. Sie meint, es wären Paviane gewesen, noch nicht ganz ausgewachsene, und auch das Rote, das sie unter dem Schwanz haben, war nicht direkt rot, sondern fast weiß und rosa geädert. Was sagen Sie dazu?" sagte sie, nun auch an mich gewandt, da der andere schwieg, „wahrscheinlich weil sie bei so schlechtem Licht zur Welt gekommen sind. Im Gesicht sahen sie aus wie Paviane, so ähnlich wie bellende Hunde, aber sie waren winzig klein, beinahe Zwergpaviane, und liefen über die Regale; es war ein Rudel, unschwer zu erkennen, das werweißwoher kam, denn dort, bei den dortigen Signaturen, hatte es nie welche gegeben, denn die Räume sind schlecht geheizt, im Winter eiskalt, und diese Affen sind ja in Marokko zu Hause, wo es so warm ist wie in den Räumen über der Heizung, vierzig Grad hat mir der Heizer gesagt, oft auch fünfzig. Sowie also die Affen die Leiter sahen und sie, Frau Holzapfel, auf der Leiter, hielten sie sie für werweißwas, vielleicht waren sie auf der Suche nach Bananen oder stellten sich vor, ein Baum müsse in der Natur so aussehen, wie die Holzapfel aussieht. Drum klammerten sie sich an ihre Beine und zwickten sie, um sie zu probieren, so sagte sie, und eventuell was abzubeißen. Dann setzten sie sich auf die Bücher, die sie in der Hand hatte, als wären sie ein Palmwedel, und wenn sie eines auf seinen Platz zurückstellen wollte, saß zwischen den Büchern schon ein Affe im Regal, genau auf dem Platz des Buches; und wenn sie das Buch trotzdem einordnen wollte, stand der Affe auf und hinderte sie absichtlich daran, wobei er das Buch mit den Vorderhänden nahm und mit gefletschten Zähnen wegstieß. Wenn sie sich nicht abbringen ließ und dem Affen Angst machen wollte, indem sie das Buch vor ihm hin und her schwenkte, entrüstete er sich sehr und fing an zu kreischen, da kamen alle anderen Affen angelaufen, sprangen auf den Band, bissen in den Umschlag und in ihre Hand und kletterten mit einem unbeschreiblichen Lärm ihren Arm hoch, und wenn sie sich nicht mit der anderen Hand gewehrt hätte, ihnen Schläge gegeben und sie weggejagt hätte, dann hätten sie ihr sicher die Augen und das Gesicht zerkratzt, und die Hexen, die sie ihr ins Haar gemacht hätten, hätte sie nie mehr auskämmen können, sondern abschneiden müssen. Sie mußte ihre Arbeit an dem Tag aufgeben, die Bücher auf der Leiter oder sonstwo liegen lassen. Zum Glück ist sie nicht hinuntergefallen, und in diesen Abteilungen herrscht jetzt eine große Unordnung, und niemand will hingehen. Aber wissen Sie, was man sich erzählt?"

Der Herr sagte nichts und gab auch keine lästigen Geräusche von sich; meiner Meinung nach schlief er, es ist aber nicht gesagt, daß er uns nur deshalb nicht hörte. „Wissen Sie, was man sich erzählt?" redete sie inzwischen weiter, ohne auf ihn zu achten, und nun nur noch mir zugewandt, „es soll auch noch ein Orang-Utan da sein, im Globus-Saal soll er sich aufhalten, wo es immer feucht und warm ist. Dorthin wird, wenn es nicht mehr anders geht, Frau Schaselon geschickt, die eigentlich nicht verpflichtet wäre hinzugehen, denn sie ist keine Offiziantin, sondern Studienrätin.

Da unterbrach ich sie: „Frau Schaselon, die Griechischlehrerin?"

Sie: „Ja, die, kennt ihr euch?"

Ich: „Ich hab schon mal was von ihr gehört."

„Also", fing sie wieder an, „sie ist die einzige, vor der er Respekt hat, der Orang-Utan, sie hält ihn im Zaum. Er hatte sie nämlich entführt, das erste Mal, und sie in sein Nest geschleppt, er hat nämlich ein Nest wie ein Vogelnest, nur daß es riesengroß ist. Frau Schaselon hatte keine Ahnung, denn nachher hat sie erzählt, er sei ihr nicht wie ein Affe vorgekommen, sondern eher als so was ähnliches wie ein alter Notar, mit seinen fetten Bakken, die wie Taschen herunterhingen, genauso, wie bei einem alten Notar, so meint sie. Und außerdem hatte er eine rötliche, ziemlich starke Behaarung, praktisch war er über und über mit Haar bedeckt, und einen Bart hatte er auch, einen Vollbart, und er schaute sie fortwährend an, immerzu, ohne seine Stimme hören zu lassen oder nach ihr zu greifen. Auch wäre in seinen Augen, so sagt sie, kein wilder Ausdruck gewesen, sondern es wären Augen gewesen, wie man sie manchmal bei einem Notar sieht, das heißt meinungslos; also fühlte sie sich nicht bedroht, obschon sie doch mit einem Fremden in dem Nest lag. Gern hätte sie seine Gedanken erraten, denn er schaute sie immerfort schweigend an. Sie selbst ist auch ein wenig behaart, aber da sie eine Frau ist, nur ein bißchen, und außerdem färbt sie sich ihre Körperhaare hell, damit sie nicht so auffallen, er schaute nur darauf, faßte aber nichts an, schaute nur an ihr hinauf und hinunter. Er kam ihr unschlüssig vor, sagt sie; tief beeindruckt, aber auch sehr unschlüssig. Sie war so angezogen wie immer, denn sie hatte nicht gedacht, daß sie an dem Tag jemand entführen würde und von dem Orang-Utan hatte sie noch nichts gehört. Aber auf jeden Fall zieht sie sich nicht gern um, weil sie nämlich im ganzen nur ein Kleid hat, ebenfalls nur ein Paar Strümpfe und ein Paar Pantoffeln, sehr bequeme, wie sie sagt. Also der Orang-Utan hat sie genau gemustert, eine Stunde lang oder zwei, Mitternacht war längst vorbei, da schaute er plötzlich auf ihre braune Warze, aus der ein Haar herauswächst. Überhaupt beeindruckten ihn am meisten solche Haare, und er schaute sie sich auch von hinten an, die Frau Schaselon natürlich, und ging um sie herum. Sie ist ja von hinten nicht besonders auffallend, sieht ungefähr genauso aus wie von vorne; vielleicht, so meint sie, wollte er wissen, was bei ihr vorne ist und was hinten, um nichts falsch zu machen. So ist sie die ganze Nacht in seinem Nest geblieben und er hat nicht aufgehört zu grübeln; im Grunde erschien er ihr ein wenig unerfahren und von Fragen gepeinigt. Die Entführung war ein Geniestreich gewesen, sicher nicht aus Hunger, denn die Orang-Utan sind schließlich alle Vegetarier, und nun, als sich seine Raserei beruhigt hatte und es heller geworden war, spürte er wohl die Last der Verantwortung. Zu mir sagte Frau Schaselon, sie würde grundsätzlich nie die Initiative ergreifen, auch wenn er ihr ein wenig leid tat, weil er so schaute. Nach vielen Stunden war es de facto zu nichts gekommen; er schaute auf ihre durchsichtigen Strümpfe und auf ihre Beine, die ein bißchen knochig, aber sonst makellos sind, und als Reaktion darauf kratzte er sich unschlüssig am Kopf. Er stieg aus dem Nest, als es schon hell wurde, da stieg Frau Schaselon auch aus dem Nest. Sie sah dann noch, wie er ein bißchen kleinlaut um sich blickte und in einen Gang einschwenkte, wie sie meinte, um sich ein paar Sprossen und Ameisen zu suchen, die ja seine Nahrung sind. In den Globus-Saal und in die angrenzenden Säle geht seitdem immer Frau Schaselon; wenn sie nämlich der Orang-Utan hört, das heißt ihre Pantoffeln und das Schlüsselgeräusch, klettert er hinauf bis zum höchsten Bord des Bücherregals und bleibt zusammengekauert in einer Ecke sitzen; so beobachtet er sie aus der Ferne und respektiert sie."

„Entschuldigen Sie", sagte ich, „mein Fräulein, wie heißen Sie denn, falls ich Sie brauchen sollte?"

„Iris", sagte sie.

„Ich heiße eigentlich Hieronymus, auch wenn mich tagsüber niemand so nennt; ein altmodischer Name. Im allgemeinen erinnere ich mich nicht einmal selber daran. Aber es ist mein Taufname."

„Mir gefällt er, der paßt zu Ihnen. Klingt wie der Name eines Heiligen, des Patrons der Bücher."

„Wirklich?" sagte ich ein wenig ungläubig, es war eine Schmeichelei, freute mich aber doch. „Iris ist schöner, das ist der Name einer Blume, klar, daß es Ihr Name ist, er sieht Ihnen nämlich ähnlich." Dann wußte ich nicht mehr, was ich sagen sollte, und sie auch nicht, da blätterte ich in der verstaubten und von Milben verseuchten Schwarte herum, und sämtliche Innereien zogen sich mir zusammen, weil die Zeit ungenützt davonsauste, aber ich spürte auch noch ein spezifisches Toben im Gedärm, das vom Liebreiz des Fräuleins herrührte.

Inzwischen konnte ich freilich nicht umhin, auch die zwei Gehilfen zu sehen, die auf dem Boden sitzengeblieben waren und ein Salamibrötchen ausgepackt hatten; es war nur ein Brötchen, und Pfeiflein hatte seinen Teil, die Salami, schon gegessen und das Brot und die Wursthaut Heiligmann gegeben, der nun greinte und mit seinem Finger Pfeiflein die Salami wieder aus dem Mund ziehen wollte. Pfeiflein biß ihn in den Finger, den er dann zwischen den Zähnen behielt, so fest wie ein Hund seinen Knochen, während der andere ihn herauszuziehen versuchte und ihn mit einem Rasierpinsel ins Gesicht schlug. Und so hätten sie noch eine Weile weitergemacht, wenn nicht ein Huhn vorbeispaziert wäre, so nahe und so zerstreut, daß sie es fingen; sie hielten es fest und steckten ihm die Wursthaut in den geöffneten Schnabel, dann ließen sie, zu Bällchen gedreht, das Einwickelpapier folgen, und ab und zu steckte Pfeiflein auch Heiligmann eins in den Mund, der sich darüber freute, das Huhn an sich drückte und ihm etwas zuflüsterte.

Als sie mit dem Rupfen anfingen, kam Fräulein Iris herunter, denn sie hatte den Radau gehört und griff ein, mit goldrichtigen und sehr vernünftigen Worten über das Huhn und auch darüber, daß sie die Leute störten; und sie schaute mich an, mich allein, die anderen nicht. „Hier sind Leute, die arbeiten wollen", sagte sie, „macht, daß ihr fortkommt." „Wir sind seine Begleitpersonen", sagte Heiligmann. „Dann laßt wenigstens das Huhn laufen", sagte sie und tat, als wollte sie ihm ein Buch nachwerfen. „Die Hühner gehören doch nicht Ihnen", brummte Heiligmann, „die gehören allen." Aber Pfeiflein gehorchte mit vielen Verbeugungen und gab Heiligmann die Überreste des Einwickelpapiers, der schnupperte noch einige Zeit daran, während er das Brot aß. Dann lächelte mir das Fräulein zu, und ich hätte sie gern als Begleitperson gehabt, und nicht die zwei Plagegeister. Sie schien viel Geduld und gesunden Menschenverstand zu haben. Außerdem hatte mich der Duft eingenommen, der um sie herumwirbelte und auch mich und die Bücherregale umfing. Ich hätte lieber in einem fort sie angeschaut als an die Prüfung gedacht, denn sie verschaffte mir Linderung, beschwichtigte meine Eile und noch dazu mein Zahnweh. Sie trug so weite beschwingte Sommersachen, obwohl der Sommer weit von diesem Ort entfernt war. Aber an ihr war ein Rest Sommer hängengeblieben. Ich war nicht in sie verliebt, sondern sie gefiel mir wie eine Versuchung; auch wenn ich im Ernst an das Lernen hätte denken sollen.

Die zwei Gehilfen Pfeiflein und Heiligmann hatten inzwischen mit den anderen zwei Saaloffizianten ein Kartenspiel angefangen. Aber jedesmal wenn einer eine Karte hinlegte, schnitt Heiligmann mit einer gezahnten Friseurschere ein paar Stückchen davon ab, bis die Karten alle anders aussahen und zugeschnitten waren, einige sogar mikroskopisch klein und fast ganz zerschnippelt. Da schauten die zwei Offizianten mißmutig und mißtrauisch drein und behielten ihre Karten in der Hand und gaben keine mehr aus, bis Heiligmann mit seiner Schere blitzartig alle halbierte, welche die anderen in den Händen hatten. Sofort entstand ein Gezänk, daß so was nicht anginge; die Offizianten sagten, bei ihnen würden andere Regeln gelten; die Gehilfen antworteten, sie seien nicht gekommen, um hier ihre Federn zu lassen, vor allem nicht wegen zwei Schwachköpfen vom Lesesaal.

Schon seit einiger Zeit hatte ich aufgehört zu lesen. Das Fräulein wohnte der Szene bei und schüttelte den Kopf zum Zeichen ihrer totalen Mißbilligung und ihres Mitleids mit mir.

Aus dem Hintergrund kam ein rundlicher, gut angezogener Herr: „Es ist vier Uhr in der Nacht", sagte er mit leiser, aber erregter Stimme.

Fragend schaute ich das Fräulein an und hörte, wie sie zu mir sagte: „Der kommt immer um die Zeit; das ist der Geheimrat Sumpfer, ein Vorstandsmitglied."

„Es ist vier Uhr in der Nacht!" sagte er. „Seht ihr denn nicht, daß ihr stört? Seht ihr nicht, daß Professor Rasor da ist?" und er zeigte auf den anderen, der außer mir noch am Tisch saß. „Ich werde euch vor die Disziplinarkommission zitieren und eurem direkten Vorgesetzten Bericht erstatten. Wer ist es?" Die zwei Saaldiener deuteten auf die zwei Gehilfen und sagten: „Accetto ist es, Accetto!"

Und die beiden: „Nein, wir haben nichts mit denen da zu tun, weder ich noch er", und sie zuckten unhöflich die Achseln und schnitten mit ihrer Schere dem einen den halben Ärmel weg.

Auch Fräulein Iris achtete nicht auf diese Worte; hin und wieder nickte sie mir lächelnd zu, nur mir, ganz exklusiv, und mit Skepsis und Mißtrauen wies sie auf den, den sie als Geheimrat Sumpfer bezeichnet hatte. Heiligmann spuckte ihm zerkautes Papier beinahe direkt in den Mund und zeigte dann bezichtigend auf die anderen zwei.

„Sie sehen es selbst!" wandte er sich an mich, da sonst niemand bereit war, ihm zuzuhören. „Das soll eine Bibliothek sein!" Und inzwischen machte er psssst mit der Zunge zwischen den Zähnen; mit den zwei geöffneten Handflächen gab er wie ein Dirigent das Zeichen, leiser zu sein. Ich fühlte mich ihm gegenüber unbehaglich, vor allem beim Vergleich seines Anzugs mit dem meinen; meiner war nicht besonders salonfähig.

„Einen solchen Mann verdienen die Leute einfach nicht; sehen Sie, wie er dasitzt und arbeitet?" Und dabei zeigte er auf Professor Rasor. „Jede Nacht kommt er hierher und arbeitet für seine Vorträge; Sie hören ja selbst, wie man auf ihn Rücksicht nimmt! Man muß ihn in Ruhe denken lassen; er hat eine ganze Enzyklopädie im Kopf. Man muß leise sein, und er muß ein wenig im Dunklen sitzen. So unterstützt eine Bibliothek die Wissenschaft: mit der Ruhe. Aber die meisten Leute sind windige Ignoranten, vor allem hier drin."

Es kam mir vor, als schaute er auf die Beine von Iris, die sich umgedreht hatte und weggegangen war.

„Aber hören Sie nur, mein Herr, was alles auf der Welt geschieht, durch die Ignoranten."

Ein Käfer schwirrte um meinen Kopf; also schüttelte ich ihn, aber er faßte als ein sehr interessiertes Ja auf, was eigentlich ein Nein war, da ich mich mehr denn je nur meinen Studien hätte widmen mögen.

„Sie müssen nämlich wissen", sagte er, „als wir Professor Rasor zum erstenmal ins Rathaus von Villacuccagna, wo ich tagsüber meinen Wohnsitz habe, zu einem Vortrag einluden, in dem er uns von seinen letzten Studien über Riesenwuchs und Zwergwuchs berichten sollte, mit denen er sich, nebenbei gesagte, einen dauerhaften Platz in der Geschichte des wissenschaftlichen Denkens erobert hat: Bedenken Sie, er wird dreimal — und ein viertes Mal in einer Fußnote — in der *Geschichte des wissenschaftlichen Denkens,* Band zwei, des hochberühmten Wissenschaftlers Professor Materdura erwähnt; also, als Professor Rasor im Theater von Villacuccagna sprechen sollte, war die Bürgerschaft vollzählig und festlich angetan erschienen, um ihm zuzuhören; in der ersten Reihe saßen die angesehensten Damen mit ihren jeweiligen Ehemännern, alle Akademiker in freien Berufen oder Beamte im städtischen Dienst; da saß unsere vortrefflichste Intelligenz mit ihren Schülern, da saßen auch die Leute, und das soll niemanden kränken, aus denen sich die gewöhnliche ehrbare Bürgerschaft einer Stadt zusammensetzt. Da saßen, lassen Sie es mich sagen, einfach alle. Auch wer draußen geblieben war, hatte auf irgendeine Weise, wie sich herausstellte, Einlaß gefunden; und das Theater mit seinen sechshundert Plätzen war zum Bersten voll, mehr als zweitausend Menschen, glaube ich, nicht mitgezählt diejenigen, die hinter den Kulissen, unter der Bühne, zwischen den Falten des Vorhangs versteckt lauschten, denn sogar dort waren Leute. Dies nur zur Erklärung des Interesses und des Andrangs. Und Professor Rasor sprach von Punkt neun an eine Stunde und zwanzig Minuten völlig frei, ohne ein Blatt vor der Nase und mit einer Klarheit, einer Sachkenntnis, mit so neuen Schwerpunkten und so ausgewogenen Übergängen und, ich würde sagen, mit einer derartigen Bravour in der Konzeptfindung, daß das Publikum förmlich bebte; und es hätte ihn mehr als einmal unterbrochen, wenn dies nicht unhöflich gewesen wäre, um ihm seine Zustimmung und jenes ‚Danke' zu zollen, das es schon seit neun Uhr, eigentlich schon den ganzen Nachmittag zurückhielt. Als er schließlich zum Ende zu kommen gedachte, wobei er mit großem Charme seine Lektion als leicht geschürzt und seine These als hinreichend bewiesen bezeichnete, und als er dann wirklich schloß und dabei die neuen grenzenlosen Horizonte rühmte, die sich der Wissenschaft auftun, brauste im Theater ein Orkan auf. Beifall, Beifall, tosender Beifall. Und kein Ende.

In dem Moment begann ich zu ahnen, daß die Begeisterung nach und nach ausarten kann, was leider in unserer Stadt schon allzuoft geschehen ist, angesichts von Ereignissen, die gewissermaßen ihr Auffassungsvermögen übersteigen. Auch ich applaudierte; keiner schien als erster zeigen zu wollen, daß er nicht mehr mitmachte. Der Professor dankte mit knappen Bücklingen und geziertem Kopfnicken. Aber das fachte die Begeisterung immer wieder aufs neue an, statt sie einzudämmen. Als der Professor einen Augenblick zur Galerie hinaufschaute, brauste gleichsam eine Woge allgemeinen Deliriums auf; und man begann zu schreien. Offen gestanden sah ich keine kurzfristige Lösung und war besorgt, fürchtete für seine wissenschaftliche Ehre. ‚Welch scharfer Geist!' hörte ich neben mir den Haushaltsreferenten Paganini sagen, während er sich Frau Zweibirn zuneigte. Und Frau Zweibirn applaudierte wie die anderen jungen und älteren Damen immer weiter und auf immer übertriebenere

Weise, um aufzufallen, und prüfte mit raschen und, wie ich glaube, bewußt verächtlichen Blicken den Applaus von Frau Karg, die eine Reihe weiter hinten saß und mit lauter Stimme: ‚Bravo! Bravo!‘ rief, um die anderen Frauen zu übertreffen, denn sie war eine renommierte gründliche Kennerin der Materie, kein Vergleich mit den anderen. Und so stieß sie weiter Ihr ‚Bravo!‘ aus, kaum daß der Applaus ein wenig abflaute, und man konnte ihre Stimme genau heraushören und somit ihre Sachkenntnis sowie die Tatsache, daß sie in Pavia bei Professor Velluto studiert hatte, der zu ihrer Zeit eine Koryphäe und einer der besten Köpfe auf dem Gebiet der Mikrozephalie gewesen war, nebenbei gesagt hatte er auch eine Schwäche für sie und ihr damals langes, wunderschönes Haar gehabt.

Da kam Frau Zweibirn während des unaufhörlichen Beifallsgeprassels ein, wie ich sagen muß, wahnwitziger Einfall, und zwar nur, weil sie mit dem verrückten ‚Bravo!‘ der Karg wetteifern und es überbieten mußte; im Lauf des Vortrags war zweimal das Wort ‚Zerebral‘ gefallen, und daher war nach ihrer Ansicht einzig und allein sie von allen Studienrätinnen und Studienräten im Theater in der Lage, mit Sachkenntnis zu urteilen, da sie allgemein als begeisterte Kennerin, wenn nicht sogar als Expertin in Sachen menschliche Psyche oder Psychologie galt.

Frau Zweibirn fing also an zu schreien; zuerst nur mit halber Kraft, dann schrill wie eine Türklingel schrie sie: ‚Dacapo!‘ und sie beharrte, ohne je im Applaudieren nachzulassen, auf diesem unwahrscheinlichen ‚Dacapo! Dacapo!‘.

Aber ich frage mich, wie konnte im Gehirn eines menschlichen Wesens mit Staatsexamen und, wie es heißt, sogar mit Doktortitel eine derartige Idee hausen? Einen Wissenschaftler zu einer Zugabe zu bewegen, der uns, wenngleich in der ihm eigenen leicht populärwissenschaftlichen Weise, Daten aus seinem Labor geliefert und sein Thema, sagen wir mal, rein begrifflich mehr als erschöpfend behandelt hatte. Aber das ‚Dacapo‘ gefiel den Leuten nach und nach, und zwar besser als das ‚Bravo!‘ der Karg, so daß nun schon von allen Seiten ungehörig und unvernünftig ‚Dacapo!‘ gerufen wurde. Ich wäre am liebsten auf die

Bühne getreten, hätte die Wissenschaft verteidigt und gesagt: ‚Was soll denn ein Dacapo! Ich bitte Sie! Gehen Sie doch nach Hause!' Aber der Umweltreferent Arius Quassel, der tatsächlich auf der Bühne stand, und zwar nur einen Meter von Professor Rasor entfernt, applaudierte und schrie ihm immer wieder lauthals beinahe direkt ins Ohr: ‚Dacapo, dacapo!' Aber völlig unerwartet und, ich muß sagen, für mich ganz neu war folgendes: Dieser unser Wissenschaftler war kein bißchen pikiert oder echauffiert, schickte keineswegs das Publikum und die Honoratioren der Stadtverwaltung wegen beleidigenden Verhaltens zum Teufel, sondern schien sich ganz im Gegenteil geehrt und verstanden zu fühlen. Vielleicht war es nur ein Exzeß an Höflichkeit. Er erhob sich, näherte sich erneut dem Mikrofon und, als es wieder still geworden war, sagte er nicht: ‚Danke, ich bin gerührt, aber jetzt gehen wir alle ins Bett'; sondern er räusperte sich und sprach auf dieselbe, auf genau dieselbe Weise wie zuvor noch einmal die letzten Sätze seiner Rede.

‚Meine Herren, verehrte Damen; zum Abschluß meiner leicht geschürzten Lektion erachte ich die These als bewiesen, die ich hier zum erstenmal vollständig auszusprechen und darzulegen die Gelegenheit hatte. Ich behaupte daher nicht ohne Stolz, daß sich mit dem heutigen Abend der Wissenschaft ein neuer grenzenloser Horizont auftut.' Aufs neue brach der Beifall los, und das Publikum schrie: ‚Bravo! Dacapo! Dacapo!' Die Leute tauschten Blicke, aus denen zu lesen war: ‚Voran mit der Wissenschaft! Halten wir uns ran! Hören wir uns nochmal was an!', während Frau Zweibirn in Wonne schwelgte, weil sie der Karg eins ausgewischt hatte. Da die Zeit verging und der Beifall nicht verebbte, ließ der Umweltreferent, nachdem er etliche Male ins Mikrofon gehustet hatte, endlich seine Stimme hören: „Verehrtester Herr Professor", sagte er, „Sie werden verstehen, daß diese Begeisterung, der ich mich voll und ganz anschließe, ein Tribut ist, der Ihrer Person und Ihren Studien gezollt wird, die, lassen Sie es mich aussprechen, dem Heute und dem Morgen voraus sind, und ich würde sagen, ein Stelldichein mit dem Übermorgen haben ...' — zustimmendes Geschrei, beginnender Applaus —

‚... und da wir Sie hier bei uns haben, Sie mögen uns verzeihen, sagen wir, die wahre Wissenschaft kennt weder Fesseln noch Flaggen, und damit wollen wir mehr denn je die Gelegenheit nutzen und Sie nicht abreisen lassen, ohne vorher noch einmal zu hören und bis auf den Grund zu verstehen ...', aber weiter kam er nicht, denn der Saal, der die Umschreibung begriffen hatte, hatte ihn schon mit seinem ‚Dacapo', gemischt mit Geschrei und Lobpreisungen, übertönt. ‚Dacapo' brüllte es von der Galerie und ebenso von den Logen; selbst das Parkett, gewöhnlich so maßvoll, besonnen und vernünftig, war dieser peinlichen, niedrigen, profitgierigen Sucht verfallen und schrie ‚dacapo' unter Führung von Frau Zweibirn und einer Claque kopfloser Psychoanalytikerinnen.

Der Umweltreferent flüsterte dem illustren Gast etwas ins Ohr, worauf dieser würdig nickte. Noch einmal wurde es still im Saal, die Damen funkelten in Gold und Edelsteinen, der Professor ahnte, daß die Launen und Neigungen nicht nur seinem Thema, sondern auch seinem schönen Ausdruck galten, und sagte mit einem leichten, nachsichtigen Lächeln auf der Stelle: ‚Nicht ohne Stolz behaupte ich, daß sich von diesem Augenblick an der Wissenschaft ein neuer Horizont auftut; es ist ein grenzenloser.' Worauf ein Freudensturm losbrach. Einen Augenblick lang hing ein nachdenkliches Schweigen im Raum, denn die neue Formulierung war tiefgründiger und schwieriger; eher philosophisch, sagen wir, als im strengen Sinn wissenschaftlich, mit der Idee des Grenzenlosen genau am Satzende. Dann erklang einstimmig ein Dacapo wie ein betäubender Windstoß aus Jubel und Raserei, mit Geschrei und Getrampel untermalt. ‚Es hat wunderbar geklappt, wunderbar geklappt!' hörte ich neben mir den stellvertretenden Bürgermeister in einem euphorischen Selbstgespräch sagen. Der Krach war unbeschreiblich. Der Umweltreferent, der sich Verdienste und Popularität erwerben wollte, schob dem Professor das Mikrofon in den Mund; und mitten im Gewühl, zwischen tausend Bravo- und Dacaporufen hörte man seine kreischende, übergeschnappte Stimme heraus, die einen Laut von sich gab, der so ähnlich klang wie ‚grenzenlos' oder sich darauf reimte; danach fing das Mikrofon an, fürchterlich zu pfeifen, und der Professor verzog sich mit einer Verbeugung hinter die Kulissen, während sich im Saal spontan eine Art Chor mit der Begleitung kleiner Trommeln und trampelnder Absätze gebildet hatte, aus einer Loge kamen sogar Ziehharmonika- und Okarinenklänge, was schließlich in Hymnen ans Vaterland und an die Kultur im allgemeinen ausartete."

„Danke, danke, es war sehr lehrreich", sagte ich, inzwischen den Tränen nahe, um sein Mitleid zu erregen, „ich habe viel gelernt, aber ich habe noch viel Arbeit vor mir, ich muß noch mehrere Texte durchsehen." Ich schaute um mich, ob nicht Fräulein Iris sichtbar wäre, die mir mit einer Ausrede hätte beistehen können, aber sie war wieder auf ihre Balustrade hinaufgestiegen, wegen einer charakterlichen Inkompatibilität mit dem Geheimrat Sumpfer, glaube ich; und sie war sehr weit weg, denn der kleine Saal war in Wirklichkeit ein Gang, und Iris sah man mit knapper Not ganz am Ende, direkt unter der Decke. Sumpfer schien übrigens, auch während er redete, dauernd mit den Bilcken nach ihr zu suchen.

Da begann ich, ohne mehr auf ihn zu achten, als wäre er ein überflüssiges Zubehör, mit gerunzelter Stirn und dem Gehabe eines Studienrats mit Planstelle, der weiß, was er will, den verstaubten Haufen Blätter durchzusehen.

Das Aufkommen von Philosophen

Einer der eigentümlichsten und faszinierendsten Fälle von Philosophie, die man je gesehen hat, wurde bei einem jungen, aber sehr begabten Philosophen festgestellt, der den Kopf, den Geschmack und die Lebensweise eines Schafes hat.

Öffentlich bekundet hat er schon immer einen unnachgiebigen Unwillen gegen jegliche Art von Fleisch, sei es roh oder gekocht, das er wie seinen persönlichen Gegner flieht; dagegen ißt er Birnen, Äpfel, Feldsalat und Brot; und vor allem eine bestimmte

Art Keks aus seinem Heimatdorf, die ihm seine Mutter ab und zu bäckt; er trinkt nur Wasser.

Er hat auch eine Sprache entwickelt, ziemlich formelhaft, aus Zeichen und sehr wenigen Lauten bestehend, welche bedeuten: ich habe Hunger, ich habe Durst, ich bin müde, ich möchte meinen Keks. Alles andere hat, wie er zu verstehen gibt, keinerlei Bedeutung, und das gibt er zu verstehen, indem er seinen Kopf hebt und senkt und ihn nach Gewohnheit der Schafe an den Beinen jedes Vorübergehenden reibt.

Wenn es mit den Studenten zu Streitereien kommt, neigt er dazu, sie mit seinen Hörnern zu stoßen; was heißen soll: Ihr habt euch nicht vorbereitet! Soll ich euch durchfallen lassen?

Zum Ausruhen oder zur Vorlesung, hat er sich bis jetzt noch nie auf einen Stuhl setzen wollen; er kauert sich auf der Erde zusammen und macht mäh.

Sein Rücken, seine Hüften und seine Schultern sind von einem grauen, sehr weichen Fell bedeckt, das einen oder zwei Zoll lang und wollähnlich ist; aber insgesamt grauenhaft aussieht.

Einige Gaukler, die ihn gesehen hatten, schlugen dem Rektor der Universität vor, ihn auf den Jahr- und Wochenmärkten in der Umgebung als eine Rarität oder ein Wunder der Natur auszustellen; aber trotz des beachtlichen Gehaltsvorteils gab der Rektor die Erlaubnis nicht; er brachte ihn aber mit seiner Herde auf die Weide und schor ihn von Zeit zu Zeit.

[...]

Über das Wiederkäuen beim Menschen also organisches Symptom methodischen Denkens existiert nur eine spärliche Kasuistik; der Mechanismus und das Wesen dieses Phänomens sind Gegenstand einer noch nicht entschiedenen Frage. Professor Regen und Doktor Traufe sind beispielsweise zwei herausragende Akademiker, deren persönliche theoretische Position, um verstanden zu werden, auf eine sehr ausgeprägte Tendenz zum Wiederkäuen und Pflanzenfressen zurückzuführen ist.

Ersterer hat ein gesundes, kräftiges Gebiß, voluminöse, senkrecht hochstehende Ohren, seine Schläfen sind angeschwollen und außen verhärtet. Den Proportionen nach ist er ein Makrozephalus und mit sehr kurzen Borsten bewachsen. Der zweite, von nachdenklicher Physiognomie und fülliger Konstitution, hat eine dicke Nase, stark vorspringende Stirnbeulen mit hornhautähnlichen Verhärtungen; die Haare wachsen ihm über den ganzen schuppigen Teil der Schläfen und stoßen vorne auf die Augenbrauen. Beide zeigen sich beim Anblick der Nahrung überaus erfreut, beide haben einen unersättlichen Hunger: sie machen sich sofort über die Speisen her, die ihnen wegen ihrer Masse in die Augen stechen; sie kauen schlecht oder gar nicht; schlucken große Brocken unzerkaut hinunter, so daß sie schon oft den Erstickungstod riskierten. Oft nähern sie den Mund ihrer Schüssel und benutzen ihre Zunge als Löffel. Vor allem Professor Regen verbringt zwischen zwei Essensrationen viele Stunden mit Grasrupfen, er führt das Gras zum Mund, zermahlt es und schluckt es hinunter; und wohlgemerkt, sollte er einmal daran verhindert sein, so kaut er als Ersatz keineswegs Lumpen, Fädchen, Stöckchen oder was ihm sonst unterkommt: er unterscheidet das Gras sehr genau von allem anderen, auch wenn es ihm schon getrocknet, in Form von Heu, vorgelegt wird, und schätzt es sehr. Nach Dumurs und Liebermanns Hypothese wird das Wiederkäuen durch einen Krampf des Magenpförtners (Pylorus) hervorgerufen, der das Aufstoßen der Speisen im Mund bewirkt.

Bei diesen Subjekten entwickelt sich die Rumination zehn Minuten oder eine Viertelstunde nach der Nahrungsaufnahme, angekündigt von denselben Zeichen der Freude wie der Beginn der Mahlzeit. Man vernimmt einen gurgelnden Laut, ein richtiges Geplätscher, bisweilen mit Gasausscheidung. Dann sieht man, wie sich der Hals ausweitet und geschmeidig machende Bewegungen ausführt, wobei sich das Kinn dem Brusthandgriff nähert und wieder davon entfernt; die Bauchmuskeln ziehen sich zusammen, die Bauchwände bewegen sich wellenförmig; dann bläht sich der Hals auf, und man sieht, wie sich der Mund mit dem Mageninhalt füllt. Da fangen sie an zu kauen und wiederzukäuen mit seitlichen Kieferbewegungen, wobei sie sehr ernst und sehr mit sich beschäftigt wirken. Manchmal ist das Wiederkäuen leise, manchmal geräuschvoll; sie können in jeder Körperhaltung wiederkäuen; aber es gelingt ihnen besser, wenn sie sich selbst überlassen sind, frei auf den Feldern und Wiesen herumlaufen und sich unbeobachtet oder nur in Gesellschaft von Kühen glauben.

...

Wenn ein Denker zur Welt kommt, gibt es untrügliche Zeichen: zum Beispiel einen offenbaren Zustand der Asphyxie. In der Folge entfernt sich sein Verhalten immer mehr vom menschlichen. Einer der am häufigsten zitierten Denker zum Beispiel geht mit geknickten Beinen und hopsend, in einem Zustand von Angst und Bange. Er zieht das Nasensegel und die Lippen ständig zusammen, um etwas zu beschnuppern, das ist neben seiner Menschenscheu einer der Gründe dafür, daß man ihn leicht mit einem Karnickel verwechselt. Wenn er erschrickt, stampft er mit dem rechten Fuß auf wie ein Karnickel, und wenn man ihn von oben bis unten mustert, spritzt er einem Speichel ins Gesicht, aber sowie man die Brauen runzelt, läuft er in außergewöhnlichen Sätzen davon und legt seinen Kopf in die Mauernischen oder in die Höhlen, die er sich selbst gräbt. Eine gewisse Drehorgelmusik, liebt er wie rasend, und Hennen erdrosselt er gern, wenn sie schwächer sind. Die Hähne haßt er. Außerdem scheint er Geschmack daran zu finden, den Fensterkitt abzukratzen und aufzufressen, weswegen er bei den Hausfrauen nicht beliebt ist.

Seine Mutter hatte während der Schwangerschaft etwas geträumt, wovor sie sich gefürchtet hatte, und als dann der besagte Denker auf die Welt kam, erkannte sie ihn wieder, nur daß er im Traum ein weißes Fell und sehr, sehr lange Ohren gehabt hatte.

Inzwischen hörte ich ein Scharren unter dem Tisch und merkte, daß mich jemand an den Füßen zog. Ich beugte mich hinunter: es war Pfeiflein, der mir einen Fuß festbinden wollte.

„Wer einen eingewachsenen Zehennagel hat, der wird von mir kuriert", sagte er und zog eine kleine Schreinersäge aus der Tasche. „Wer ein Hühnerauge hat, dem wird's von mir ausgerottet", und er zeigte mir einen Schraubenzieher, während sein Kumpan, der auch auf dem Boden unten saß, ganz froh und wohlgefällig lachte. „Haben Sie Hühneraugen, Herr Hieronymus?" fragte er mich und sah mich dabei fragend an.

„Nein, nein, mir geht es bestens."

„Wollen wir die Füße nicht mal untersuchen?"

„Nicht nötig", sagte ich.

„Ziehen Sie Ihre Schuhe aus", sagte Pfeiflein jedoch, „die Füße können von einem Augenblick auf den anderen absterben. Sie werden die Ihren doch nicht verlieren wollen?"

„Heute nicht", sagte ich verängstigt, „morgen! Das machen wir morgen" und sah, wie Heiligmann die Backen eines Schraubstocks weitermachte und eine Schraube im Gegensinn drehte und es im voraus genoß, sie an meinem Fuß an- und festzuschrauben. „Jetzt kann ich nicht", sagte ich, „ich muß noch lernen, ich darf mich nicht ablenken lassen und kann mir keine Pediküre leisten."

Und Pfeiflein: „An erster Stelle kommt die Gesundheit. Wenn Sie noch nie untersucht worden sind, muß es einmal sein. Möchten Sie vielleicht lieber eine Narkose?"

Bei diesen Worten zeigte sich Heiligman sehr fröhlich und begeistert, er fuchtelte mit dem Schraubstock herum und sagte: „Hühneraugen dulden keinen Aufschub. Die vergiften einem das Leben."

„Das stimmt", sagte ich, „aber ich habe keine."

„Macht nichts", sagte Heiligmann, „früher oder später bekommen Sie welche. Am besten ziehen Sie Ihre Schuhe gleich aus, wenn Sie nicht wollen, daß sich bei der Operation aus Versehen die Sohle mit ablöst, wenn Sie nicht wollen, daß die Nähte aufreißen. Am besten ziehen die Schuhe aus: so solid ist das Leder nie, daß es hält, wenn es tüchtig was zu arbeiten gibt."

Und schon hatten sie mir die Schnürsenkel aufgemacht. „Möchten Sie vorher eine Injektion?" Ich schlug mit den Beinen um mich, so gut ich konnte. „Beruhigen Sie sich, Herr Hieronymus, das ist eine unentgeltliche Dienstleistung der Bibliothek." Und nachdem ich aufgestanden war, waren sie auch aufgestanden und hatten einen meiner Schuhe bei den Schnürsenkeln gepackt, an denen sie wie an einem Halfter zogen, so daß ich, um nicht umzufallen, auf einem Bein hüpfen und mit dem anderen ihnen folgen mußte: Und ich wäre gehörig gepeinigt worden, wenn sie nicht auf einmal wie durch ein Wunder der Anblick des eingeschlafenen und in seine Gedanken versunkenen Professor Rasor von mir abgelenkt hätte, ich war nämlich hüpfend in seine Nähe gekommen und hatte mich an die Rückenlehne seines Stuhls geklammert. Eine Hand hing ihm hinunter. Sie ließen also meine Schuhbänder aus und schraubten ihm sofort die Hand mit ihrem Schraubstock an den Tisch, damit sie nicht mehr hinunterhing, und dann drehten sie die Schraube zu, so fest es ging. Mit einem Schrei fuhr Professor Rasor aus dem Schlaf hoch und zerrte an seiner Hand, die wie festgenagelt und schon blau und geschwollen war und deren Knöchelchen vielleicht schon ein Trauma abbekommen hatten. Vor allem die Finger waren festgeschraubt; und wenn er weitergezerrt hätte, dann hätte er bestimmt einige Fingerglieder lassen müssen; aber vor Schmerz fehlte ihm die Geistesgegenwart, die Schraube zu lockern. Die zwei hockten unter dem Tisch, ich sah sie, aber er nicht, sie stachen ihn auch noch mit einer Gabel in die Hand und bohrten ihm Löcher an den Stellen, wo sie am rötesten und am dicksten war. Die Gabel hatte Pfeiflein; Heiligmann hatte eine Bakelitfüllfeder und piekte ihn mit der in Tinte getauchten Feder in die Hand. Sie schienen beide einen Heidenspaß zu haben, während sich der Professor vor Schmerz krümmte.

Da drin kümmerte sich niemand um ihn, immerhin war er ein menschliches Wesen. Da lockerte ich die Schraube; ich spürte, daß mir mit Gabel und Feder in Waden und Knöchel gestochen wurde, sogar meine Schlafanzughose wurde hinuntergezogen; aber ich wehrte mich dagegen und hielt sie mit einer Hand in Gürtelhöhe fest; an der Seite hing sie ein wenig hinunter, als wäre der Gummi abgerissen, und als ich mir vorstellte, das Fräulein könnte wieder kommen, war es mir sehr peinlich. Professor Rasor hatte sich inzwischen befreit; er blies auf seine Hand und dehnte und streckte sie, die zu allem Überfluß auch voller Tintenkleckse war. Ich lief Gefahr, meine Hose doch noch zu verlieren, denn sie zogen mit aller Macht daran, und ich dachte an das ehrenrührige Schauspiel und die miese Figur, die ich ohnehin durch mein Erscheinen im Schlafanzug abgab und die so noch schlimmer wurde; da nahm ich den unbenutzt liegengebliebenen Schraubstock und schlug ihn wie einen Gummiknüppel auf etwas, es war nicht klar auf wen oder was, ob auf einen Kopf oder einen Holzbalken. Aber dann wurde ein Gewimmer laut und das Zerren hörte auf.

„Wie soll man hier in Ruhe lernen?" sagte ich, „das ist keine Bibliothek, sondern eine Verschwörung gegen sämtliche Studien, ein verdammter Ort." Er, der Professor, gab mir Recht, und ich ließ, wenn auch mit ein wenig Rücksicht, meinen Gefühlen weiter freien Lauf. „Auch die Bücher sind keine Bücher mehr, sondern Altpapier", und zeigte ihm das beschämende Paket, das vor mir lag, voll Federn, Eierschalen, Haarbüschel und sogar Frosch- oder Eidechsenknöchlein, „und erst das Zeug, das drinsteht, man weiß gar nicht, ob man es glauben soll, ob es wissenschaftlich ist oder nur der unsinnige Scherz eines Bibliothekars, damit unsereiner durcheinander kommt und den Faden verliert und schließlich erbarmungslos durchfällt." Er gab mir immer recht und schaute mir zustimmend ins Gesicht und schüttelte dazu seine Hand in der Luft, um sie abzukühlen. Ich zeigte ihm eine Art Knochen, und er sagte: „Es gibt auch noch größere; in manchen Sälen liegen haufenweise Riesenknochen, Kiefer und

Skelette; aber erschrecken Sie nicht." Man hörte, daß unter dem Tisch einige Hunde einigen Katzen nachjagten: wenn es nicht Pfeiflein und Heiligmann waren, die sich bemerkbar machen wollten. Ganz oben auf einem Regal saß ein Vogel und beugte sich vor, es war kein Huhn, sondern vielleicht eine Krähe, die mich und das nächtliche Panorama betrachtete. „Das ist ein Dschungel oder war einmal einer; man wird belagert von Dämonen in Tiergestalt."

Er dachte nach, und wie in einer Vorlesung sprach er dann plötzlich in aller Ruhe zu mir: „In Wirklichkeit ist diese Bibliothek uralt und hat sich durch natürliche Ablagerungen gebildet; aber irgendwann hat sich ein Fehler eingeschlichen. Und Bibliotheken sind nicht unsterblich: sie bestehen aus Leim, Faden und Zellulose. Am Anfang lag diese Bibliothek so ruhig und verlassen da wie ein Grab. Das ist schon lange her, als mein Vater ein Kind war oder schon Jahrhunderte vorher. Sie lag nur ganz leicht verstaubt im Zwielicht und war wegen Geldmangel geschlossen. Ein Wärter war da, der sie sozusagen bewachte; der hatte das Wohnrecht in den zwei Zimmern der Portierwohnung; da aber kein Geld im Haushalt vorgesehen war, ja es weder einen Haushalt noch eine Ausgabenaufstellung gab, ging sein Unterhalt zu Lasten der Invalidenwohlfahrt, die den Wärter auch auswählte, unter ihren bedürftigsten Betreuten, denen mit der kleinsten Rente. Sei es nun durch Zufall oder wegen des regelmäßigen Fehlens verschiedener Kandidaten, der Wärter war stets ein Blinder. Und das gilt auch für den letzten, aber man sagt, so sei es immer gewesen, praktisch ein Gewohnheitsrecht, zumindest seit die Bibliothek staatlich geworden ist; und niemand weiß, wann das genau war. Man war übereingekommen, daß das Ministerium der Invalidenwohlfahrt die zwei Zimmer abtrat; der Rest, das heißt die Säle mit den Büchern, wurde nicht in Betracht gezogen, war eine Gegebenheit, die auf eigene Faust fortdauerte und im Grundbuch als Staatsdomäne ohne Anpflanzungen eingetragen war."

Ich überlegte, wie spät es nun schon sein mochte, und wollte ihn sofort unterbrechen; aber er redete unerschütterlich weiter, als würde er von seinem beschriebenen Blatt in seinem Kopf ablesen.

„Es gab also diesen Wärter, aber um die Bücher kümmerte er sich nicht, er lüftete nie, faßte nie etwas an. Er hatte nur die Pflicht, die Türen verschlossen zu halten, nicht unterzuvermieten und seine Wohnung nicht an dritte weiterzugeben. Ab und zu verließ er seine Wohnung und strich in den Gängen herum, ohne Licht zu machen: das brauchte er ja auch nicht, und er horchte, ob immer noch dieselbe vollkommene Stille herrschte. Dann schob der die Riegel wieder vor, nicht damit niemand hineinkonnte, sondern damit nicht etwas herauskam; was weiß man aber nicht.

In jenen Urzeiten lebte inmitten des Papiers das Silberfischchen, das aber nicht störte. Es war winzig klein, nicht länger als einen Zentimeter, gehörte zur Familie der Lepismen, Gattung Thysanuren; es war flach, hatte drei Schwänze, sehr zierliche Gepflogenheiten und funkelte; ein auf seine Weise herrschaftliches und gesittetes Insekt, das tagsüber schläft und nachts aufbleibt, da es keine Vorliebe für das Licht hat. Es waren kleine Gemeinschaften von geringer Anzahl, zwischen den Büchern verstreut; sie saugten die Feuchtigkeit weg, wo sie auftrat und benagten kaum merklich die Oberfläche der Blätter oder die Ecken der Umschläge aus Pergament, Leinen, Baumwolle und Rayon. Es war eine Zeit, in der die Zeit noch nicht begonnen hatte zu vergehen und in einem wunderbaren Gleichgewicht stillstand. Es gab keine Luftzüge, keine Temperaturschwankungen und keine elektrische Beleuchtung. Es war, als wäre es immer sechs Uhr früh an einem Sonntag mitten im Frühjahr, wenn das Licht noch nicht da ist, sich aber die Dunkelheit schon verzogen hat, und es weder kalt noch warm ist: die Frühaufsteher noch nicht auf und die Nachtschwärmer schon im Bett sind.

Was sich dann auf einmal zugetragen hat, was eigentlich das Urschwanken war, kann man sich nicht ohne weiteres vorstellen. Es heißt, der Ursprung der Zeit und ökologischen Störungen gehe auf die drei Hühner zurück, die der Wärter hielt. Er hatte sie samt einem kleinen Gockel bei sich in der Wohnung, denn er hatte ja nur eine kleine Rente und die Hühner legten ihm Eier. Ihren Auslauf hatten sie in der Bibliothek, einen Hinterhof gab es nicht; er band ihnen eine lange Schnur um einen Fuß und daran hielt er sie fest, damit sie nicht ausrissen. Sie scharrten zwischen den Regalen, fraßen die Silberfischchen: in gewisser Hinsicht waren sie eine Wohltat für die Bücher, aber sie mußten sich wohl oder übel auch entleeren, und der Wärter, der ja blind war, bedachte das nicht. So erschienen dann die Schaben. Aus den Löchern und den Abflußrohren kamen die germanische oder Hausschabe, die amerikanische Schabe oder der Kammerjäger, die orientalische oder Küchenschabe und ihre verschiedenen Verwandten aus der Schabenfamilie. Diese fressen alles, insbesondere Schmutz, Federn, Pappe, aber auch das Papier der Bücher, auf denen sie dann eine Kacke zurücklassen, die aussieht wie ein Komma oder ein Ausrufezeichen ohne alphabetische Bedeutung, aber das Geschriebene wird dadurch doch gestört und mit der Zeit werden die Seiten durch Ausrufezeichen befleckt. Die Hühner fraßen ihrerseits mit größtem Appetit auch die Schaben und wurden immer fetter. An diesem Punkt weiß man nicht genau, wie es zugegangen ist; es besteht die Vermutung, die Hühner hätten lustig immer mehr Eier gelegt und sie herumliegen lassen, vor allem auf den Heizkörpern, wo sie sich öffneten und die Küken ausschlüpften. Man erzählt sich aber auch, der Gockel sei eines Tages ausgerissen; und bei dem Versuch, ihn mit einem Lasso wieder einzufangen, wobei man die Hühner als Köder benutzte, seien auch die drei Hühner ausgerissen und in kurzer Zeit verwildert; und dann bevölkerte das wilde Huhn als der stolze und unternehmungslustige Vogel, der es nun einmal ist, die ganze Bibliothek. Das war einerseits eine Wohltat gegen die Verbreitung der Schaben, aber andererseits stellten sich als Folge Mäuse ein und Läuse aus der Familie der Atropos pulsatoria, später Mücken, Fliegen und dann Spinnen, die alles mit Spinnweben überzogen. Das Zeitalter des Silberfischchens und der drei Hühner rückte in immer weitere unerreichbare Fernen. Als die Bibliothek für das Publikum geöffnet und die zoologische Spezies des Personals eingeführt wurde, gab es bereits auch Holzwürmer, Motten, Hundertfüßler, Ameisen und Termiten: letztere von der typisch lichtscheuen Gattung der Isopteren; sie höhlen Bücher, Holzbretter, Knochen, Elfenbein und Metall von innen her aus und errichten Türmchen aus Zellulose und Beton. Es fehlte das Geld, um die Säle chemisch von den Schädlingen zu befreien; so begann einer auf eigene Faust gegen die Mäuse Katzen mitzubringen; und gleichermaßen brachte jemand gegen die Hühner ein Fuchspärchen und ein Wieselpärchen mit. Die Hühner übersiedelten in die Höhe auf die Balken und die höchsten Borde der Regale; unten vermehrten sich die Larven und die Insekten übermäßig. Da beschloß man ein wenig leichtsinnig, aber in der besten Absicht und einstimmig die Einführung des Spechtes, des Pirols, der Fledermaus, der Nachtigall und des Wiedehopfs; deren Grundnahrung aus Schmetterlingen, Schlupfwespen, Schaumzikaden, Hummeln, Grillen, behaarten Raupen, Heuschrecken und ähnlichem besteht. Und zur Verstärkung der Maßnahmen folgten Smaragdeidechsen, Kröten, gewöhnliche Eidechsen, Landschildkröten, Kamäleone, die aber im Verein mit den Vögeln so überhandnahmen, daß es nötig wurde, gegen sie den Igel, eine Natternart, Rabenvögel, Tages- und Nachtraubvögel einzusetzen. Wenn man aber diesen Weg einmal eingeschlagen hat, kann man nicht mehr zurück, und um die Hypertrophie einiger Gattungen einzudämmen, muß man nach und nach die ganze zoologische Kette einführen. So wuchs auf dem reglosen Substrat der Bücher, im Zwielicht der Keller oder im schwachen Licht der Glühbirnen ein überquellendes blutrünstiges Gezücht heran, dessen Überreste Sie noch sehen können.

Gegen die fürchterliche Kalamität der Waldameise, der argentinischen Ameise und der hundert anderen Gattungen gab es nichts anderes als das Gürteltier, den australischen Ameisenbeutler oder den Ameisenbären; gegen sie aber mußte man die Hyäne und den Hyänenhund einsetzen. Die Geier und die streunenden Hunde besorgten die Müllabfuhr.

Natürlich bildete sich da und dort ein kleines Habitat je nach Lichtverhältnissen, Temperatur und Feuchtigkeitsgrad; da die Bibliothek sehr ausgedehnt ist und von Leuten begangen wird, gibt es dort sehr viele Klimaarten: windig in der Nähe der Gitter, feuchtwarm in der Umgebung der Heizzentrale; kalt im Norden, wo es tatsächlich Marder und Polarhasen gibt. Man kann sagen, daß sich in manchen Sälen eine Wüstenei ausbreitet und dort das Reich des Skorpions ist, während in anderen eine dürftige Vegetation gedeiht, welche die kleineren Pflanzenfresser rudelweise anlockt. In einem wohl temperierten Korridor sind Kirschbäume gewachsen, und im Herbst reifen dort Kakifrüchte. Aber die Vegetation ist selten wegen des spärlichen Lichts. Nur in manchen besonderen Nächten wachsen riesige Flächen Pilze und Schimmel.

Gegen die Mäuseinvasion verlangte das Personal eines Tages Schlangen. Wenn man eine Schlange nicht reizt, so hieß es, beißt sie den Menschen nicht, und wenn man auf einer Flöte immer dieselbe Note spielt oder auch ein Zauberlied, dann werden die Schlangen zu Freunden, zu treuen Freunden des Menschen. Also wurde die Klapperschlange, die Korallenschlange und die Königskobra eingeführt: alle wunderschön und reinlich, aber wie sollte man ihnen trauen? In der Nähe der Publikumskataloge hat ein Unverantwortlicher Vipern ausgesetzt: die Feuchtigkeit hatte in einem Maß überhandgenommen, daß sich der Laubfrosch dort breitgemacht hatte, der zwar niemandem etwas antat, sich aber derart paarte und dazu derart quakte, daß man es überall sehr laut hörte, und das ist unseriös in einer Bibliothek; man fühlte sich wie am Ufer eines Teiches. Auf jeden Fall: wenn man auf einer Pikkoloflöte spielte, konnte man sich ohne Gefahr zwischen den Büchern bewegen: die Schlangen verzogen sich; aber als sich ihre Anzahl ständig vermehrte, da trat man auf sie. Mehr als ein Gelehrter wurde beim Lesen gebissen und starb. Was tun? Selbstverständlich dachte man an die Manguste, an den Stelzengeier und an den Reiher. Aber auch an das Schwein, denn es soll gegen Schlangengift immun und ein instinktiver Feind der Schlangen sein. Aber was haben die Schweine nicht alles angerichtet! Überall Exkremente, Jauche, Gestank, und zwischen den niedrigen Regalen wühlten sie nach Trüffeln oder fraßen die Bücher auf. ‚Ach‘, sagte man, ‚wenn doch das Zeitalter des Silberfischchens wiederkäme!‘ Dann fing man an, die Schweine zu schlachten; entsetzlich! Im Lesesaal hörte man Schreie, die wie menschliche klangen; die Wissenschaftler blickten einander zitternd an, keiner las, keiner schlief; ab und zu erschien finsteren Blicks ein blutbespritzter Offiziant; man hörte wildes Gezänk, wenn es an die Verteilung der Würste ging. Manch einer lernte das Gruseln, ging heimlich hinaus und ließ sich nie wieder blikken; die anderen wollten Bescheid wissen, wenn sie seinen leeren Platz sahen, und fragten: ‚Wo ist denn der von Tisch soundso?' Die Offizianten antworteten nicht sonderlich höflich: ‚Das weiß keiner.' Daraufhin hatten sich Legenden über obskure satanische Riten und exemplarische Bestrafungen verbreitet, die den Umgang mit den Büchern betrafen; Alpträume und Aufschreien im Schlaf waren keine Seltenheit; man saß zwar da, aber immer auf dem Sprung, zum großen Schaden aller Studien. Und besorgt spitzte man die Ohren: Gebrüll, Gewieher, andauerndes Hundegebell in der Ferne. Die Türen blieben immer geschlossen, um Invasionen zu vermeiden, aber hin und wieder kam doch eine Schlange durch, kamen Insektenschwärme, Fledermäuse, Schnekken und Eidechsen."

Nun bekam ich auch ein wenig das Gruseln und fragte: „Sind denn auch Giraffen da?"

„Ja, Giraffen sind da; es sind welche gesehen worden, aber es sind Zwerggiraffen. Da sie die Kälte scheuen, liegen sie zusammengerollt unter den Heizkörpern. Viele Tiere haben nämlich dadurch, daß sie hier drinnen leben, genetische Veränderungen durchgemacht: es gibt wilde Schafe, die die Zähne fletschen, riesige hagere Katzen ohne Krallen und ohne Fell; es gibt philosophische Panther, die immer gähnen und den Weltschmerz haben. Es gibt einen älteren Löwen, der vor allem Angst hat, selbst vor den Flöhen in seinem Fell, und Wildschweine, die an den Mauern nagen. In einer Abstellkammer, wo eigentlich nur die Besen sein sollten, ist ein Elefant, der nicht mehr durch die Tür kommt: er frißt Papier und Pappe, ist blaß und aufgedunsen, zahn- und rüssellos. Man erzählt bisweilen auch von widersprüchlichen Tieren, die nur in Bibliotheken unter Büchern gedeihen: große, aber winzige Nilpferde, Rhinozerusse, aber so vergeistigt, daß sie aussehen wie Spatzen, Hirsche aus rotem Staub; einzelgängerische, völlig unvernünftige Ameisen, die in Gesellschaft von Grillen zirpen und alles verschwenden; sich selbst genügende Wölfe, die ihre eigenen Pfoten, ihren Schwanz und nach und nach auch alles andere auffressen, bis auf dem Boden dann ein Kieferknochen liegenbleibt, der hungers stirbt. Ja, so erzählt man sich, aber niemand weiß, wo diese Tiere eigentlich stecken, ob in den Büchern oder außerhalb der Bücher."

An dieser Stelle seines Berichts begann Professor Rasor wieder nachzudenken; infolgedessen war er mit seinem ganzen Gewicht auf mich gesunken, als hätte er keine Muskeln mehr; auch sein Kopf lastete auf mir. Dann fiel seine tintenbekleckste Hand auf meine philosophischen Blätter und hinterließ Abdrücke, als wä-ren's Stempel, und von da plumpste sie auf meinen Schlafanzug und hinterließ Flecken. Ich nahm seine eingeschlafene Hand und legte sie weg, denn er war bewußtlos wie ein Schlafender oder fast so, zum Beispiel Herr Natale. Er hatte sich beinahe ganz auf mich gelegt. Nur die Hand war eine unbekannte Größe, denn sie wollte nirgends bleiben.

Da reckte sich Heiligmann hervor; auf der Stirn hatte er eine schwärzliche Beule, die er sich rieb. Sie waren die ganze Zeit unter dem Tisch geblieben; ich spürte ja auch manchmal Ameisen über meine Beine hochkrabbeln und ein leichtes, aber sehr lästiges Zwicken, auf das ich mit Kratzen reagierte.

„Sie verteidigen ihn", sagte Heiligmann mit gekränkter, übelwollender Miene.

„Ja", sagte ich, „er ist eine Kapazität."

Da zeigte sich auch Pfeiflein; sie hockten auf einem sehr niedrigen Schemel mit Rädern, der normalerweise zum Transport von Büchern diente; sie reichten mit dem Kopf nicht einmal bis zur Tischplatte.

„Eine Kapazität nennen ihn nur Sie."

„Nein, das sagen alle." Er hatte wohl gehört, was Rasor gesagt hatte, und alles, was Sumpfer gesagt hatte, auch wenn es aussah, als wären sie immer zerstreut und in mit ihren winzigen Narreteien beschäftigt.

Heiligmann aber hatte von seinem niedrigen Sitz unter der Tischplatte aus angefangen, mir etwas zu erzählen, wobei er sich oft versprach und dann darüber lachte, während Pfeiflein ihn fortwährend störte, indem er ihm die Hand in den Mund steckte und versuchte, mit den Fingern seine Zunge festzuhalten.

„Ja", sagte Heiligmann, „eigentlich liegen die Dinge folgendermaßen. Dieser Professor Rasor, der hier sitzt, wäre ein Professor gewesen, wie es viele auf der Welt gibt, einer, der herumreist und Vorträge hält. Er hatte einen Vortrag, auf den er sich spezialisiert hatte, und er wurde überallhin eingeladen, ihn zu halten: von Vereinen, Zirkeln, Schulen, Stiftungen undsoweiter, wie Sie sich ja auch vorstellen können. Ich war sein Schüler in der Welt draußen, und deshalb kümmerte ich mich um ihn. Halt dich ruhig!" sagte er zwischenhinein zu Pfeiflein, der ihm mit einer Häkelnadel die Lippe wegzog. „Ursprünglich war der Vortrag gut gemacht, schön und fließend, das sage ich auch, weil es wahr ist; ich hörte ihn jedesmal wieder und kann Ihnen versichern, daß er ihm vom Anfang bis zum Schluß mit großem Elan und sehr natürlich von den Lippen floß. Wenn er sprach, kannte er niemanden mehr, nicht einmal mich; er war wie in Ekstase, unempfindlich auch für seine Umgebung: er spürte weder Kälte noch Hitze, weder Luftzüge noch die Unbill der Witterung. In diesen glücklichen Zustand geriet er eine Stunde vor dem Beginn der Veranstaltung, und da mußte man auf ihn aufpassen, denn er sah wenig und verschwommen, er hörte kein Hupen und konnte vor Zerstreutheit ohne weiteres die Treppe hinunterfallen. Ich zog ihm Jacke und Krawatte an und begleitete ihn zu seinem Platz wie einen Blinden. Sobald er dann, nach den ortsüblichen Vorreden, freie Bahn bekam, hielt er seinen meisterhaften, stets vollkommenen und stets gleichen Vortrag. Es kamen auch ein paar leichte Späße vor, die er mit großer Kunstfertigkeit anbrachte, als hätte er sie im Moment erst erfunden; und jedesmal war es ein Erfolg, es wurde applaudiert, und auch ich, der ich immer mit ihm reiste, hörte ihn jedesmal mit Freuden wieder. Ich wollte nach und nach selbst diese Kunst erlernen und arbeitete auch an einem wissenschaftlichen Vortrag, denn ich hatte vor, als Vortragsreisender mein Leben zu fristen."

„Du!" unterbrach ihn Pfeiflein; „aber hör doch auf!"

„Ja ich", fuhr Heiligmann fort. „Aber auf einmal ist etwas

passiert; die Gründe weiß ich nicht, nicht, ob es zur normalen Entwicklung bei diesem Beruf gehört oder ob es nur bei bestimmten Charakteren vorkommt. Es befiel ihn eine Unsicherheit in leichter Form, die zum Beispiel so auftrat, daß es ihn sehr fror, bevor er anfing; er saß dabei nachdenklich auf dem Bett und stellte mir viele Fragen: ‚Welche Stadt ist das? Wo werde ich sprechen?' fragte er. ‚Bist du auch dabei?' Und dann zweitrangige Fragen wie: ‚Ist ein Mikrofon da? Werden viele Leute kommen? Was für Leute? Ist es ein Theater oder ein Saal? Werde ich sthen oder sitzen?' Ich antwortete immer: ‚Das werden wir schon sehen.' Aber er fror weiter auf ganz anormale Weise und fragte, ob es dort eine Zentralheizung gebe oder ob er eventuell seinen Mantel und seinen Schal anbehalten könne. War er aber einmal in den Saal geführt und auf seinen Platz gesetzt, dann vergaß er alles, bekam wieder seine normale Köpertemperatur, und der Vortrag gelang unverändert, das heißt so gut und genau wie immer.

Aber in den Wartepausen hatte er nun seine eigene Sorglosigkeit und seine Ruhe verloren. Schon im Zug machte er sich Sorgen und am liebsten wäre er gereist, ohne je anzukommen: ‚Bleiben wir hier', murmelte er, wenn er durchs Zugfenster die Landschaft betrachtete. Der Anblick des Bahnhofs erschreckte ihn dann. ‚Warum', sagte er beispielsweise, ‚warum ist niemand da, der uns am Aussteigen hindert? Mit einer Anweisung der Eisenbahn: Der Bahnhof ist gefährlich! Wir bitten Sie, im Zug zu bleiben; die Fahrgäste mögen entschuldigen, aber heute fahren alle Züge zurück.' Aber wir stiegen aus, und er flüsterte mir zu: ‚Denk mal, wenn der Lautsprecher jetzt sagen würde: Professor Rasor ist aus Gründen der öffentlichen Ordnung in dieser Stadt unerwünscht.' Und er redete noch anderes merkwürdiges Zeug daher: ‚Denk mal, der Taxifahrer hält mich jetzt für einen Übeltäter und fährt uns schnurstracks, ohne ein Wort zu sagen, ins Gefängnis.' ‚Das ist unmöglich', sagte ich darauf. Und er: ‚Ja, leider.'

Aber die größte Qual war die lange Wartezeit im Hotel. ‚Ich kann mich nicht mehr konzentrieren', sagte er ausgefroren und eingemummt. Denn außer der Kälte plagten ihn fortwährend Sorgen und Zweifel; er versuchte seinen Vortrag herzusagen, den roten Faden oder die Kernsätze zu wiederholen; und dann schaute er mich fragend an. Ich sagte: ‚Was ist los?' und er: ‚Nichts. War's richtig so?' Da genau kam mir etwas in den Sinn, und ich sagte zu ihm, er solle sich irgendwohin, zum Beispiel auf die Hand, einige Schlüsselwörter schreiben, nur zwei oder drei, als Merkzettel: ‚Nur vorsichtshalber', sagte ich, denn er sah mich an und überlegte, ‚rein psychologisch, sollten Sie plötzlich nicht mehr weiterwissen.' Es war nämlich jedesmal so, daß er, kaum saß er auf der Bühne und hatte angefangen zu sprechen, in einem Zug bis zum Ende sprach, wobei er an die Notizen auf seiner Hand gar nicht mehr dachte und jene Souveränität und Ruhe ausströmte, welche die Gabe jeglicher Wissenschaft ist. Von da an aber hatte er das Bedürfnis, sich nicht nur Wörter, sondern ganze Sätze auf die Hand zu schreiben. Damit war ich nicht mehr einverstanden: ‚Das sind gefährliche Tricks', sagte ich; ich konnte es ihm zwar nicht erklären, aber er war nun auf einem antiwissenschaftlichen Holzweg. Er war nämlich mit dieser Idee im Kopf selbst nicht mehr der Alte: mit den Begriffen, sagte er, müsse man sehr viel Übung haben, sonst könnte man sich leicht in unlogisches Zeug verstricken, es könnten einem Sprünge nach vorne oder nach hinten oder derartige Ausrutscher unterlaufen, daß der ganze Vortrag seinen Zusammenhang verlieren würde. Deshalb dankte er mir: ‚Das war eine gute Idee von dir.'

Und es kam vor, daß ihm angst und bange wurde, wenn er im Publikum jemanden bemerkte, den er schon einmal gesehen hatte. Ich machte ihn darauf aufmerksam, damit er sich freute, daß er so treue Anhänger hatte. Aber er freute sich mitnichten und sagte: ‚Was will denn der? Will er sehen, wie ich zu Fall komme?' Schließlich sagte er dann, einer folge ihm überallhin und verstecke sich unter dem dichtgedrängten Publikum. Worauf ich sage: ‚Das stimmt; wohl ein leidenschaftlicher Anhänger.' Und er: ‚Nein, der wartet nur darauf, daß mir etwas Schlimmes passiert, daß mir die Stimme in der Kehle steckenbleibt oder daß mir auf einmal die Worte fehlen.' Da antwortete ich ihm: ,Warum sollte er das? Es gibt überhaupt keinen Grund dafür, der Vortrag ist doch immer verlaufen, wie es sich gehört.' Und er: ,Ich kenne diese Typen, die bringen Unglück.' Und deswegen wurde er immer nervöser. Ich schaute ins Publikum und erkannte nicht nur einen, sondern viele wieder, die immer dieselben zu sein schienen. Ich sagte es ihm: ,Aber das ist doch normal', fügte ich hinzu, ,das sind Studienrätinnen und Studienräte und auch gewöhnliche Sterbliche, die sehen aus, wie man eben aussieht, wenn man in einem Vortrag sitzt und nichts Besonderes erwartet.' Er sagte, ich hätte eben noch keine Erfahrung mit Vorträgen; es gehe jetzt nicht um einen oder viele, sondern alle seien so, sie kämen hierher aus Schaulust wie in einen Zirkus. ,Sie wollen sehen, wie ich zusammenbreche', sagte er, ,sie möchten sehen, daß ich beschämt und schweigend vor ihnen stehe.' Wir fuhren dabei weiter von einer Stadt in die andere, wo jeweils die kulturellen Veranstaltungen waren. Aber ohne Zweifel waren seine Nerven immer angespannter, und das wirkte sich auf den Vortrag aus; es war, als würde er nach jedem einzelnen Wort suchen, um keinen Fehler zu machen, und in den Pausen zwischen den Wörtern wurde mir selber angst und bange. Er ließ sich durch das Publikum sehr ablenken, sah es herausfordernd und zugleich ängstlich an, und dabei glich der Vortrag immer mehr einem Stein, den er auf den Tisch warf, um ihn loszuwerden, wobei aber der Stein jedesmal abgeschliffener und ovaler wurde.

Das Unglück geschah in Desenzano am Gardasee, wo er sprechen sollte. Dort gibt es einen renommierten Damenzirkel und die verschiedensten Vortragsredner seinesgleichen; aber einige davon sind seine persönlichen Feinde. An jenem Tag war Professor Rasor außer sich; er wirbelte wie wild im Hotelzimmer herum. Er dürfe keinen Fehler machen, sagte er, und müsse den Vortrag vollständig halten. ,Aber wenn ich plötzlich durch irgend etwas gehemmt werde?' fragte er beispielsweise unvermittelt. ,Wenn mir irgendein Wort, vielleicht sogar das unwichtigste, einfach nicht mehr über die Lippen kommt?' Ich versuchte ihn als sein

Schüler zu beruhigen: ‚Das ist doch noch nie passiert, bei den vielen Vorträgen; warum sollte es heute passieren?' ‚Man kann nie wissen', sagte er, ‚bei einigen Satzgefügen in meinem Vortrag reicht es schon, daß mir ein Suffix oder eine Pronominalverbindung entgleitet, und schon bin ich stumm wie ein Fisch. Letztesmal wäre es mir beinahe passiert. Das Publikum strahlte schon vor Schadenfreude.' Natürlich bekam ich Angst um ihn. ‚Aber was! Der Vortrag hat doch schon zehn Jahre standgehalten, warum sollte er ausgerechnet jetzt aus dem Leim gehen?' Er sagte nichts oder, besser, er sagte nur: ‚Du weißt nicht alles.'

Es wäre aber trotzdem alles seinen normalen Gang gegangen, wäre ihm nicht jene beklagenswerte und, wie ich meine, abwegige Idee gekommen, sich den ganzen Vortrag auf eine Hand zu schreiben. ‚Das geht gar nicht', sagte ich, ‚denn die Hand hat ja Poren, Falten und eine fette Haut; und außerdem reicht der Platz gar nicht aus.' Er sagte: ‚Nein, die Hand ist gerade recht, das war deine Idee, und niemand merkt es; ich ziehe sie heraus, falls etwas schiefgehen sollte.' ‚Aber so was hat's doch noch nie gegeben! Den ganzen Vortrag! Das ist eine Schande!' Aber es war nichts zu machen, er verlangte einen Stift und schrieb sich die Hälfte auf die Handfläche und die Finger der linken Hand; dann mußte ich ihm den Rest auf die rechte schreiben, bis zum Puls. Ich hab es ihm draufgeschrieben. Er war eiskalt und steif; sein Herz klopfte kaum. Als wir das Theater betraten, war er wie ein lebloser Körper, der gleich umfällt. Ich stützte ihn und schob ihn mit aller Kraft die Stufen hinauf. Er streckte seine Hände in die Luft und schwenkte sie hin und her wie noch tintennasse Hefte. Ich spürte, daß es ein schlimmes Ende nehmen würde, weil seine Idee zu unnatürlich war. Hätte er doch wenigstens auf Zettel oder ein paar Worte auf seine Manschetten geschrieben: das wäre psychologisch akzeptabel gewesen. Aber sich ganz auf seine Hände zu verlassen!

Unter den Blicken aller ging er auf seinen Platz; er hinkte auffällig; obwohl ich schwören kann, daß er nie fußlahm gewesen ist. Es war aber sein Bein, das sich dagegen stemmte und an ihm zerrte, als wollte es sagen: ‚Ich rate dir, kehr um!' Aber umkehren konnte er nun nicht mehr, das mußte ich selbst als erster zugeben. Ganz abgespannt und ausgemergelt setzte er sich an den Tisch, so daß ich ihn fast nicht wieder erkannte; sofort stellte ihn der Einführende vor; er sprach von seiner Bedeutung auf internationaler Ebene, von der Ehre, ihn hier zu haben, denn alles könne man behaupten, nur nicht, daß Professor Rasor auch nur rein zufällig je ein Fehler unterlaufen sei. Er selbst sagte mir später im Vertrauen, das seien zwar sehr schöne Worte gewesen, nicht anders als sonst, aber an dem Abend hätten ihm die Ohren davon geklungen; und diese Ohren zogen sich ihm zusammen und ebenso zogen sich die Herzkranzgefäße, die Aorta, die Herzkammern und die Magenschlagader zusammen. So etwas war ihm noch nie passiert: es war, als hätte er kein Blut mehr in den Adern und sein Vortrag war wie ausgelöscht. Dabei stand er schutzlos vor der Menge und sah die Leute einen nach dem anderen an: es kam ihm vor, als würde er alle wiedererkennen, als wären sie von allen Orten zusammengeströmt, an denen er je gesprochen hatte. Nur ein Gedanke formte sich deutlich in seinem Kopf: ein Fallbeil, das ihm den Kopf abschnitt; und daß dieses Fallbeil von hinten auf ihn niedersauste und sein Kopf auf den Tisch und dann auf den Boden und dann zwischen die Füße der Leute rollte, und daß somit für alle klar war: der Vortrag konnte nicht mehr gehalten werden. Dann wurde das Mikrofon zurechtgerückt und direkt vor seinen Mund gebracht, und in dem Moment hätte er keine andere Rede halten können als ein langgezogenes ‚mein Gott'. Dabei dachte er, es wäre gerade noch Zeit für einen Anarchisten aus dem Publikum, in der zweiten Reihe aufzustehen und mit einem Revolver beispielsweise drei Schüsse auf ihn abzugeben, ihm den ersten durch den Hals zu jagen, so daß er, nach Atem ringend, versuchen würde, den ganzen Vortrag mit einem Wort zusammenzufassen; der zweite würde das Mikrofon zertrümmern und dann in der Wand steckenbleiben. Der dritte sollte, so stellte er sich vor, aus Versehen den anderen, den Einführenden des Ortes, an der Hüfte treffen, ihn tot oder tödlich getroffen niederstrecken. Daraufhin würde ein Tumult entstehen; vielleicht würde der Anarchist auch in die Menge schießen, zwei Magazine voll; oder eine Bombe werfen; nur das Warum wäre dann für immer ein Geheimnis geblieben.

Aber es ging alles viel einfacher: wie durch Zufall, wie ein nervöser Mensch, der an seinen Fingern zieht, legte er seine linke Hand flach auf den Tisch und begann sogleich, direkt abzulesen, aber mit einer so falschen metallischen Stimme, daß sich alle fragten: ‚Liest er?' Auch der Moderator fragte sich, denn er spähte auf die Hand und kapierte nicht, warum sie flach dalag und so blau war. Professor Rasor erhob einen Moment seinen Blick, und ich glaube, das war der grundlegende Fehler. Er bemerkte, welche Frage in der Luft lag und wie sich der neben ihm Sitzende verwundert nach vorne beugte, so daß mit einem Schlag sein Blut kochte und er anfing, am ganzen Körper rot zu werden und zu schwitzen. Ich schwitzte schon, indem ich ihn nur ansah; aber er war plötzlich feuerrot, obwohl er gerade noch kreideweiß gewesen war. Seine Hand war klatschnaß, und die Schrift verblaßte und war schon unleserlich. Die Sätze verwischten sich und liefen in den Falten und Furchen ineinander, dann rannen sie ihm den Arm hinunter in den Ärmel hinein. So verlor er, nachdem er sich, gewiß nicht auf meinen Rat hin, ganz auf seine Hand verlassen hatte, nach und nach sogar den Kontakt mit dem Klang seines Vortrags. Der ging zwar noch eine Zeitlang weiter, aber was sich da auf der Bühne abspielte, war ein Drama. Professor Rasor versuchte seine Hand zu verbergen und doch darauf zu blasen, damit die Schrift nicht ganz weggewaschen wurde. Aber dabei kam er noch mehr ins Schwitzen und ganz aus der Fassung, der Schweiß lief ihm in die Augen, so daß er kaum noch sah. Was er sagte, war so zusammenhanglos, als ob ihm jedes Wort für sich allein aus dem Mund plumpste, und sich um ihn herum überall die gleichmäßige Leere des Weltraums, das absolute Nichts ausbreitete.

Er fuhr sich mit der Hand übers Gesicht, wohl, ohne daß es ihm bewußt wurde, denn wahrscheinlich war ihm auch der Kausalzusammenhang abhanden gekommen; darauf saß er zum allgemeinen Schrecken blau verfärbt da.

Wir hakten ihn zu zweit unter und schleppten ihn hinaus;

dann mußten wir ihn auswringen, denn er war naß vom Kopf bis zu den Schuhsohlen, und seine Kleider tropften, als hätte man ihn gerade aus einem Kanal gezogen. Ich gab ihm einige kleine Schläge auf die Hände. Ob er je wieder in der Öffentlichkeit gesprochen hat, weiß ich nicht, noch, ob er hierher kommt, um einen zweiten Vortrag auszuarbeiten.'

Heiligmann hatte, während er redete, das muß man sagen, hin und wieder wie verrückt gelacht und sagte dann noch: „Aber das ist Schnee von gestern, auf jeden Fall. Wer weiß das noch? Wir waren alle noch jung." Und Pfeiflein stieß ihn mit dem Ellbogen und sagte: „Sei doch still, du kannst ja nicht mal reden. Wofür hältst du dich eigentlich? Für einen Professor?" Da lachte Heiligmann noch mehr, und sie fingen an, einander zum Spaß ins Gesicht und in den Bauch zu boxen und zu ohrfeigen. Außerdem hatte Pfeiflein, während der andere noch redete, einen roten Käfer vom Boden aufgehoben und ihm in den Mund geworfen. Heiligmann spuckte ihn in einer Atempause wieder aus; er schaute dem zwar noch Lebendigen, aber halb Ertrunkenen lachend nach. In der Mitte seiner Erzählung hatte er ihm einen Gummi in den Mund geschossen. Angesichts solcher Darbietungen wußte ich nicht mehr, was ich denken sollte, ob er wirklich ein Schüler von Professor Rasor gewesen war oder ob er sich den Schwindel eigens für mich ausgedacht hatte. Offensichtlich war er nicht ganz ungebildet, zumindest in seiner Jugend nicht. Aber vielleicht war auch das, was Rasor und Sumpfer erzählt hatten, erlogen, so unwahrscheinlich, so absurd und doch so wohl ausgeklügelt, um mein Nervensystem zu erschüttern, mich in Staunen zu versetzen, mich abzulenken, als wären's alle zusammen die schneidenden und bösen Stimmen der Versuchung.

Inzwischen schlug es die Stunde, fünfmal, und mein ganzes Hirn schmerzte mich vor Trostlosigkeit und vor Zahnweh.

Heiligmann hatte sich eine Krawatte nebst einer Kompresse aus Papier schräg über die Stirn gebunden, eher als Seeräuberausstattung denn als Verband, und sie ließen einer den anderen auf dem Wägelchen durch den Saal sausen. Dabei versuchten sie auch unter den Stühlen durchzuflitzen; vor allem war es Pfeiflein, der versuchte, Heiligmann durchrasen zu lassen, was er mit aufmunternden Schreien begleitete wie „alle Mann los!", aber arglistig darauf abzielte, ihn mit der Stirn gegen Kanten und sonst etwas stoßen zu lassen. Heiligmann aber schien begeistert und wiederholte selbst nach jedem Zusammenprall mit über die Augen gerutschter Krawatte „alle Mann los!". Sie versuchten auch mit dem größten Tempo zwischen den Beinen des Geheimrats Sumpfer hindurchzukommen; der stand nämlich — ich hatte nicht mehr auf ihn geachtet — einige Meter weiter an einer Ecke und suchte abwesenden Blicks die Luft nach Fräulein Iris ab, die ihrerseits auf einer Leiter stand und gleichgültig Bücher einstellte. Schließlich verfingen sie sich in den Hosenbeinen des Geheimrats und zerrten ihn gegen seinen Willen einige Meter mit.

Ich hatte mir inzwischen Rasor vom Leib geschafft, mit größter Vorsicht, um nicht neuerdings von seiner Hand beschmutzt zu werden; und ihn in eine für einen Professor geeignetere aufrechtere Haltung gebracht, die er aber nicht beibehalten konnte, denn sein Körper war vollkommen lasch und weich geworden; mit seinem eigenen Unterarm stemmte ich ihm den Kopf hoch und ließ ihn dann so im Gleichgewicht denkend sitzen.

Die zwei Gehilfen fuhren eine geraume Zeit hin und her, wiederholt auch zwischen den zwei Kartenspielern hindurch, wobei die Unordnung immer größer und der Staub immer mehr wurde und ein derartiger Wind aufkam, daß meine Blätter nicht mehr zu halten waren. Eins entwischte mir direkt aus der Hand und flog davon; während ich es einfangen wollte, suchten auch die anderen das Weite. In dem Moment kam Pfeiflein vorbei und rief Heiligmann zu: „Los, noch stärker, noch stärker!", so daß alle Blätter davonwirbelten. Die beiden schwenkten nun völlig hemmungs- und ziellos in den Gang ein, mitten unter die aufgescheuchten Hühner, darauf hörte man sie mit großem Geratter und aufgeregtem Geschrei über einige Stufen hinunterpoltern. Dann war endlich Ruhe.

Hinter mir stand nun wieder Geheimrat Sumpfer, dessen Entrüstung über das Verhalten der Gehilfen und das Loch, das sie ihm in die Hose gerissen hatten, im Steigen war. „Für das Amt des Gehilfen", sagte er, „wären eigentlich Spezialkurse nötig, und außerdem eine natürliche Veranlagung und ein empfindsames Gemüt." Er sah Rasor sehr ehrfürchtig an und streichelte ihm den Kopf.

Ich sagte: „Ja, da haben Sie recht", aber lieber hätte ich meine Ruhe gehabt, um in einigen Büchern nachzuschlagen, in der Hoffnung, doch noch etwas zu finden.

Er aber hatte mich in seinem Innersten eingestuft als jemanden, dem man sein Herz ausschütten konnte. „Sie haben gesehen, wie es hier zugeht! Aber wir sind ohnmächtig, und überhaupt ist die Sache schnell gesagt: wir haben kein Geld für eine Restaurierung, wir haben kein Geld für irgend etwas, weder für eine Entlausung noch für eine Katalogisierung oder eine Neuordnung oder eine Inventur, ja nicht einmal um abstauben, den Boden fegen, Türen, Fenster, Regale und Vitrinen reparieren zu lassen, um den Verputz und die Fußböden zu erneuern, die Lichtleitung und die Entlüftung neu installieren zu lassen. Tatsache ist nämlich, daß diese Bibliothek verwaltungsmäßig nicht anerkannt wird und das gesamte Personal, das Sie hier sehen, nur ausgeliehen ist. Wenn jemand mit seinem Arbeitsplatz unzufrieden ist und auch seine Vorgesetzten mit ihm nicht mehr zufrieden sind, weil er reizbar und verbittert geworden ist, dann schieben sie ihn hierher ab. Hier macht man keine Karriere, hier wartet man ab, wie wenn man krank geschrieben wäre; und in gewissem Sinn verschwindet man aus der Welt der Lebenden, denn, da man immer Nachtdienst hat, schläft man tagsüber, anstatt herumzulaufen, bis man nach und nach in Vergessenheit gerät, bei den ehemaligen Kollegen, den ehemaligen Freundinnen und bei allen Freunden von früher, für die sich eines Tages zu ihrer Überraschung und zu ihrem Bedauern herausstellt, daß ein sehr guter Freund von ihnen, den sie aus den Augen verloren hatten, schon seit Jahren verstorben ist.

Bedenken Sie außerdem, hier stehen zwischen hundert- und fünfhunderttausend Bände, vielleicht auch mehr, vielleicht sogar das Dreifache; aber sie sind so gut wie verloren, weil keiner an seinem Platz steht; sie sind unauffindbar; wie in einem Grab steht jeder mitten unter den anderen, und der Katalog nützt beinahe gar nichts mehr.

Es dreht sich immer um Geld: die Offizianten sind schlecht bezahlt und skeptisch, jeder tut so wenig wie möglich; und wer könnte da verlangen, daß sie jedes Buch gewissenhaft wieder an seinen Platz zurückstellen? Sie stellen es in die erstbeste Lücke. Daher hätte jeder einen Aufseher nötig, der hinter ihm hergeht, kontrolliert und in einem Bericht die ordnungsgemäße Aufstellung bestätigt. Aber dann müßte man das Personal verdoppeln: jedem seinen Aufseher; aber wer beaufsichtigt dann den Aufseher, sein Pflichtbewußtsein und seine Arbeitsmoral? Das ist eine alte Frage. Und bei den verdächtigsten und starrsinnigsten Angestellten haben wir's schon ausprobiert; aber, Sie werden es nicht für möglich halten, es hat zu nichts geführt als zu ein paar schmutzigen Techtelmechteln; ich gehe ja herum und sehe alles. Diese Aufseher, drei hatten wir auf Probe, waren da und dort in den Gängen versteckt; sie sollten alles aufschreiben, ohne sich blicken zu lassen. Aber einer dieser drei schoß, sobald er eine Frau ertappte, aus seinem Versteck hervor wie ein Silen und versuchte sofort, mit ihr zu kopulieren. Und da er von kräftigem Wuchs war, geriet jede Frau in Angst und Verlegenheit. Sie verteidigte sich mit dem Buch, das nach zwei oder drei Schlägen in Stücke ging. Der Aufseher, ein gewisser Waldau, dem man dann vergeblich zu kündigen versuchte, um seine Rasse auszurotten, verlor bei diesem Anblick den Verstand, wurde fuchsteufelswild durch den Widerstand und wollte um so mehr auf der Stelle kopulieren. Er hatte einen Spitzbart, schadhafte Zähne und roch nach Stall, so daß ihm keine Frau geneigt war. Aber er wollte keine Vernunft annehmen. Im Gegenteil, je mehr sie vor ihm davonliefen und ihn mit den Büchern auf den Kopf, auf die Zähne und in den Unterleib schlugen, je mehr Hiebe er von der Seite selbst mit kantigen und spitzigen Bucheinbänden bekam, um so rasender wurde er und um so mehr suchte er Befriedigung, auch wenn ihm in Wahrheit schon allein dieser Fernkampf und die Prellungen in einen Freudenrausch versetzten.

Dann kam es so weit, daß er nicht einmal mehr darauf wartete, bis er jemand bei einem Fehltritt ertappte; er bezog Stellung hinter einem Regal, hinter einem alten Vorhang oder unter einem Pappkarton, und wer auch immer in seine Nähe kam, gleich ob Mann oder Frau, ob alt oder jung, selbst eine alte Inspektorin, er folgte allen heimlich still und leise ins Dickicht der Bücher und sprang sie im geeigneten Moment von hinten an und schlug um sich wie ein armer, ausgehungerter Irrer. Man wußte nicht, welche Art von Geschlechtsverkehr er überhaupt wollte, noch was er überhaupt darunter verstand. Er machte sich durch Lärm bemerkbar, stampfte rhythmisch mit den Füßen und dann wollte er Küsse und sonstiges unverständliches Zeug geben; wie wenn man einer Henne den Hals umdreht und sie Widerstand leistet und nicht will. Zum Schluß gab es keine Frau mehr, die sich in die Lagerräume gewagt hätte, wo außer den vielen streunenden Tieren auch noch die Gefahr Waldau lauerte. Dann wurde Accetto mit einem Stock losgeschickt, um ihm eine Lektion zu erteilen, es hieß nämlich, Waldau habe eine Bocksnatur angenommen und lebe nun völlig verwildert, den Teufel im Leib, unter den Büchern. Man hörte ihn in erigierendem Zustand durch die Gänge galoppieren und Lockrufe ausstoßen. Er war sogar im Galopp bei den Benützern aufgetaucht, wo er über die Tische gelaufen war, wie ein Pferd ausgeschlagen und sich auf eine Griechischlehrerin geworfen hatte, um sich mit ihr fleischlich zu vereinigen oder so etwas ähnliches."

„Die Griechischlehrerin", sagte ich, „das weiß ich."

„Ja, die Griechischlehrerin", fing Sumpfer wieder an. „Stellen Sie sich nur vor, was für ein Durcheinander; alle waren sie wach und staunten, die Herren Professoren, als sie aus den hintersten Winkeln der Bibliothek dieses vernunftlose Wesen auftauchen und sich unverständlicherweise auf die häßlichste der anwesenden Frauen stürzen sahen. Aber nachdem es mit vielen Verwünschungen wieder weggejagt worden war, konnte keiner mehr arbeiten oder sich auf seine Dinge konzentrieren; die Studienrätin, rot vor Erregung und vor Scham, hatte ihr ganzes Griechisch vergessen, strich sich ihren Schottenrock glatt und behielt die kleine Tür im Auge, durch die Waldau gekommen und dann davongelaufen war.

Also, die Lösung mit den Aufsehern war nicht besonders erfolgreich, denn, um die Wahrheit zu sagen, der zweite war auch nicht besser; dem Aussehen nach erinnerte er an eine Blindschleiche und hieß mit Nachnamen Bisolf. Er war anderweitig verdorben: denn er verlangte Geld. Nicht viel. Damit er schwieg und bei Schlamperei und Nachlässigkeit ein Auge zudrückte, sollte man ihm wenigstens einen Magenbitter bezahlen, so meinte er; er fand immer jemanden, der am Schluß bezahlte, schon allein, um ihn nicht mehr um sich zu haben, während er ganz in der Nähe auf seiner Forderung bestand, mit seinem gräßlichen Atem, der nach Weintrester und Essig roch. Im gegenteiligen Fall, das heißt, wenn jemand keinen Tribut entrichtete, versuchte er den Unglücksraben zu fesseln und zu verstecken; japsend stieß er ihn in ein Loch im Fußboden oder entführte ihm mit einer Schlinge einen Schuh, den er nur gegen ein Entgelt zurückgab. Einmal hat er eine noch unerfahrene Offiziantin eingefangen; hatte sie in einen Sack gesteckt und ein lumpiges Lösegeld verlangt; später war er noch weiter heruntergegangen und wäre mit der symbolischen Gabe von ein wenig Kleingeld zufrieden gewesen. Vergeblich behielt er das arme Ding eine ganze Nacht hindurch, während dagegen Waldau etwas gewittert hatte und sah, daß sich in dem Sack etwas bewegte, daher in gefährlicher Nähe herumstrich und sich schon startbereit machte.

Der dritte, ein Herr Klagebrecher, ist, das muß man sagen, von raffinierterem Schlag; er hatte es sich in den Kopf gesetzt, die anderen zwei zu kontrollieren, aber, nachdem er die Unsitten gesehen hatte, verlangte er von dem einen eine Gewinnbeteiligung, während er dem anderen genießerisch bei seinen sexuellen Exerzitien zuschaute; und um mehr Genuß zu haben, verleitete er sogar selbst mit falschen Ratschlägen die Mädchen zu Fehlern, im rechten Moment verzog er sich dann, während mit Eselsgelächter Waldau aus seinem Versteck sprang, der kurzen Prozeß machte, der nur bestrafen oder eigentlich mit der Unvorsichtigen etwas machen wollte, das in seinem armen Kopf als Geschlechtsverkehr registriert war. Stellen Sie sich das vor! Nun, im Fall der Offiziantin im Sack passierte es, daß der dritte, dieser Herr Klagebrecher, den Sack aufgemacht hatte, um die Szene zu genießen. Das Mädchen, das an so etwas nicht gewöhnt war, lief auf und davon, so daß Waldau, auf dem Höhepunkt seines Verlangens angekommen, voll Wut und mit aufgestellten spitzen Ohren sich über den Kollegen Klagebrecher hermachte, indem er ihn trat, ihm den Kopf zwischen die Bücher einkeilte und ihm zum Spott die Hose herunterzog, in der das Geld klingelte, und sie dann zum allgemeinen Ärgernis und zur Verwirrung aller mitten im Lesesaal einem Spezialisten für alte Musik um den Kopf knallte. Es gibt eine Satzung, die so etwas ausdrücklich verbietet; drum stellen Sie sich vor, was für eine Idee einer Bibliothek man hier bekommt und wie sich so etwas auf die Studien auswirkt.

Aber jetzt sage ich Ihnen etwas: Ein Offiziant in einer Bibliothek müßte einen Glauben haben, egal was für einen, nur müßte er von Kindheit an fest in ihm verwurzelt sein, eine Art zweite Natur; er müßte von einem höheren Sinn für Gerechtigkeit dazu angetrieben werden, jedes Buch an seinen Platz zurückzustellen. Denn wer allein im Dunkeln der Gänge ist und niemanden neben sich hat, den kann nur ein uneigennütziger Gedanke der Liebe zur ganzen Schöpfung führen und lenken, so daß jede seiner Handlungen ein freiwilliger Dienst, eine Freude, eine Liebestat ist. Aber hier sind nur Zyniker und Schurken am Werk, haben nichts anderes im Sinn als Unzucht treiben, stehlen und raufen. Vielleicht wäre ein gutes Beispiel schon genug, auch aus der Ferne, während die Drohungen nichts nützen."

Hier unterbrach ich ihn, denn sein Reden wäre die ganze Nacht weitergegangen wie ein Summen, gleich, ob ich dabei gewesen wäre oder nicht. Und als ich nicht weit von uns Iris sah, zückte ich meine Prüfungskarte und rief sie. Iris sagte, man könne überhaupt nichts lesen und brauche ein Mikroskop. Betrübt sagte ich: „Das ist meine Prüfung. Morgen." Da setzte Sumpfer unvermittelt eine ernste Miene auf, so wie ein stellvertretender Bürgermeister oder ein Bürgermeister in einer Plenarsitzung, nahm mir die Karte aus der Hand und las sie, wobei er sie weit von seinen Augen entfernt hielt wie ein Weitsichtiger, oder tat, als würde er sie lesen, dazu nickte er bedeutungsvoll. Iris lachte hinter seinem Rücken und gab mir durch beredte Zeichen zu verstehen, ich solle nicht auf ihn achten. Sie zeigte auf die Augen. Sumpfer schien sich sehr sicher zu sein und murmelte ausländische Namen, als würde er sie lesen. „Warten Sie", sagte Iris plötzlich, „da brauchen wir Frau Schaselon, die versteht etwas von Prüfungen; die ist Griechischlehrerin." Ich dachte an den Orang-Utan, an den schlimmen Streich, der Herrn Natale zugestoßen war, falls Pfeifleins Erzählung wahr sein sollte, und ich hätte die private Hilfe von Iris vorgezogen, ja, sie wäre mir sogar sehr angenehm gewesen. Aber sie sagte: „Jetzt geh ich sie holen" und verschwand. Sumpfer zog einen Kerzenstummel aus der Tasche und zündete ihn an, und großtuerisch ließ er seine Blicke im Kerzenlicht an den Bänden des am nächsten stehenden Regals entlanggleiten, als wüßte er sehr gut, was ich brauchte. Ich sagte: „Machen Sie sich keine Umstände!", und er: „Aber bitte, das ist doch nichts! Wenn ich helfen kann ...", aber ich hatte den Eindruck, er sehe kaum etwas und taste sich nur herum, so wie er seinen Kopf zurücklegte und die Augenbrauen hochzog, als wollte er bei mir Eindruck schinden und sich wichtig machen. „Hier steht's!" rief er aus. „Was ist es denn?" fragte ich schüchtern. „Lesen Sie, lesen Sie, das kann Ihnen nicht schaden." Aber es handelte sich um eine voluminöse, sehr auffallende Schachtel. Er selbst stellte sie mit großartigen umständlichen Gebärden auf den Tisch an der Gangseite und wies auf den daneben stehenden Sitz. Es war alles eine Farce. „Ich lasse Sie jetzt allein mit Ihrer Arbeit", sagte er,

„ich habe selbst einige Kleinigkeiten zu erledigen." Und auch er ging weg, wobei er seine Hand schützend vor die Flamme hielt. Ich machte die Schachtel auf und, es war wie befürchtet, ein übler Scherz. Da waren Zigarettenstummel, Asche, ein dünnes Päckchen Blätter, die man einem armen Buch mit Gewalt herausgerissen hatte. ‚Statt vorwärts zu kommen', dachte ich, ‚falle ich immer weiter zurück.' Und während ich auf Iris wartete, las ich mit einem Gefühl äußerster Erschöpfung den Untertitel: Die Rückwärtsgänger. ‚Sieh mal an, was für ein Zufall', sagte ich zu mir.

Die Rückwärtsgänger

Wie alles beim Menschen, beruht auch die Tatsache, daß er vorwärtsgeht, auf einer Institution. Es gibt nämlich Menschen, die das Phänomen des Rückwärtsgehens aufweisen: die sogenannten Rückwärtsgänger. Wie wird man zum Rückwärtsgänger? Wissenschaftlich genau weiß man es nicht, denn es gibt nur wenige Fälle, und die sind immer wieder anders. Bildet eine Menschenmenge beispielsweise einen Zug, aus den verschiedensten, unbekannten Gründen, mögen sie nun gewerkschaftlicher oder religiöser oder hochzeitlicher Natur sein, geschieht etwas, das den regelmäßigen Ablauf stört; man hört laut reden, es fallen Dialektausdrücke und dazwischen hört man einen sagen: „Aber der Mann geht ja rückwärts statt vorwärts!" Nun ein Beispiel: Es ist geschehen, daß ein Teilnehmer, einer plötzlichen Eingebung folgend, wohl des Ortes und seiner Mitmenschen uneingedenk, mit einem Fragezeichen auf der Stirn plötzlich stehenblieb. Die anderen, mit interpunktionslosen Gesichtern um ihn herum, weichen ihm teils aus und stoßen teils an ihn, wobei sich Reibungen zwischen seinem Stillstehen und ihrem dem Trägheitsgesetz unterliegenden Vorwärtsgehen ergeben. Da aber passiert es dem ersteren, daß die Gedanken, die zuvor unerschütterlich in seinem Kopf standen, auf einmal hinter ihn zurückschreiten; und so tut auch er einen Schritt zurück, denn rein gefühlsmäßig meint er, wo seine Gedanken seien, da gehöre er wohl auch hin. Diese seine rückschrittlichen Ideen aber ziehen ihn immer weiter rückwärts, und so tut er noch mehrere Schritte zurück, worauf ein Durcheinander etlicher Füße und Mißhelligkeiten erfolgen, Bezichtigungen laut werden, er gehe nicht im Gleichschritt, sei ungeeignet für den Zug und dergleichen mehr, wie man sich vorstellen kann. Aber von da an läuft der fragliche Mensch blindlings wie ein Krebs mit ganzer Kraft gegen den Strom, denn er hat Angst um sich und sein Denken, und dadurch kommt es zu Anrempeleien und Unduldsamkeiten mit Schreien wie „au" und „so ein Schwein, so ein Schwein" undsofort undsofort, „was glaubst du eigentlich? wo du bist? im Hotel?" undsofort. Bis er dort ankommt, wo der Zug zu Ende ist und niemand mehr kommt, nur einige Fahrräder, Bonbonpapiere und der Wagen der Carabinieri. Da vereinigt er sich keuchend und glücklich wieder mit seinem persönlichen Denken, das, unter dem Ast eines Baumes stehend, auf ihn wartete und surrte.

Aus alledem ist zu entnehmen, daß ein Rückwärtsgänger nicht als solcher geboren wird: wie man übrigens heute auch weiß, daß niemand als Vorwärtsgänger zur Welt kommt: Vorwärtsgänger wird man durch Erziehung, da das Vorwärtsgehen bei uns Indoeuropäern wie auch bei den Hamiten und Semiten ein eingefleischter und unerschütterlicher Brauch ist. Die Rückwärtsgängigkeit ist vollständig aus dem Gedächtnis der Zivilisation ausgemerzt worden; abgesehen von den Ausnahmen, die da und dort auftreten, auch in geographisch weit auseinander liegenden Gegenden, bei Zuständen wie Somnambulismus oder Ekstase, vorzüglich, wenn diese durch den Genuß von Spirituosen herbeigeführt werden.

Befragt man einen Rückwärtsgänger, so sagt er, die anderen seien es, die zurückgingen, und der Begriff von vorne und hinten sei ohnehin subjektiv. Wir Abendländer sind nach seiner Meinung alle Dogmatiker, Leute mit Scheuklappen, die nur ein paar Meter weiter sehen als ihre Nasenspitze und das pompös mit „vorne" bezeichnen. Aber die Nase sei nur ein Schwanz, der sich über einer Öffnung befinde, die zum Wohl aller besser geschlossen bleibe.

Selbstverständlich sind Rückwärtsgänger in den Kneipen, Cafés und auf den Straßen zu finden, vornehmlich nach Sonnenuntergang. Hier ein Beispiel: Es ist acht Uhr abend, Herr X sitzt im Café, wo er den ganzen Tag verbracht hat. Schweren Herzens steht er auf und sein Kopf ist vollkommen ausgefüllt mit einem Seufzer des Unwillens, mehrmals hintereinander setzt er sich dann wieder und steht wieder auf, als käme und entwische ihm fortwährend eine Idee. Man sieht ihn unsicher auf die Uhr schauen und sein Glas austrinken. Der Cafébesitzer, der den Rolladen schon zur Hälfte heruntergelassen hat, sagt zu ihm: „Also dann Aufwiedersehn, Herr Artom." Herr Artom – angenommen, so würde er heißen – hatte in dem Augenblick in aller Deutlichkeit an seine Schwiegermutter, seine Frau und seine fünf Kinder gedacht, die ihn zu Hause erwarteten; bei vollem Bewußtsein antwortet er: „Aufwiedersehn", und anstatt zur Tür zu gehen, geht er mit dem Rücken voraus in die Abstellkammer. Außer dem Cafébesitzer ist niemand in der Nähe, der zerrt ihn aus der Kammer, aber nicht ohne Mühe, denn seine Beine schlagen aus und stemmen sich zwischen die Besen und die Sägemehleimer. Darauf schiebt er ihn freundschaftlich zum Ausgang; er neigt den Kopf, um unter dem Rolladen durchzukommen, und kaum ist er draußen auf dem Bürgersteig, wendet er ohne Fehl und Tadel sein Gesicht wie immer in Richtung nach Hause, das heißt nach links. Dann zielt er auf den Hauseingang in zehn Meter Entfernung und beginnt in seiner Vorstellung Schritt für Schritt vorwärts zu gehen; nur daß er statt vorwärts aufs neue rückwärts geht; und man könnte glauben, daß ihn das leichte Gefälle anzieht, aber er ist es selbst, der von dem Moment an den Hang hat, so zu gehen, zuerst vorsichtig, dann immer munterer. Kein Mensch ist unterwegs, und im Nu ist er am Ende der Straße, überquert rückwärts die Kreuzung, und seine Haustür rückt immer ferner und wird immer kleiner, als würde er mit dem Auto wegfahren und in den Rückspiegel schauen. Er sieht auch den Ober in der Bar, der ihm Zeichen gibt und etwas zuruft; aber nun geht er schon sehr schnell. In der Mauer ist ein kleines Gitterpförtchen, er geht mitten durch. Wie er das angefangen hat, weiß man nicht, denn er ging im Laufschritt, aber vollkommen umgekehrt, ohne etwas zu sehen. Dann geht er durch den Garten, ohne an Hecken, Brunnen oder Schlimmeres zu geraten. Und dies zweihundert Meter über einen kleinen Rasen und mit der Geschmeidigkeit eines Zwanzigjährigen, er war aber vierundsiebzig. Dann kommt ein steilerer Abhang, der zu einem Flüßchen führt, und er geht hinunter mit seinem ungewohnten rückläufigen Schritt. Es ist uns nicht gegeben zu wissen, ob er in diesen letzten Augenblicken etwas dachte, der Herr Artom, und ob er eine Trunkenheit oder einen Verfall spürte oder einen Lockruf vernahm. Auf jeden Fall stieß er am Ende der Wiese mit dem Hinterkopf an einen Pinienast, nicht stark, aber offenbar stark genug für ihn, denn er verschied.

Unter anderem wurde nachher auch folgendes gesagt: Wenn Herr Artom morgens ins Café ging, setzte er sich oft den Sonnenstrahlen aus; und unbedeckt der Sonne ausgesetzt, erhitzte sich sein Kopf und kam schon um einige Grade erhitzt ins Café. Die Temperaturstürze beeinflussen auf die Dauer die anthropologische Persönlichkeit und entschärfen das Tabu der Rückgängigkeit.

Aber was ist eigentlich dieses Rückwärtsgehen oder Zurückschreiten?

Heute läßt sich mit Sicherheit sagen, daß es das Eingehen in das berühmte Reich der Toten ist.

Es gibt mancherlei Glauben und Zeugnisse, deren Verbreitung sich über unerhört weite Räume erstreckt: vom Kaukasus bis zu den Karpaten, vom asiatischen Sibirien bis zum Hochland von Iran und von Asiago, vom Inneren der Mongolei bis Friaul und ins Julische Venetien mit Ausläufern in den Karst und zur dalmatischen Steilküste. Übereinstimmend heißt es überall, daß der Abstieg in die Hölle immer rückwärts gehend zurückgelegt wird: Man steht plötzlich auf und ist nicht mehr man selbst, sondern ein Fremder, der zurückweicht: der Nacken und das Schlafittchen sind das neue Gesicht, das vorwärts geht, ohne zu sehen, und die Treppen ins Jenseits hinuntersteigt. Die Hölle ist nichts weiter als ein Ort, wo die Toten unter einem schrecklichen knirschenden

Krachen ihrer Knochen zusammenstoßen, weil sie blindlings rückwärts gehen und alle wie meschugge aussehen.

Somit ist derjenige, der im Leben schon rückwärts geht, durch Analogie mit den Toten in Verbindung, auch er meschugge und blind und mit nutzlosen Augen: Er streift — so heißt es — dann in großer Pein durch die Wälder und rennt mit gehörigem Krach gegen die Baumstämme. Wenn er dann das Ende des Waldes erreicht hat, irrt er über das Gebirge, wo er meist von einem Felsen in den Abgrund stürzt. Dort bleibt er eine kurze oder eine lange Weile auf dem Bauch liegen, und wenn er nicht gestorben ist, erwacht er ganz allmählich wieder und kehrt unter die Lebenden zurück. Er findet auch wieder zurück zum Brauch des Vorwärtsgehens und zum hilfreichen Benutzen der Hände und der Augen, er steigt das Gebirge hinunter, geht wieder durch dieselben Wälder und erscheint eines schönen Tages zu Hause wie ein vom Tode Erstandener. Daraus erwächst ihm großes Ansehen und die Gabe der Weissagung.

Und nun sind wir bei dem Punkt der Frage angelangt, wo Ungenauigkeit nicht ratsam ist: Gibt es eigentlich das Land der Toten? Ja, das gibt es, aber es liegt an keinem Ort. Das Land der Toten liegt umgekehrt in der Zeit, statt vorwärts geht dort alles rückwärts: Rückwärts gehen die Schlänglein, die Katzen und die Gänse, die dort wohnen, rückwärts gehen die Esel, die Ziegen und die Schafe. Aber rückwärts gehen auch die Bäume, die zuerst dürr sind, dann grün und immer kleiner und schließlich ein Samenkorn werden. Die Flüsse, deren es viele gibt, fließen zu ihren Quellen zurück; der Regen erhebt sich aus dem wild tosenden Meer und verdunstet in schwarzen Wolken, die ihrerseits rückwärts ziehen. Auch die Winde wehen rückwärts und gleichen einem tiefen Einatmen. Die Nacht kommt vor dem Tag, und eine Art schon untergegangene Sonne erscheint im Westen und steigt die Stunden zurück, bis es Mittag ist; dann kommt der Vormittag, der Tagesanbruch, das Morgengrauen, und die Sonne geht unter, wo sie eigentlich aufgehen muß. Dazu hört man die Hähne umgekehrt krähen: „Ikirikik"; und die Toten gehen ins Bett, nachdem sie Kaffee getrunken und sich rasiert haben.

Außerdem schlucken die Toten durch ihre hinteren Öffnungen schreckliche, wie die Pest stinkende Exkremente und erbrechen sie durch den Mund in Gestalt hervorragender Speisen: Salami, Würste, Spaghetti, Weine aus Orvieto und Frascati, Hühnchen, gesottenen und gebratenen Fisch. Zur Mittagessenszeit also setzen sich die Toten an den Tisch, und jeder speit in seinen Teller und spuckt in sein Glas. Aber einen Gang nach dem anderen, zuerst das Obst und den Nachtisch, dann die Klopse, die Beilagen und das Fleisch und schließlich die Suppen und die Nudelgerichte und die Vorspeisen, bis das ganze Essen auf dem Tisch steht. Da greifen die Ober, ebenfalls Tote, ein, die rückwärts gehend Teller und Speisen in die Küche tragen, wo Köche alles aufs Feuer stellen, um es schön langsam abzukühlen: Wenn es Fische sind, kehrten sie ins Meer zurück, wenn es Salat ist, geht er wieder in den Garten. Wenn die Toten miteinander sprechen, kann man sich leicht vorstellen, daß zuerst die Antwort kommt und dann die Frage. Wenn sie einander begegnen, begrüßen sie sich mit „Aufwiedersehen", dann aber bleiben sie zum Plaudern stehen, und erst am Schluß geben sie einander Erkennungszeichen, mit Ausrufen der Freude und Umarmungen. Danach gehen alle ihrer Wege, immer rückwärts, einander vollkommen vergessend.

Diese verkehrte Welt ist weder schöner noch häßlicher als unsere, nur noch unverständlicher. Hat einer beispielsweise einen geschwollenen schwarzen Finger, dann sucht er instinktiv als Arznei einen Hammer und einen Nagel in der Wand. Er legt seinen Finger zwischen Nagel und Hammer und der Finger ist plötzlich, man weiß nicht wie, wieder heil; aber der Nagel fällt aus der Wand, und wenn ein Bild daran gehangen hat, wird es zum Rahmenmacher gebracht, der nimmt den Rahmen weg und gibt dem Kunden Geld.

Die Toten glauben an eine absolute Vorbestimmung, sie sind nämlich in der Lage, alles vorauszusehen, was geschehen wird, abgesehen von zu fernliegenden und ungenauen Dingen. Dagegen vergessen sie augenblicklich alles, sowie es geschieht. Sie erinnern sich beispielsweise gut an alle, die sie erst noch kennenlernen müssen, aber kaum haben sie sie kennengelernt, da entschwinden sie aus ihrem Kopf und sie stellen sich nicht einmal mehr vor, daß es sie gibt. Die Vergangenheit ist für sie ein Bereich unsicherer Hoffnungen, die Zukunft dagegen präsentiert sich als ein so unwiderrufliches Schicksal, daß sie oft verzagt zu sich sagen: „Aber was habe ich denn getan, um das Ende zu nehmen, das ich nehmen werde?"

Sie haben auch Städte, die in kurzer Zeit aus dem Erdboden hervorschießen; aber um sie einstürzen zu lassen, braucht man Architekten. Frieden schließen die Toten untereinander, bevor sie streiten, dann streiten sie wutentbrannt, und schon gleich darauf vergessen sie alles, als wäre es nicht geschehen. Und da sie auch Gerichte haben, verlangt es die Praxis, daß man ohne irgendeinen Grund im Gefängnis eine Strafe abbüßt, worauf einem ein regulärer Prozeß gemacht wird, an dessen Ende man auf freien Fuß gesetzt wird; und hinter alledem steckt eine dunkle Gerechtigkeit, denn der angeklagte Tote gibt eines Nachts spontan und heimlich das Diebesgut zurück oder zieht einem Verletzten, sobald er ihn sieht, die Klinge oder die Kugel wieder heraus und heilt ihn. Dann gehen die beiden Toten gedächtnislos und unschuldig ihrer Wege.

Abschließend sei gesagt, auch ein Toter lebt nicht ewig: je mehr Zeit vergeht, desto mehr kommt ihm die Kenntnis seiner Zukunft abhanden, bis er sich schließlich in Gesellschaft seiner armen Knochen in einem Zinkkistchen zusammenrollt und wimmert.

Offenbar war ich beim Lesen mitunter eingeschlafen. Ich erwachte plötzlich mit einem sehr akuten Schmerz im Mund. Pfeiflein, der auf der Rückenlehne meines Stuhls saß, hatte seine Füße auf meinen Schultern und hielt mit einem Haken meinen Mund aufgesperrt. Heiligmann hockte auf meinen Knien und, während er mit seinen Beinen meine Hände unbeweglich machte, hämmerte er auf einen Zahn los, ausgerechnet auf den empfindlichen. Mit einer Schnur hatten sie mir die Ohren an den Stuhl gebunden, und das eine war so fest angebunden, daß das Blut nicht mehr zirkulierte, und es schon fast abgestorben war. Ich zerrte und schrie vor Schmerz; das Ohr war auf derselben Seite wie der Zahn, darum stieg mir der Schmerz in den Kopf hinauf und tobte in der Höhle der gesamten linken Gehirnhälfte. Sie schienen so guter Dinge zu sein wie bei einem Spiel, und ihre Mienen und ihre Zurufe forderten mich zum Mitspielen auf. Pfeiflein sagte ein ums andere Mal: „Ist das schön, ist das schön!" Und Heiligmann kicherte und sagte bei jedem Hammerschlag: „Bitte sehr, der Herr!" Ich schrie mit meinem aufgesperrten Mund und versuchte mich loszumachen, aber für sie hieß das, daß es mir gefiel und ich zum Spaß „hört auf, hört auf" rief oder mit meinem Spiel die ganze Gesellschaft zum Lachen bringen wollte. Als Heiligmann eine lange Grobschmiedzange nahm und an meinen sämtlichen Zähnen im linken Kiefer zu rütteln begann, schlug mir Pfeiflein vor Vergnügen die Faust auf den Kopf. Meine Schmerzen waren so groß und so hartnäckig, daß Weinen und Schreien nicht mehr ausreichte; es sah nämlich aus, als ob ich aus vollem Halse lachen würde und vor Lachen schluchzte und Tränen vergoß. Ich weiß nicht, wie lange dieses Martyrium dauerte; ich hörte es noch dreimal fünf Uhr schlagen, und Pfeiflein unterstrich jeden Glockenschlag mit einem Klopfen seiner Fingerknöchel auf meinen Schädel, wobei er die Schläge laut mitzählte; Heiligmann wiederholte jede Zahl vor Glück und ließ mit seiner Zange ein fröhliches Echo ertönen.

Da ging plötzlich irgendwo ein Türchen auf und ich sah, hinschielend, Fräulein Iris mit der Griechischlehrerin kommen, wie sie mir versprochen hatte. Allein ihr Erscheinen brachte die beiden in leichte Verwirrung.

„Was ist hier los?" fragte sie mit ernstem Gesicht. Heiligmann hatte innegehalten und Pfeiflein auch. Sie sagten: „Das Fräulein Iris!" Nun tobte nur noch mein Ohr weiter, das sie mir so fest angebunden hatten. Auch ich sagte: „Fräulein Iris!" mit Tränen in den Augen; und ich hätte mich niederknien mögen. In der Luft roch ich schon ihren Duft. Sie lächelte mir zu wie ein Engel, den der liebe Gott geschickt hatte, um mich zu befreien. Hinter ihr stand auf der Schwelle die Griechischlehrerin Albonea Schaselon und hörte uns zu. Ich hatte schon so viel von ihr erzählen hören, daß ich sie wiedererkannte, es war die hagere Frau mit dem wollenen Turban, die zugleich mit mir in die Bibliothek gekommen war. Dann nahm also Iris den Band, den ich vor mir liegen hatte, und fing an, ganz schöne Schläge damit auszuteilen, die meisten bekam Pfeiflein ab, der von der Stuhllehne fiel und sagte: „Was hab ich denn getan?", dann Heiligmann, der winselnd von meinen Beinen hinuntersprang: „Ich hab ihm nur geholfen, ich hab ihm nur geholfen." Die Blätter flogen nach allen Seiten, dann flog der zerfledderte Karton hinterher; Fräulein Iris hatte offenbar auch über sie eine Art Macht, die keine Widerrede duldete und mehr wert war als die Kraft und das Gewicht, das der Band gehabt haben mochte. So konnte ich endlich meine Ohren freibekommen. Die Griechischlehrerin war inzwischen auch eingesprungen; und begann die beiden mit einiger Aufdringlichkeit wegzuschieben, wobei sie ihr Gewand kräftig wallen ließ. Aber Pfeiflein schlich sich hinter sie und versuchte den Saum des Gewandes anzuzünden. Es gab aber nur ein wenig schwarzen Rauch, Flammen züngelten nicht auf. Der wimmernde Heiligmann fing sofort zu lachen an und wollte mit seiner Zange zu Werke gehen; ja, er hatte ihr komisches Gewand schon gepackt, es ihr herunter- und beinahe ausgezogen. Die Studienrätin wehrte sich, aber das Gewand war ihr schon über die Knie gerutscht, und man sah ihren Strapsgürtel, der nicht schön war. Pfeiflein machte von hinten ein Feuerchen unter ihrem Haar an, aus dem eine Flamme aufschlug; sie nahm es sich ab, denn es war eine Perücke, und mit dem brennenden Haar wedelte sie in der Luft herum und zwischen den beiden, bis sie sie vertrieben hatte, mitsamt ihren Marterwerkzeugen. Dann löschte sie die letzten Flammen und setzte sich das Haar wieder auf, das gar nicht mitgenommen aussah; nur die Spitzen waren versengt und sahen aus wie Reben; sie zog sich die Strümpfe zurecht und schlüpfte wieder in ihr Gewand, darauf blieb sie im Hintergrund stehen und schaute wie eine, die seit geraumer Zeit an solche Sachen gewöhnt ist und sie als sexuelle Fährnisse auffaßt, mit denen eine Frau normalerweise zu rechnen hat.

Um die Wahrheit zu sagen, es hatten sich, vielleicht durch das Durcheinander und mein Geschrei angelockt, die zwei Kartenspieler genähert, um alles von der Nähe mit anzusehen, und außer ihnen auch zwei junge Offiziantinnen, die vielleicht gerade hier vorbeigekommen waren. Sie hatten sich alle um mich und meinen Stuhl geschart. Sie faßten mein Ohr, um seine Temperatur zu messen, und, beinahe bewundernd, sagten sie ganz hohe Zahlen. Die Frauen sahen auf das Haar und das Gewand der Griechischlehrerin und sagten: „Für die Frauen ist die Bibliothek gefährlich; und für die Männer auch“, indem sie auf mich deuteten; „aber für die Frauen noch gefährlicher.“ Ich suchte Iris mit den Augen; sie lächelte mir zu und nickte. „Es gibt Gefahren aller Arten“, sagten sie, „aber für uns Frauen fast alle sexueller Natur.“ Ich sagte: „Ich verstehe, das ist natürlich; darüber braucht ihr nicht mit mir zu sprechen, denn ich habe damit nichts zu tun, aber der Geheimrat Sumpfer; der hat Verständnis für diesen Punkt.“ Da erhob sich ein einstimmiger Chor von „na, ausgerechnet der!“; auch die Griechischlehrerin gab ihrer Verachtung und Geringschätzung Ausdruck. Die zwei Kartenspieler lachten.

Aus dem Stimmengewirr, in dem jeder seine Meinung zum

Besten geben wollte, verstand ich ungefähr folgendes: In der Nähe, also in einem oder zwei Metern Abstand gab sich dieser Geheimrat Sumpfer als Ehrenmann, sehr gesetzt, ehrerbietig ung zugeknöpft, das heißt als ein rechtschaffener und sittenstrenger Mann auch in seinen Reden; die Griechischlehrerin sagte, aus der Nähe sei er ein großer Feigling. Je größer aber die Entfernung wird, um so frecher wird er, und sobald er ziemlich weit weg ist, zum Beispiel am Ende eines Ganges, und glaubt, am anderen Ende, selbst in fünfzig Metern Entfernung, eine Frau vorbeigehen zu sehen, stellt er unverzüglich seine Geschlechtsteile zur Schau und bleibt stundenlang so stehen, ohne sich darum zu kümmern, ob noch jemand da ist oder nicht mehr. Und da es hier drinnen im allgemeinen dunkel ist, hat er immer eine Kerze bei sich, die er weit unten nahe an sich hält, wobei er acht gibt, daß das, worauf es ihm ankommt, immer gut beleuchtet ist. Diese Laufbahn scheint er schon vor vielen Jahren auf dem Land begonnen zu haben. Er war Bürgermeister und zugleich Kulturreferent: aber wenn er in einer Entfernung, die aus den Kleidern gerade noch einen Rückschluß auf das Geschlecht zuließ, eine Bäuerin oder eine Sommerfrischlerin erblickte, kramte er sofort seine Habseligkeiten hervor und stand dann stundenlang still, um die Frau herauszufordern, auch wenn sie längst weggegangen und kein Mensch mehr am Horizont war. Er achtete nur auf eines, daß nämlich durch die wandernde Sonne seine Habseligkeiten nicht in den Schatten gestellt wurden. Sonst machte er nichts, weder unflätige Gesten noch Zeichen, auch weil die Entfernung normalerweise so groß war, daß es nichts genützt hätte; und es hätte ebenso nichts genützt, wenn er darauf hingewiesen hätte, daß sie da seien und daß es sie gebe, seine Heiligtümer. Diese Gewohnheit, so wurde mir versichert, sei verhältnismäßig häufig bei Geheimräten und Stadtvätern, ebenso häufig wie die Gewohnheit, Wahlversammlungen abzuhalten und Propaganda zu machen. Während der ganzen Dauer der Schaustellung blikken sie, im allgemeinen die Augen mit der Hand abschirmend, anderswohin, auf einen idealen Punkt, der einige Grad höher am Himmel der Ekliptik entlang liegt; sie bleiben stehen, als hätten sie einen Luftballon gesehen und infolgedessen ganz allgemein Lust bekommen, das Herausziehbare herauszuziehen. Sie lehnen sich weder an einen Baum noch an einen Stuhl und bleiben lange Zeit stehen. Das Maß der Entfernung wechselt mit den Lichtverhältnissen: es verringert sich bei Nebel, dichtem Regen, Schneefall oder bei einem Wirbelsturm oder vor dem Morgengrauen. An klaren, sehr windigen Tagen stellen sie sich sogar einen Kilometer vor der Ortschaft auf und schauen dann in die Luft, als ob nichts wäre.

Mit dem Alter hatte naturgemäß Sumpfers Sehkraft nachgelassen, was einen äußerst beschwerlichen, fortwährenden Alarmzustand bei ihm zur Folge hatte: er befürchtet nämlich immer, irgendwo in der Landschaft könne, mit ihr verschwommen, eine Frau oder etwas Analoges sein, und er könnte tatenlos dastehen wie einer, der nur aufs Land geht, um zu harken oder zu rechen. Dann zieht er seine Augen zusammen und hält sich schirmend die Hand davor, denn zum Tragen von Augengläsern will er sich nicht herablassen, und späht den ganzen Tag fern in die Runde. Wenn irgendwo ein Lappen weht, nimmt er sofort seine charakteristische Pose ein und verharrt darin; ebenso wenn er jenseits einer Anhöhe eine Stimme hört, die das Erscheinen irgendeines weiblichen Wesens auf dem Bergrücken vermuten lassen kann. Oft täuscht er sich. Und dann sieht man ihn mittags im August am Ende eines gemähten Getreidefeldes stehen, ganz in der Ferne, seine gewohnten Genitalien, immer dieselben, zur Schau stellend; unbewegt, nicht einmal vom Wind geschüttelt. Er weiß vielleicht nicht, worum es sich handelt; er ist offenbar einer, der einfach das tut, was zu tun ist, und sonst kann er nichts.

Schließlich wurde er in die Bibliothek versetzt, wo er Mitglied des Vorstands, Geheimrat und Gewährsmann ist. Eine echte Gefahr sei er nicht, sagten alle Frauen, aber mit der Zeit falle er allen auf die Nerven; man wisse weder, was er eigentlich wolle noch was er darstellen solle.

Ich sagte. „Vielleicht die Liebe zur Schöpfung."

„Schaut hin, schaut hin!" riefen auf einmal alle aufgeregt.

Man sah in der Ferne einen winzigen Lichtschein, ein Friedhofslichtlein und nichts weiter. Iris beriet sich mit der Griechischlehrerin, deren Augen Feuer sprühten. Und die Versammlung löste sich auf.

Alle liefen davon, auch Iris, auf die ich meine ganze Hoffnung gesetzt hatte. „Warten Sie auf mich, Fräulein Iris, helfen Sie mir", konnte ich ihr gerade noch zumurmeln. Sie drehte sich lächelnd um, als wäre es für sie ein Vergnügen, mir Hilfe und vielleicht auch noch viel mehr zu geben. „Kommen Sie mit mir", hörte ich sie noch sagen, bevor sie in den Gang einschwenkte. Ich sprang auf die Füße, aber so aufgeregt, daß der ganze Tisch mit hochgefahren war, und Professor Rasor, dessen Kopf in einem prekären Gleichgewicht auf dem Unterarm ruhte, hatte sich aufgrund des undulatorischen Bebens gewissermaßen von seinem Anker gelöst und war auf die Seite gefallen. „Fräulein Iris, warten Sie auf mich", sagte ich, während ich versuchte, den Professor hochzuhieven und wieder ins Gleichgewicht zu bringen. Er war bleischwer und fiel andauernd auf mich: das konnte kein normaler Schlaf sein. Schließlich hab ich ihn hochgezogen und schlecht und recht an die Rückenlehne gesetzt, mit hängenden Armen und wiederum unempfindlich für alles. Der Zahn, auf dem mir Heilgmann herumgehämmert hatte, begann wieder, sich bemerkbar zu machen und zu toben.

Ich bog in den Gang ein, aber es war so finster, daß ich, statt zu laufen, mich vorwärtstasten mußte, mit Händen und Füßen, an der Wand und auf dem Boden. Am Ende sah man so klein wie einen Punkt das Flämmchen einer Kerze in weiter Ferne und vielleicht auch Umrisse einer menschlichen Gestalt. Man konnte unschwer den Schluß ziehen, daß dort, wenn alles wahr war, Geheimrat Sumpfer posierte und sich beleuchtete. Aber man hätte ein Fernglas gebraucht. Doch das bedeutete vielleicht, daß Fräulein Iris dort vorbeigekommen und daß dies der richtige Weg war. „Fräulein Iris", versuchte ich zu rufen, „Fräulein Iris." Aber mir antwortete nur ein Käuzchen in der Ferne und noch weiter weg ein Eselsgeschrei. Beinahe wäre ich über ein paar

Stufen hinuntergefallen, und plötzlich hatte ich Pfeifleins und Heiligmanns Wägelchen zwischen den Füßen.

Ich ging und ging, und das Lichtlen wurde immer heller; da roch ich auf einmal etwas; einen Moment konnte ich nicht sagen, ob es gut roch oder schlecht, so unvermutet war es; dann spürte ich eine Hand, die meine Hand nahm, und einen Duftschwall in der Nase. Voll Glück erkannte ich sie. „Fräulein Iris", sagte ich. Und sie nichts, sie sagte nichts, aber hielt mich ganz fest. „Fräulein Iris", flüsterte ich ihr zu. Und sie: „Pssst", sie machte nur ein im Raum vernehmbares Pssst. „Was ist los?" sagte ich halblaut. Und sie machte nur immer wieder ganz leise „Psst" und zog mich hinter sich her. Ich fragte: „Wohin?", und sie: „Psssst", aber nicht, weil ich still sein sollte, sondern es war ihre vertrauliche Art im Dunkeln mit mir zu sprechen, denn die Stimme und die Wörter verderben im allgemeinen immer alles, aber in gewissen Fällen bringen ein Pssst und ein Schweigen die Frauen dem Mann näher und in Tuchfühlung. Der Geruch, der in der Luft lag, war zumindest eigenwillig, und ich hätte ihm keinen Namen zu geben gewußt; zum Teil erkannte ich ihren anmutigen Duft wieder, aber zum Teil war er neu und noch bestrickender, ihr Duft im Quadrat mit Luftmolekülen, die mir noch unbekannt waren, die mir im Mund prickelten und meine Nasenschleimhäute hochstiegen und sie erhitzten. Es roch nicht nur nach Blumen, so daß man beinahe betäubt war; sondern dahinter roch es auch nach Trüffeln, Käse, Pfeffer, wilder Wachtel, Hasen. Es waren Gerüche, die in meine Phantasie eingingen und mir leuchteten.

Es war aber eine so stockfinstere Nacht, daß ich überhaupt nichts sah. Sie hielt meine Hand und ich ging mit ihr, wackelig auf den Beinen, teils wegen der Dunkelheit teils wegen des alkoholischen Aromas in ihrem Gefolge, das ich mit offenem Mund einatmete. Was unter meinen Füßen war, weiß ich nicht; ich glaubte, auf die Seiten aus dem Leim gegangener Bücher zu treten und achtete nicht darauf; auch die Prüfung hatte sich in einen entlegenen Winkel meines Denkens verzogen und saß dort mitsamt dem Zahnweh wie unter Narkose eingesperrt.

Auch sie tastete sich die Wand entlang, weil sie ebensowenig sah, fand aber ein Pförtchen, und wir stiegen eine Treppe hoch; ich hätte gern geredet, sie gern „Wohin bringst du mich?“ gefragt. Sie sollte doch nicht denken, ich hätte Hintergedanken oder beispielsweise ich sei ein gewiegter Playboy, der kraft seiner Methode die Frauen in Versuchung führt. Ich hätte ihr gern etwas Zärtliches gesagt, was bedeutet hätte, daß ich außer ihrer Hand, die mich sicher durch die Dunkelheit führte, nichts Kompromittierendes bemerkt hatte. Wir hätten also immer noch umkehren können, wieder zurück zur arglosen, aufrichtigen Freundschaft. Und inzwischen stiegen wir die Wendeltreppe hoch, ohne einander zu lassen, wobei wir mit den Füßen nach den Stufen suchten wie zwei Schnecken, die sich in ein einziges Häuschen verkriechen. Vielleicht – dachte ich – wenn wir oben sind, wo die Treppe noch enger wird, ziehe ich sie an der Hand, oder sie ist schon so nah bei mir, daß ich sie küsse. Ja, darauf konzentrierte sich mein ganzes Trachten im Moment: keine Idee mehr von Büchern und Prüfung. Eine Hand von ihr hielt ich mit meiner einen Hand, mit der anderen würde ich ihren Mund so nehmen, daß ich ihn nicht verfehlen konnte, und in der Dunkelheit würde mich ein Radar lenken; ich würde mich ihr auf einer geraden Linie immer mehr nähern, bis ich die infraroten Strahlen spürte, die mir ankündigten, der Mund des Gegners ist nur mehr einige Millimeter entfernt. Und was mache ich dann? fragte ich mich. Ich würde mich hineinsinken lassen, aber nicht nur mich, sondern mit mir meine ganze Seele.

Aber ich mußte rechtzeitig eine Ausrede finden, einen schönen Satz, den ich ihr schenkte, damit sie sich, ohne sich zu schämen, auf ihn stützen konnte wie auf ein Polster und sich inzwischen von meiner magnetischen Welle streicheln ließ. Sonst schrie sie vielleicht, wenn ich sie an der Hand zog; aus vollstem Halse; vielleicht würde sie mich einen Feigling, einen Wüstling nennen, der in die Bibliothek geht, um die Frauen anzuglotzen, sie unter die Treppen zu locken und sie dann wie eine Geiß anzuspringen. Gelehrter und Bibliophiler, von wegen! Hier hat sich ein schmutziger Wurm heimlich in die Kultur eingeschlichen, konnte sie denken; und wenn es geht, küßt er links und rechts alles, was ihm unterkommt. Und so hatte ich, da ich mich schon oben auf der Treppe angekommen und der Entscheidung nahe fühlte, vor allem einen Satz vorbereitet: Gnädiges Fräulein, würde ich sagen, und ihr dabei, um Eindruck zu schinden, die Hand drücken, um Ihrem Wunsch entgegenzukommen, will ich Ihnen meine Personalien angeben. Und ich würde ihr meinen Nachnamen, Wohnsitz und alles sagen, was sie sonst von mir wissen wollte. Nein, ich würde sagen: mein Fräulein, damit Sie nichts Schlechtes denken angesichts der Tatsache ... Welcher Tatsache? fragte ich mich. Während ich mich das fragte, waren wir schon oben im Zimmer angelangt; ich erhob meinen Blick zu einem schwachen Lichtschimmer und es war eine Luke aus Glas, die auf den gestirnten Himmel ging, den man aber nicht sah. Wer weiß, was für ein Ort das überhaupt war! Es war nämlich immer noch ausgesprochen dunkel. Vielleicht ein Observatorium ganz oben in einem Turm. Ich hätte aber nicht geglaubt, daß dort oben ein Bett sein könnte, wenn man bedachte, daß wir uns trotz allem immer noch in einer Bibliothek befanden. Aber wir stolperten geradewegs in eins hinein, sie voran und ich hinterher. Und ich hätte mich gern entschuldigt und ihr geschworen, daß ich sie nicht absichtlich hierher gebracht hatte; es war ein reiner Zufall. Was nämlich ein richtiger Don Juan ist, der plant überall Betten ein, Betten, die aus der Wand herauskommen, die herauskommen, wenn man eine Schublade aufzieht, und dann sagt er: „Hast du das gesehen? Das war ein Bett." Und er verteilt auch welche in der Landschaft, das hab ich schon oft gehört. Er geht mit einem Mädchen spazieren und sie reden vom Studium und von der Schule, und plötzlich steht mitten in einer schönen Wiese ein Bett. Darüber muß man natürlich lachen und staunen. „Aber was soll denn das?" sagt das Mädchen. Der Don Juan lacht mit ihr, schüttelt den Kopf, als wüßte er von nichts, aber als würden ihn die immer unerwarteten Überraschungen in Feld und Au amüsieren; er hakt sie unter und sagt scherzend: „Da steckt wohl ein Umzug dahinter oder jemand, der sehr zerstreut ist. Wir können mal an Ort und Stelle nachsehen. Kommen Sie doch!" Aber manchmal stellt ein Don Juan auch ein Bett ins Gebüsch, falls man in den Stunden der großen Hitze dort ankommen sollte; sogar auf Bäume stellt er Betten, mitten in ein Getreidefeld, in Straßengräben, so daß das Mädchen, unmerklich gelenkt, am Ende mit großer Wahrscheinlichkeit in dem einen oder anderen Bett landet. Mit solchen Typen und ihren Methoden wollte ich nicht verwechselt werden: Ich war mit leeren Händen und ohne Hintergedanken in die Biblothek gekommen, und Gott allein weiß, wie schwer diese Versuchung auf meinem Pflichtbewußtsein lastete.

Aber da war ich auch schon ohne Vorwarnung, ohne die obligatorische Übergangsstufe eines Kusses, wenn ich mich recht erinnere, am Werk, schnallte blindlings Röcke, Korselettchen auf, zog Unterröcke weg, denen bei jeder Schicht aromatischere Ausdünstungen entströmten; und dann, glaube ich, immer berauschendere Rüschen und Spitzen. Ich kniete vor diesem Wesen, das ich nicht sah, das aber jeder Kubikzentimeter eine Frau war und üppig, wie man so sagt an den Stellen, wo es sich gehört. Und sie hätte einfach nein sagen können, aber sie lag in diesem Bett wie ein Hefeteig, der aufgeht, bevor er in den Backofen kommt. Im Gegenteil, sie war in ihrer großen bewegenden Güte diejenige, die sich unter meine Hände begab, um sich kneten zu lassen.

Die Prüfung meldete sich selbst in dieser brisanten Lage ab und zu oder, besser gesagt, aus dem Winkel des Hirns, wo sie sich eingenistet hatte, zog sie, um mich auf sich aufmerksam zu machen, ihre schmerzenden Fäden, zog am Grimmdarm, an den Bauchspeicheldrüse, am Mastdarm und am Magen, so daß sie mir vor Angst alle zusammen in die Kehle hochstiegen und ich in einem Moment beinahe erstickt wäre; bis ich sie aufs neue hinunterschluckte, die Prüfung zum Schweigen brachte und zurückkehrte zur faßbaren Gegenwart, zu Iris. Sie hätte auch in der Ferne, am Horizont meines Lebens, vorbeisegeln können, ohne etwas von mir wissen zu wollen, wie es die schönen Frauen gewöhnlich machen, wenn sie weit draußen, aber weithin sichtbar in all ihrer blonden Pracht und Schönheit zum Verderben der

Menschheit aufkreuzen. Sie aber sagte nicht nein, sagte gar nichts, keine Widerrede, agierte nur zu meinen Gunsten. Daher spürte ich in tiefster Brust fortwährend das Bedürfnis, danke zu sagen, danke und noch einmal danke; so stark war dieses Bedürfnis der Dankbarkeit, daß sich meine Augen vor Rührung schon mit Tränen füllten.

Als ich alles Aufschnallbare aufgeschnallt hatte, meine Nase herbeigeeilt war, alles Beschnupperbare zu beschnuppern, als ich nun im Türkensitz auf diesem vermeintlichen Bett saß und mir schier, wie in ein Gebet versunken, vorstellte, daß sie jetzt ausgestreckt vor mir lag wie die nackte Erde, da packte mich plötzlich so etwas wie ein mystischer Hauch. Da war nicht mehr Iris allein, sondern ich war umschwärmt von vielen freundlichen, entgegenkommenden, mit allen Reizen der Versuchung ausgestatteten Damen, die sich über meine Gliedmaßen bis zu meinem Kopf hinauf und noch weiter über meine Schädeldecke, über das Oberlicht in die astronomische Nacht hinaus ergossen. Ich weiß nicht, ob es die Hölle war oder das Paradies oder ein einfacher Fall von Levitation: Ich hörte einen Ton in mir erklingen und was ich dabei empfand, war die reinste Philosophie: ich fühlte mich wie eine Wolke Blütenstaub, der sich über die Wiesen verstreut, über die Betten verteilt und überallhin, wo ein geheimer Winkel auf ihn wartet. Und dies ist das mathematische Gesetz der Natur.

Dann begann sie mich aufs neue zu küssen, denn ich war wie auf den Rücken gefallen und lag wehrlos da. Zuerst waren die Küsse wunderbar, aber auf einmal küßte sie mich nur noch auf einer Seite, als wüßte sie genau, welcher Zahn mir wehtat. Ich drehte meinen Mund weg, aber sie holte ihn wieder zurück, ich weiß nicht wie, als ob sie viele Hände hätte, und küßte mich dann hartnäckig immer an der bewußten Stelle, so daß ich spürte, wie sich mein Zahn entzündete und maßlos anschwoll. Und auch die benachbarten Zähne, zumindest die zwei oder drei nächsten, die schon wackelten, schwangen nun nach allen Seiten. Diese ihre Küsse verfuhren so ähnlich wie ein Bohrer; ich wimmerte, aber nicht vor Lust, sondern weil sich der höllische Schmerz auch über meinen Gaumen, mein Gesicht und meine Nase ausbreitete. Vielleicht glaubte sie, meine empfindlichste, meine erogene Stelle entdeckt zu haben, und ließ deshalb nicht ab; doch eher als herkömmliche Küsse schienen mir das eiserne Schrauben zu sein, die sie mir hineindrehen wollte. Es war stockfinster, und ich wurde nicht klug aus diesen Manövern; mir war nicht klar, ob sie eisernes Werkzeug oder ihre Hände benutzte; was sie eigentlich von meinem Zahn wollte, bis mir war, als würde er mir mitsamt all seinen Wurzeln ausgerissen, als würde er mit einem Korkenzieher herausgezogen. Da packte ich sie, weil ich es nicht mehr aushielt und nicht schreien wollte, bei den Haaren, auf dem Höhepunkt nicht der Ekstase, sondern der Qual. Diese Haare fühlten sich an wie Nylon; ich zog einmal, zweimal, um sie von mir wegzureißen, und da hatte ich die Haare in der Hand.

„Was ist hier los?" schrie ich, während sie keinerlei Schrei ausgestoßen hatte. Da ertastete und befühlte ich einen Schädel, der war so kahl wie ein Streichholzkopf. Da erschrak ich. Ich befühlte die Ohren und die waren borstig; ich berührte das Gesicht und da standen einzelne, splitterige, grauenvolle Haare, und die Haut war wie ein Reibeisen.

„Iris", murmelte ich, „wer bist du?" und in dem Moment verwandelte sich auch der Duft nach Hecken, Brot und Wicken in einen unsäglichen Gestank. Nicht daß sich die chemische Zusammensetzung geändert hätte; sondern als ob mit in dem Augenblicken die Nasenlöcher aufgegangen wären und ich nun riechen würde, was unter der Oberfläche war: es roch nach Zahnstein, sehr beißend und nicht nach menschlichem, nach Oran-Utan wie im Zoo, aber weiblichen Geschlechts, gemischt mit Sägemehl und Knoblauch.

„Wer bist du?" fragte ich das fremde Wesen, „zeig deine wahre Gestalt!"

„Ich bin Albonea, mein Lieber." Es war die Griechischlehrerin, Frau Studienrat Schaselon. Und inzwischen schlug es deutlich sechs.

Da fiel mir ein, daß ich ein Streichholz hatte. Während ich mir mit der einen Hand den Mund zuhielt und schützte, zündete ich es mit der anderen an, und das erste, was ich sah, war Albonea

Schaselon, auf einem Haufen alter Pappe und Papierfetzen liegend, die Perrücke verkehrt aufgesetzt. Hinter mir hörte ich ein Geraschel, wie von Mäusen oder anderen Tieren; bevor das Streichholz erlosch, sah ich gerade noch Heiligmann und Pfeiflein, die sich aus dem Staub machten. Ich weiß nicht, woher die gekommen waren, noch wann; noch ob sie mit der Griechischlehrerin unter einer Decke steckten; vielleicht waren sie ihre Liebhaber und ich ihr Amüsement. Heiligmann schwenkte einen Korkenzieher. Dann war das Licht aus.

Ich lief auf und davon. Oder vielmehr: das hätte ich gewollt; aber es war so stockdunkel, daß ich kaum aufrecht stehen konnte. Und dabei war ich zum Lernen in die Bibliothek gekommen! Aber das hier war die Höhle der Circe und Iris, vielleicht ohne es zu wissen, das Instrument der Griechischlehrerin, das diese als Köder für ihre sexuellen Zwecke benutzte. Oder sie war selbst zynisch und heimtückisch, machte mit der Schaselon gemeinsame Sache, um die Leute zu ihrem Vergnügen anzulocken und dann bei der Prüfung durchfallen zu lassen. Wie hatte ich sie nur miteinander verwechseln können? Und wo war ich? „Wo bin ich?" sagte ich sogleich. Mit einem bitteren Geruch am Leib und im Mund den Zahnsteingeschmack folgte ich den Windungen des Gemäuers. Ich fand eine Tür und öffnete sie; ich ging durch eine Kammer in Richtung eines Schlüssellochs, aus dem ein Lichtschein kam. Ich klopfte und hörte, wie jemand von einem Stuhl aufstand und mir aufmachte.

Es war ein schmutziges Büro, von den Wänden blätterte der Verputz ab, an einem langen Kabel hing eine Fünfzehnwattbirne. Man trat auf den abgefallenen Verputz, Sand, Kies und Mörtel, die Einrichtung aus Metall lag aufgestapelt, zum großen Teil umgekehrt auf der einen Seite. Der Offiziant dagegen, der mir aufgemacht hatte, trug eine schöne, helle, aufgeputzte Uniform mit einem Rangabzeichen am Ärmel.

Sofort wendete ich mich an ihn: „Schnell bitte. Lassen sie mich hinaus."

Der Kerl trat ganz artig und unterwürfig ziemlich nah zu mir; er musterte meinen Schlafanzug, und seine Nase verzog sich zu schnuppernden Grimassen.

„Schnell bitte", sagte ich, „es wird schon Tag."

Der Kerl ging mir sehr höflich und mit einem kaum angedeuteten Lächeln voraus und führte mich durch eine Passage, wo ebenfalls größte Unordnung herrschte; die Glasschränkchen standen offen und waren voll Vogelnester; und die Bücher lagen haufenweise auf der Erde. Als wir vorbeigingen, flogen Vögel auf, und man hörte pfeifen. Auch der Kerl schien eher zu pfeifen als zu sprechen oder, besser, jedes Wort endete mit einem Pfeifen, wie wenn man einen Jagdhund herbeiruft. Und gleichzeitig hatte sich sein vages, unverschämtes, dümmliches Lächeln verstärkt, so daß ich nicht verstand, ob er von Natur aus stotterte oder ob uns insgeheim etwas verband.

„Gehen Sie da hinüber, immer geradeaus", sagte er und deutete auf einen Gang, worauf er einen schrillen Pfiff folgen ließ. „Gehen Sie da hinüber", und er gab mir einen Schubs, „das ist nicht schwer."

Ich ging weiter, um nicht noch mehr Zeit zu verlieren, aber in Wirklichkeit war ich ein wenig skeptisch. Draußen wurde es wahrscheinlich Tag, aber ich ging hier beim schwachen Licht spärlicher Birnen, ging an einem großen Regal entlang, das den Gang in zwei Teile teilte. Hinter mir hörte ich noch längere und kürzere Pfiffe, und es war mir, als folgte mir auf der anderen Seite der Kerl oder ein anderer an seiner Stelle und spionierte mir nach.

Es vergeht keine Minute, und schon höre ich laut und vernehmlich Hufe klappern, als würde ein Pferd kommen oder als hätte jemand genagelte Schuhe an. Dann riecht es penetrant nach Schaf und hinter mir taucht jemand auf, in dem ich Waldau erkenne; feuerrot und erhitzt, mit gesenktem Kopf. Ohne sich zu fragen, wer überhaupt da ist oder wer ich sein könnte und ob ich unter dem Schlafanzug eine Frau bin oder ein Mann, springt er mich von hinten an und versucht an mit hochzuklettern wie an einem Pfahl, wobei er mit den Füßen kräftig auf den Boden stampft, schnuppert und Schreie ausstößt, die eher nach Pferd als nach Mensch klingen: wahrscheinlich so denke ich, weil er mich mit einer Frau nach seinem Geschmack verwechselt, vielleicht sogar mit der Griechischlehrerin selbst, an der er sein Mütchen kühlen kann. Er hatte sich nämlich mit den Händen an meinen Mund gehängt und versuchte ihn aufzumachen, und zwar mit Gewalt und der Hilfe eines Nagels, den er auf den bewußten

Zahn stützte. Er wollte vielleicht auch meinen Zahn küssen, aber er tat mir fürchterlich weh, weil er mit dem Nagel den Nerv berührte. Ausgerechnet, als er beinahe auf meine Schultern hochgeklettert war und versuchte, sich an den Ohren festzuhalten und hineinzubeißen, springt hinter einem Stoß Bücher, die offenbar eigens in der Form eines Schilderhäuschens oder befestigten Vorpostens aufgestapelt waren, um Sicht auf den Gang zu gewähren, da springt mit einem Satz Accetto höchstpersönlich hervor, mit einem dicken Holzprügel in der Hand, und schlägt ihn damit auf die Stirn. Ich sah ihn mindestens dreimal zuschlagen, und mit einer solchen Kraft, daß ein menschliches Wesen auf der Stelle tot gewesen wäre, der Prügel aber erzeugte einen lauten Widerhall und prallte in die Luft zurück, als wäre er gegen einen hohlen Baumstamm geschlagen worden. Bei einem Rückprall landete er leider genau zwischen meinen Lippen und der Wange, wo Waldau den Nagel aufgestützt und wo Albonea Schaselon mich geküßt hatte; der Schlag erschütterte meinen Zahn und riß ihn mir beinahe aus dem Mund; dies war der schlimmste Schmerz der ganzen Nacht.

Waldau sprang hinunter, hatte aber gar nichts gespürt, er wurde weder ohnmächtig noch starb er, vielleicht wurde einzig und allein seine unvernünftige und indiskriminierte Lust ein wenig gebändigt. Er hatte nämlich beim ersten Schlag vor Überraschung einen Satz nach rückwärts gemacht, wobei er aber keine Miene verzog und mit seinen genagelten Schuhen einen Riesenkrach machte. Beim zweiten Schlag hatte er dann versucht, den Stock im Herunterkommen mit seinem Kopf wie mit Hörnern nach oben zu stoßen und zu spalten; aber der Stock war ganz geblieben, und ihn, Waldau, hatte die Erschütterung nicht einmal ins Wanken gebracht, er hatte nur ein wenig gemuht. Der dritte Schlag muß ihm aber alles umgedreht haben, was er im Kopf hatte, auch wenn weder die Haut noch der Knochen seines Schädels das Geringste davon abbekommen hatten. So muß der dritte Schlag wohl seine Vorurteile angefochten und ihm zum Nachdenken bewogen haben; er muß mich nachher mit einem besseren Unterscheidungsvermögen gemustert und erkannt haben, daß ich weder eine Frau noch die Griechischlehrerin war, obwohl ich genauso roch; ihr Geruch hatte sich unzerstörbar und mit solcher Schärfe auf mich übertragen, daß die Verwechslung zum Teil sogar gerechtfertigt war. Ich selbst spürte, wie er mir von den Füßen und Beinen in den Kopf stieg und noch höher; ich roch nach Blattwanze und Bleichmittel. Waldau entzückte dieser Geruch offenbar, oder er erinnerte ihn an ein vergangenes Schäferstündchen oder galantes Stelldichein im Schatten der Bücher, wenn man so sagen kann.

Es erfolgte dann noch ein vierter Schlag, der ihn anscheinend vollends zur Einsicht bringen und an seine Pflichten als Nachtwächter mahnen sollte. Wahrscheinlich war das hier drinnen üblich, drei Schläge zwischen die Hörner, um einen von seinem Vorhaben abzubringen, und der vierte, um ihn zu erleuchten, sein Gewissen als Staatsbeamter wieder zu wecken. Aber der letzte Schlag, didaktischer gedacht als die anderen, traf auf ein Regal, auf seine vielleicht ein wenig zerbrechliche und ein wenig wurmstichige Rückwand, an der die einzelnen Borde befestigt waren; die stürzten nun alle zusammen herunter auf Accetto und zum Teil auf Waldaus Buckel. Dahinter versteckt war der Kerl, der mir den Weg gezeigt hatte; es war Klagebrecher, wie mir augenblicklich klar wurde, der sich erhob und aus dem Staub machte. Einige Bände erhoben sich wie eine Lawine bis vor meine Füße. Trotz des Tohuwabohus und des Geschreis, trotz Waldaus Getrappel und meiner durchdringenden Zahnschmerzen; obwohl in dieser Schlächterei der Bücher der Hauptschuldige Accetto, immer mehr aus der Fassung kam, obwohl Mäuse, Murmeltiere, Siebenschläfer, Smaragdeidechsen nach allen Seiten davonliefen und ein Wespennest gefährlich schwirrte, trotzalledem bückte ich mich wie von meiner Pflicht gerufen und versuchte eins aufzuschlagen, Titel zu lesen, ob mir nicht vielleicht das Glück doch noch lachen wollte. Aber ich hätte taub und auch blind sein müssen, denn genau da, ausgerechnet vor meinen Augen hatte sich Waldau mit seiner knotigen Stirn und mit seiner Nase, die wie ein Knochen aussah, auf den zwischen den Büchern liegenden Accetto gesetzt wie auf ein Pferd und tat nun so, als würde er galoppieren, wobei er Accettos Hals eng umschlang, während durch die Stöße noch einmal drei Meter des Regals einstürzten und die Bücher in der Luft zerfleddert wurden wie Gänseblümchen oder am Boden von den zwei Streitenden zertreten, da sie mitten durch die Bücher wateten. Außerdem befanden sie sich mitten in einem Schwarm auffliegender Tiere, darunter Fledermäuse, Waldohreulen, Lerchen, die offenbar hier ihre Nester hatten und deren Wohnungen nun zerstört waren. Ich kann mir nicht vorstellen, was noch alles passiert wäre, wenn nicht die Wespen durch den Geruch den Schuldigen ermittelt hätten. Vereinzelt waren sie auch in meine Nähe gekommen, aber mein Geruch hat sie wohl nicht überzeugt oder vielleicht sogar angewidert. Der ganze Schwarm umzüngelte Waldau, der wie ein Wahnsinniger wegraste; und Accetto hinter ihm drein, um ihm den Gnadenstoß zu geben.

Ich schaute um mich. Der pfeifende Kerl war nicht davongelaufen; ich sah ihn halb verdeckt auf einer kleinen Staffelei sitzen, und er sah so zufrieden aus, als käme er aus dem Theater.

„Hören Sie, hören Sie mal", rief ich, denn allein wäre ich fast im Büchermorast versunken, da ich mitten im Erdrutsch steckte. Bereitwillig kam er näher. „Sie sind also Herr Klagebrecher!"

„Ja, zu Diensten", sagte er.

„Das hab ich mir gedacht." Ich war beinahe rasend vor Wut. „Sie haben mit Ihrem Gepfeife Ihren Kollegen auf mich gehetzt."

„Vor allem", antwortete er, „selbst wenn ich ein klein wenig gepfiffen haben sollte, wäre ich gar nicht fähig, ihn auf jemanden zu hetzen. Diese Fähigkeit haben Sie, Sie selbst, wenn Sie gestatten, man riecht es schon aus der Ferne, und Sie haben sie immer noch, man braucht nur eine Nase zu haben." Bei diesen Worten grinste er amüsiert und zwinkerte mir zu. Es war also nichts geheimgeblieben, das wurde mir klar; ich bückte mich, um mich zu beriechen, und wurde rot. Und er sagte: „Sie brauchen sich nicht zu schämen, Sie sind noch unerfahren." Und da ich nichts sagte, erklärte er mir, die Griechischlehrerin mache mit allen dasselbe; sie habe weiche, gefederte Pappe in einem Raum im Tiefparterre gebracht; das wüßten, so sagte er, hier drinnen alle; aus Zeitungen habe sie Bettücher angefertigt; manchmal bringe sie auch den Direktor dorthin und manchmal, wenn es ihr glücke, die Neuankömmlinge, die sich auf der Suche nach einer Bibliographie verirrt hätten. „Sie ist immer dort, jede Nacht", sagte Klagebrecher; „sie wird wohl eine Kunst beherrschen, denn sie ist ja unbestreitbar häßlich wie Nacht. Manche sagen, daß sie Bücher kennt, die einen aus der Fassung bringen, mit lauter zweideutigen Wörtern, die bei den Männern die Erotik anregen. Manche sagen auch, sie sei fähig, die fünf Sinne zu täuschen. Ich weiß aber, was sie dazu verwendet: die sexuelle Anziehungskraft der Pheromone!"

Bei dieser abstrusen Bezeichnung runzelte ich die Stirn: „Die Pheromone? Was ist denn das?"

Er freute sich, mit seiner spezifischen Kompetenz prahlen zu können. „Wenn Sie wollen, es gibt auch Bücher, in denen das erklärt wird; aber wenn Sie wollen, kann ich's Ihnen erzählen."

„Kurz und bündig", sagte ich zu ihm, „erzählen Sie's mir, aber kurz und bündig und im Gehen."

Er setzte sich aber auf die Überreste einer Enzyklopädie, und auch ich wurde aufgefordert und gezwungen, mich zu setzen. „Viel gibt es nicht zu sagen über Frau Studienrat Schaselon; aber Sie müssen wissen, mein Herr, daß sie eine unglückliche Liebesaffäre gehabt hat, wie es in derlei Fällen immer ist. Sie war damals noch jünger, noch nicht lange Studienrätin und noch nicht so stark behaart; aber auf jeden Fall hatte sie von den Pheromonen keine Ahnung. Er dagegen war ein berühmter Verführer, einer mit Methode, und seine Methode hat Schule gemacht. Sie werden wissen, daß bei vielen Tierarten die Männchen ihr Terrain mit Geruchsignalen markieren, um die Konkurrenten von ihrem Vorhaben abzubringen und das Weibchen erotisch anzumachen.

In unserem spezifischen Fall streute Titus Sedulius, der Verführer, beim Gehen heimlich seine Schlaken aus, in denen, wie man weiß, die Geschlechtspheromone in konzentrierter Form enthalten sind. Das war ihm zwar wissenschaftlich nicht bekannt, aber er folgte dem Urtrieb seines Blutes; er fand alle anderen Verfahrensweisen immer unehrlich, unnatürlich und schwer deutbar für Frauen. ‚Ich will durchschaubar sein', sagte er; ‚ohne Umschreibungen.' Also deponierte er abends seine Signale auf den Türschwellen der jungen Damen, so daß diese Zeit hatten, es sich zu überlegen und über den Luftweg die Wirkung seiner Pheromone zu spüren. Wurde er eingeladen, so begab er sich unverzüglich zu der betreffenden Dame. Freundlich betrat er die Wohnung und verhielt sich korrekt wie ein richtiger Herr; bei ihm gab es keine Anspielungen, keine galanten Avancen, keine kompromittierenden Geschenke; keine tiefen Blicke oder Versprechungen, kein kleines Streicheln, keine Federn, keine Handküsse, kein Kneifen. Sowie er für eine Dame etwas empfand und eine klare Zuneigung spürte, erhob er sich, bat mit der gebührenden Rücksicht um Entschuldigung und ging in die Toilette, um dort seinen Heiratsantrag zu deponieren.

Was er bei Frau Schaselon gemacht hat, weiß man genau. Er betrat ihr Haus als ein äußerst ehrenwerter Gast. Sie schätzte sein Savoir-faire und seine gebildete Diktion. Außerdem erschien er ihr äußerst diskret. Sie plauderten über schöne Dinge und dabei schaut die Dame auf seine Hände: sie gefallen ihr; es sind schmale, wohl erzogene Hände. Frau Schaselon läßt ihn Platz nehmen und bietet ihm eisgekühltes Zitronenwasser an, das er mit den Worten trinkt, er habe wirklich großen Durst. ‚Noch ein wenig?' fragt sie. Er antwortete: ‚Ja, bitte', denn er hatte beschlossen, sich zu erklären. Daß die Schaselon innerlich bewegt war, gewissermaßen in ängstlicher Erwartung, war offensichtlich. Sie steht also auf, um in der Küche die Flasche zu holen, und bittet um Entschuldigung, das sagt sie mit einer Stimme, die nur heißen kann: ‚Erkläre dich und du bekommst ein Ja.' Dann geht sie leicht errötend hinaus. Wie lange mag sie ausgeblieben sein? Eine Minute oder anderthalb; sich einen Moment in den Spiegel im Flur geschaut, den Lippenstift begutachtet, den hinaufgerutschten Unterrock hinuntergezogen, einen umfassenden Blick auf das Kleid samt Reißverschlüssen, Häkchen, Knöpfen und Halsausschnitt geworfen, wenig mehr. Höchstens zwei Minuten oder drei.

Dann kam sie mit der Flasche Zitronensirup zurück, und in ihre Nase stieg ein derartiger Gestank, daß sie erschrak. Und er machte große Augen dazu und sagte kein Wort, so erzählt sie insgeheim allen Freundinnen und Kolleginnen. Und der Gestank wurde immer stärker und gnadenloser, anstatt sich zu verflüchtigen, in diesem Fall hätte sie ihm nämlich verziehen. Sie errötete, stotterte, war nicht imstande, das Wasser ins Glas zu gießen, die Eiszange fiel auf den Boden, dann auch das Eis und der Eisbehälter, und er sagte kein Wort und schaute sie nur an. Bis ihr die Tränen in die Augen traten. Sie war schon einmal verheiratet gewesen, aber ein derartiger Geruch, sagt sie, sei ihr nie und nimmer untergekommen. Da trocknete sie sich die Augen mit einem Taschentüchlein und hielt es sich dann vor den Mund und schaute ihn so verloren an, als wäre er der Scharfrichter und sie ein kleines Mädchen. Und sie war nicht mehr die Allerjüngste. Aber das Erstaunlichste war folgendes: daß er sich aufrichtete wie einer, der alles gesagt hatte, wie einer, der sich erklärt hatte und nun auf Antwort wartete. Und machte solche Augen! Die fielen ihm beinahe aus dem Kopf und sprühten Feuer. Dann dachte sie, er habe vielleicht Beschwerden wegen der vielen Eiswürfel, und versuchte ein Lächeln, das heißen sollte: ‚Spielt keine Rolle, ich versteh schon.' Daraufhin erhob sich Sedulius strahlend, denn er dachte, die Pheromene hätten schon zu wirken begonnen; auch die Schaselon erhob sich und sah genau zwischen dem Sofa und der Stehlampe eine große Kacke liegen. Diesmal wurde sie weiß, deutete mit dem Finger darauf, und wenn sie nicht bei sich zu Hause gewesen wäre, wäre sie laut schreiend davongelaufen. Sedulius drehte sich nicht einmal um, sagte nicht: ‚Die ist von mir', sagte nicht: ‚Entschuldigen Sie'; er stand da, steif wie ein Stockfisch, und wartete; sie wußte nicht auf was. Dann lief sie in die Toilette und schloß sich ein; Sedulius klopfte: ‚Machen Sie auf! Ich habe mich erklärt. Und Sie?' Sie kam erst spät in der Nacht wieder heraus; Sedulius war gegangen.

Dann mußte sie sein Werben über sich ergehen lassen; alle Nachbarn beschwerten sich. ‚Wer ist denn der Kriminelle, der unverschämte Kerl?' sagten sie, wenn sie seine Erklärungen im

Vorgarten, im Treppenhaus, auf den Fußabstreifern vor den Wohnungstüren fanden. Sie wußte es, aber weil sie sich schämte, hat sie ihn nie angezeigt. Und trotzdem dachte sie immer an ihn; er war ihr ständiger Gedanke, es war eben Liebe. Aber weil sie damals noch schüchtern und naiv war, fürchtete sie sich vor der Meinung der Hausbewohner. Sie blieb zu Hause, quälte sich und träumte, aber auf seine Frage hat sie ihm nie geantwortet.

Titus Sedulius aber hatte seinerseits eine polymorphe Sexualität, die ein einziges Objekt als Verarmung empfunden und nicht ertragen hätte. Oft ging er nachts in den Schulhof eines Mädchengymnasiums und legte dort auf den Stufen einige seiner Ostereier, wie er selbst seine Pralinen volkstümlich nannte. Morgens eilte er dann zum Schulbeginn und sah nach den Gänschen, die einen Bogen machten und schnatterten und sagten: ‚Pfui Teufel! Das stinkt! Wer wird denn das gewesen sein?' Und er rief in der Tiefe seines Herzens: ‚Ich bin's, ich bin's gewesen. Ihr seht die Ostereier doch oder nicht?' Und er genoß es, die Schar Gänse in Aufruhr gebracht zu haben, denn nach seiner Ansicht war es klar und selbstverständlich, daß seine Botschaften hießen: Ich bete euch an. Es machte ihm auch Spaß, das weitere Geschick seiner Erzeugnisse zu verfolgen; dabei tat er so, als würde er an der Haltestelle vor der Schule auf den Bus warten. Die Direktorin kam heraus und besah mit großer Strenge seine zwei oder drei Reliquien. Die Mädchen hatten sich inzwischen alle im Schulhof versammelt, laut schwatzend und aus dem Häuschen, sie blieben aber hinten stehen, als wären Minen im vorderen Teil. Einige kamen noch mit ihren Mofas angefahren, die Bücher an den Sattel gebunden; und sie wurden sofort eingeweiht: ‚Stell dir vor, heute früh, auf den Stufen!' Sie glaubten es nicht, wollten selbst sehen: ‚Aber nein! Wo denn?' und sie näherten sich dem Ort und bückten sich: ‚Pfui Teufel, pfui Teufel!' Und die Neuangekommenen rannten zu den anderen, machten ihre Glossen, nannten Namen von bekannten Weiberhelden, von Liebhabern und Verlobten. Verzückt hörte er sich alles an. Dann rief die Direktorin das Personal, es erschienen einige weibliche Pedelle, die selbst überrascht waren. ‚Aber wer war's denn? und wann? jetzt? heute Nacht?'

‚Ein schamloser Kerl, sonst nichts!' ‚Wer hat ihn hereingelassen?' ‚Das Schultor war offen.' ‚Aber dann kann ja jeder herein und tun, was er will.' Und es entstand eine allgemeine Debatte, alle standen herum und diskutierten: auf der einen Seite ernst die Direktorin und besorgt die weiblichen Pedelle vor der Tür, auf der anderen die Mädchen, alle Klassen, die sich nicht aufraffen, an dem Zeug vorbei- und hineinzugehen, sondern lachten und einander zu ihrem größten Spaß gewisse Wörter ins Ohr flüsterten.

Da ließ die Direktorin Sägemehl bringen und alles zudecken, darauf befahl sie den Mädchen: ‚Hineingehn!' Und die Mädchen, die einen mit einem kurzen Sprung, die anderen mit einer seitlichen Schwenkung, sich vorsichtig Röcke und Fransen haltend, umgingen das Hindernis; während er, Sedulius, vom Pfahl der Haltestelle aus die Bewegungen und das Sägemehl betrachtete, unter dem er seine longa manus noch hervoräugen sah.

Darauf kamen eiligst Schaufeln und Besen, und die Frau Direktorin dirigierte das Werk der Säuberung und der Trockenlegung: es sollte nicht die geringste Spur und nicht die geringste, fernste Erinnerung daran zurückbleiben.

Die Pheromone aber wirken, sind sie erst einmal in der Luft, auf gänzlich unerwartete und merkwürdige Art und Weise. Die Direktorin beispielsweise setzt sich, wieder ins Direktorat zurückgekehrt, mit großem Ernst nieder und sie spürt, wie ihr ein Gedanke, zunächst widerstrebend und bebend die Schlagader hochsteigt, ihr die Kehle zuschnürt und über die Gehirnarterie in ihren Kopf gelangt. Sie denkt, sie sei es selbst, die ihn denkt. Sie täuscht sich, denn es sind die Moleküle der Pheromene des Titus Sedulius, die ihre Synapsen anstecken und sie auf diesen Gedanken bringen. Die Direktorin beginnt nämlich zu denken, daß sie den Urheber dieser Unflätigkeiten von Angesicht zu Angesicht sehen möchte. Aber sie denkt nicht gelassen daran; während sie daran denkt, beginnt sie zu keuchen, so daß sie schließlich ihr Privatschränkchen öffnet und sich, nach einem Blick in die Runde, ein Schnäpschen genehmigt."

„Ja, genug, ich hab's verstanden", sagte ich; die Zeit verging.

Klagebrecher gab sich nicht geschlagen: „Man muß sagen, daß Sedulius auf jeden Fall, wohl oder übel, entweder direkt oder beim Rückstoß irgendeine Bresche schlug. Frau Schaselon hat diese Methode von ihm gelernt, am eigenen Leib; und wenn es geht, wendet sie diese Methode bei jedem an, der ihr unterkommt; nicht dem Buchstaben nach, denn sie ist ja eine Frau, aber die chemische Seite hat sie sich angeeignet."

Ich stand auf: „Ja, es reicht; ich hab schon verstanden, ihre Pheromone werden es gewesen sein; lassen Sie mich jetzt gehen."

„Und über die Drüsen von Frau Schaselon wollen Sie nichts wissen und über ihre Desoxyribonukleidsäure und über ihre Gameten? Ich könnte Ihnen eine Lektion erteilen und viele Beispiele erzählen, denn ich interessiere mich für dieses Fach, mache Experimente und stelle Statistiken auf, über die ich später eine Abhandlung schreiben werde."

„Nein, danke", sagte ich verzweifelt, „es ist interessant, aber ich kenne mich gar nicht aus, ich weiß gar nichts, ich bin nur ein Opfer."

„Hier, lesen Sie das: ich bin dabei, Daten zu sammeln", und er drückte mir ein Heftchen in die Hand. „Wenn Sie völlig unbeleckt sind, hier finden Sie das Grundwissen."

Aus reiner Nachgiebigkeit hab ich's im Stehen aufgeschlagen.

Haarige Frauen

Eine schöne, kräftige Deutsche aus Baden-Baden von etwa sechsunddreißig Jahren war in allem eine vollkommene, ja überzeugende Frau, aber sie hatte einen braunen, runden, sehr langen Bart, der wie ein Besen aussah. Sie stammte aus einer stark behaarten Familie. Ihr Vater hatte auf der Nase und im ganzen Gesicht ein Fell wie ein Kurzhaardackel; die Mutter hatte am ganzen Körper glattes, langes Haar, so daß sie, selbst wenn sie splitternackt dastand, ein Hemd anhatte. Vater und Mutter stammten aus demselben Dorf an der Ostsee, wo alle Leute noch weitaus behaarter sind und die Behaarung zu einem zottigen und so dichten Fell zusammenwächst, daß man Mühe hat, in ihnen noch menschliche Wesen zu erkennen. Im Alter werden sie weiß und ähneln Eisbären, mit dem Unterschied, daß sie Glatzen nach unserer Art bekommen, das heißt nur auf dem Kopf, der daher gelblich und glänzend erscheint, als wäre er aufgeklappt.

Dies ist ein keineswegs seltener Fall von örtlich begrenzter Hypertrichose. Auch Julia Pastrana aus Mexiko war von einem wahren Dickicht langer abstehender Haare bedeckt; sie starb 1860 in Europa, nachdem sie ein männliches Neugeborenes mit kohlschwarzer Körperbehaarung sowie der Andeutung eines hinteren Schwanzes zur Welt gebracht hatte, welches niemals heiratete. Ein britisches Fräulein aus Greenwich dagegen, ungefähr zwanzig, anmutig und gesittet, hatte einen feinen, goldblonden Bart von vier oder fünf Zentimeter Länge. Sie strich sich mit so leichter, langsamer Hand darüber, als liebkoste sie jemanden, zum Beispiel einen Liebhaber; und sie lächelte vor passiver Lust, wenn sie ihre Frauenhand im Gesicht spürte. Es schien, als freute sie sich heimlich an der schönen Zier.

Der vierte Fall, der zu beachten ist, ist der einer fünfzigjährigen adeligen Dame aus Orvieto; niemand in der Familie wußte, daß sie einen Bart hatte, denn sie rasierte sich jeden Morgen, bis auch der winzigste Schatten jeglichen Härchens verschwunden war. Als sie wegen einer Krankheit mehrere Wochen das Bett hüten mußte, sproß der so viele Jahre lang beschnittene Bart mit solcher Macht und Stärke hervor, daß der zu einer Visite eingetretene Hausarzt glaubte, einen Kapuziner vor sich zu haben.

Wütend schlug ich das Heft zu und gab es ihm mit diesen Worten zurück: „Bravo, sehr gut, mein Kompliment, aber ich muß jetzt eiligst weg." Und um nur dieser Irreführung und diesem Verfolgungswahn zu entfliehen, wagte ich mich allein weiter und dachte, irgendwo würde ich schließlich hinkommen. Ich sah schief hängende Schildchen: Mathematik, Chemie, Buchhaltung, Kunstgeschichte. Ich nahm mir ein Buch: herausfiel schwarzes Sägemehl, das wie Buchstaben aussah, die sich wie Schuppen aus getrocknetem Lack loslösten. Ich schüttelte sie ab wie Staub, das Buch war unlesbar. Ich schlug andere auf; eines war leer, es war eine Schachtel; darin lagen Schnipsel aus Zeitungspapier und Überreste von Insekten. Ich klopfte an eine Reihe Bücher; überall klang es hohl; aus einem flogen ein paar Spatzen heraus; ein anderes war mit Stroh ausgestopft; in wieder einem anderen waren Nußschalen und vielleicht einige Eichhörnchen.

Die Gänge waren menschenleer, und die Unordnung wurde immer größer: haufenweise Bücher auf der Erde, als wäre der Boden vor kurzem gepflügt worden oder die Erde hätte gebebt. Unter das Papier gemischt lagen Tischbeine, Glasscheiben, Schranktüren, Holzsplitter. Es sah aus wie nach einem Vulkanausbruch im Präkambrium, als sich das Eruptivgestein, das erste Sedimentärgestein, bildete, die Erdrinde Falten warf und der freie Sauerstoff nicht einmal ein Prozent erreichte: es war die Zeit der Invertebraten. Die Luft war so dick und mit Schweiß getränkt, daß einem beinahe übel wurde. Und es roch nach verwesendem Holz. Die Bücher waren hier schwarz; wenn man sie anfaßte, zerbröckelten sie wie Torf, außerdem enthielten sie Metangas und andere Gase, so daß ich Angst hatte, ich würde durch das Einatmen die Besinnung verlieren. Nur in manchen Augenblicken sah ich in der Ferne ein Lichtlein erscheinen und wieder verschwinden und meinte, dort hinten müsse irgendwo Geheimrat Sumpfer stehen. Dann lief ich ihm entgegen, um mir von ihm den Weg nach draußen zeigen zu lassen; aber ich verirrte mich immer mehr. Es gab Türen, die aus Holz und verschlossen oder zugemauert waren, dahinter vernahm ich Röhren und Zischen, außerdem hörte ich Brüllen, Galoppieren und unaufhörlich Bellen; ich hatte Angst, bei diesen dünnen Mauern aus durchlöcherten Ziegelsteinen und diesen zugenagelten Türen könnten auf einmal große Risse aufklaffen und die Nägel locker werden, und sie könnten dann dem Druck des ganzen giftigen überquellenden Zoos dahinter nicht mehr standhalten; ich hatte Angst, die Stützen könnten zusammenbrechen und der ganze höllische Dschungel könnte herüberschwappen mitsamt seinen Ameisenbären, Basilisken, Chamäleonen, Drachen, Eseln, Fuchsschwänzen, Grasmücken, Hirngespinsten, Ibissen, Krokodilen, Larven, Meerkatzen, Nashörnern, Ottern, Pillendrehern, Quadrumanen, Rotkehlchen, Steinbeißern, Totengräbern, Unken, Vipern, Zecken. Wie eine Staubwoge hätten sie mich umgerissen und mit mir meine noch verbliebenen Hoffnungen, aus dieser rätselhaften und ausweglosen Einsamkeit herauszufinden. Ich wäre darin ertrunken.

Auf einmal kam aus einem Loch, hysterisch bellend, ein streunender Hund, der mich in die Füße oder in die Knöchel zu beißen versuchte; er war ganz winzig, aber so aufdringlich und grimmig, daß ich ihn mir nicht vom Leib schaffen konnte; er hatte sich an den Saum meiner Hose gehängt und zerrte. Ich versuchte ihn mit Fußtritten zu verjagen, bis ich beim Rückwärtsgehen mit einem Bein in einem nicht tiefen, klebrigen Loch steckenblieb; nur mein Schuh war drin, kam aber nicht mehr heraus, der Hund knurrte immer noch gegen den anderen, biß mich in den Fuß und zerrte an meinem Hosenbein. In dem Loch war eine Art klebriges Pech, eine Art Fliegenleim, der Schuh klebte fest. Und genau neben dem Loch saß, wie ich bemerkte, jemand auf einem Schemel; er schaute und sagte nur: „Guten Tag." Da sagte ich sofort: „Um Himmels willen, befreien Sie mich doch von diesem verdammten Bastard!" Ich hatte Angst, das Gleichgewicht zu verlieren und umzufallen, ohne mich noch verteidigen zu können, und womöglich blieb ich dann ganz kleben. Er machte ein teilnehmendes und verständnisvolles Gesicht, rührte sich aber nicht vom Fleck; mit einer langsamen Höflichkeit, die hier fehl am Platz war, stellte er sich vor, nannte seinen Vornamen und seinen Nachnamen, während ich mit einem Bein in der Luft herumhampelte und das andere krampfhaft aus dem Loch herauszuziehen versuchte. Er war Bisolf, der Aufseher, von dem ich schon gehört hatte, und weil mir wieder einfiel, was Sumpfer über ihn gesagt hatte, begann ich, obwohl ich beschäftigt war, nach Geld zu suchen und ihm welches zu versprechen. Er sagte: „Nein, nein, machen Sie sich keine Umstände; nur wenn Sie ein wenig Kleingeld hätten, höchstens ein paar Münzen; das kann man immer brauchen, im Bus oder im Café." „Warten Sie, ich geb Ihnen was", sagte ich, in der Zwischenzeit hatte aber der Hund nicht lockergelassen, und das klebrige Zeug war so hart geworden wie Beton. Aber meine Taschen waren, ich weiß nicht wie, alle zugenäht; ich versuchte die Hände hineinzustecken, aber es half nichts, es war, wie wenn man beim Schneider einen neuen Anzug probiert. „Ich habe keine Taschen mehr", sagte ich verwirrt und beklommen. „Macht nichts, macht nichts", antwortete dieser Bisolf, immer noch sitzend, „lassen Sie sich nur Zeit."

Als ich mich dann abtastete, fand ich doch noch ein Täschchen, von dem ich aber gar nichts wußte, gerade als wäre meine Jacke auf einmal die Jacke eines anderen geworden; und zu meiner eigenen Überraschung zog ich dürre Blätter, Fäden, eine Sicherheitsnadel, eine mit Gaze umwickelte Locke, ein Kämmchen, Lose, ein Siegel und einen Vorhangring heraus. „Aber was hab ich denn da für Zeug?" sagte ich selbst. Und er: „Lauter Zeug, das man brauchen kann, man kann nie wissen; geben Sie her, nur her damit, danke." Der Hund hatte sich ein wenig beruhigt. Dann kam noch ein Korken, eine Feder und ein Streichholz zum Vorschein. „Das taugt zum Feuermachen", sagte er und nahm alles, „das zum Schreiben, das für den Notfall." Den Knopf und die kleine versilberte Medaille, die ich ihm dann noch gab, schaute er sich genau an und schien erfreut. „Helfen Sie mir heraus", sagte ich. „Ja, sicher, ich zeige Ihnen, wie's geht: Sie ziehen Ihren Fuß kräftig hoch, und ich passe inzwischen auf den Hund auf." Ich zog, und er ließ eine dürre Weidengerte durch die Luft pfeifen; sowie der Hund das Pfeifen hörte, war er auf und davon. Ich zog weiter in alle Richtungen, bis sich, bald dahin bald dorthin gezerrt, die Sohle abtrennte. Mein Fuß war von nun an unten unbeschuht.

„Wo sind wir hier eigentlich?" fragte ich.

„Na ja", sagte er, „das ist eine schlimme Gegend; hier haben wir den Überblick verloren"; — und auf eine offene, aus den Angeln gegangene Tür zeigend — „von hier an finden Sie nichts und niemand."

Da deutete ich auf den Gang.

„Gehen Sie da nicht hin, ich rate Ihnen ab; dort hat es einen großen Bücherrutsch gegeben, schuld ist die Erosion an den Hauptfüßen der Regale; das Dröhnen und die Stoßwelle war überall zu hören und zu spüren. Es war eine Katastrophe; alle Bücher auf einer Fläche von vielen Dutzend Metern sind mitgerissen worden, der Staub und die Trümmer waren so dicht, daß man sich viele Tage lang nicht einmal in die Nähe wagen konnte; vielleicht ist die Wolke ein wenig radioaktiv. Man kann nie wissen. Und auch andere, weit weg gelegene Säle sind in Mitleidenschaft gezogen worden: Mauern, Decken, Fußböden und Menschen ..."

Ich schaute in die entgegengesetzte Richtung.

„Auch dorthin gehen Sie lieber nicht, ich rate Ihnen ab", sagte er, „dort hat sich im Boden ein Loch geöffnet, das direkt in die Kanalisation geht; es riecht nicht gut, und wer aus Versehen hinunterrutscht, der kommt nie mehr hoch unter die Lebenden; er paßt sich seiner neuen Umgebung an, macht sich unkenntlich und wird in der Farbe und im ganzen Aussehen einem Toten ähnlich."

Ich sah mich um.

Und er: „Ich rate Ihnen davon ab, unter den Büchern herumzustöbern; es gibt Schimmelarten, von denen bekommt man durch Einatmen Asthma, Heuschnupfen, Hautallergien, Akne, Infektionen, wenn nicht noch Schlimmeres. Es gibt Schimmelarten, die Augen und Ohren befallen: sie dringen ein, und die Augen blasen sich auf wie Krötenaugen; die Ohren rollen sich ein und werden taub. Wenn solche Schimmel in den Mund, in den Speichel geraten, dann bekommt man Halluzinationen: man glaubt zum Beispiel, man habe die Prüfungskommission auf den Fersen, die einen einfangen und prüfen will, aber inzwischen klebt einem der Mund zusammen wie Klebstoff und man bringt kein Wort heraus, sondern nur Truthahngekoller und Leimblasen, bis man schließlich wehrlos zu Boden fällt, weil einem der Atem ausgeht, eine Zeitlang atmet man dann noch durch die Poren und improvisierte Kiemen, dann geht man unter, ohne ein Wort gesagt zu haben."

„Aber irgend was muß ich noch lesen vor morgen früh", sagte ich schwitzend.

„Vom Lesen rate ich Ihnen ab: bei dem schlechten Licht und bei so einer Unordnung verliert man ja den Mut und muß verzweifeln; die Bücher sind hier nie ganz, man weiß nicht, wovon sie handeln, es sind irgendwelche Wörter, die die Leute in Verwirrung stürzen, und wer sie geschrieben hat, möchte sich nur ein wenig großtun. Ich rate Ihnen davon ab, sich wegen nichts und wieder nichts abzumühen und sich dann noch beißen zu lassen; die Hunde, die in der Dunkelheit leben, haben die Tollwut und sind bissig; es hat keinen Sinn, den Helden zu spielen, dabei holen Sie sich nur den Ruf eines Dummkopfs und riskieren Leib und Leben, wenn Sie nicht geimpft sind."

„Aber was? nicht einmal lesen?"

„Nein, und ich rate Ihnen sogar davon ab, ein Buch aufzuschlagen; Sie können schlimme Überraschungen erleben: Racheakte anderer Leser wie etwa Pravaz-Spritzen, Federmechanismen mit scharfen Spitzen; Arsen, Knallfrösche, Rasierklingen, mit Infektions-, Vergiftungs-, Blutvergiftungs- und Todesgefahr."

„Aber ist denn niemand da, der etwas weiß? Gibt's denn keinen Verantwortlichen?"

„Es gibt einen Direktor, aber das nützt nicht viel."

„Bringen Sie mich zu ihm, um Gottes Willen", ich gab ihm eine kleine schon verfallene Münze, das Letzte, was ich in der Tasche hatte.

„Hinbringen kann ich Sie ja" — und wir gingen durch ein verborgenes Pförtchen in der Wand; ich hinkte wegen meines sohlenlosen Schuhs — „obwohl ich Ihnen garantiere, es hat keinen Sinn; er interessiert sich nicht für die Bibliothek als solche, er hat andere Interessen."

„Was soll denn das heißen?"

„Der Direktor heißt Wohlmut; manche sagen, er ist ein Genie; ich sage, er ist keins. Er erfindet jede Nacht, vielleicht sogar Bedeutendes; aber dabei läßt er zu, daß die Bibliothek verrottet und zu einer Gefahr wird. Wer weiß! Vielleicht ist es ja besser so. Er hat in seinem Kabüffchen ein wissenschaftliches Labor zum Experimentieren zusammengetragen und möchte die große Erfindung des Jahrhunderts machen, die für immer in die Bücher der Menschheit eingehen wird. Der Sohn von Accetto, der Arme, Feltrin heißt er, muß als sein Schüler und Gehilfe herhalten; sein Vater, der Witwer ist, hat ihm diese Karriere schon von Kind auf zur Pflicht gemacht, damit er jemand wird auf der Welt. Und so bringt er ihn jede Nacht in das Kabüffchen des Direktors, wo auch ein Feldbett steht. Deshalb ist der Arme immer blaß und mager geblieben, weil er nicht ißt und kaum schläft. Man hört sie die ganze Nacht rumoren; man hört es knallen, sieht Rauch und Dampf herauskommen, manchmal auch Feltrin, halb vergiftet, und den Direktor, der laut und lange flucht. Er erfindet mit wechselndem Rhythmus, das hängt wohl mit der Wetterfühligkeit zusammen, und wenn er etwas erfindet, ruft er alle herbei. Dann kommen alle angelaufen, mitten unter den lärmenden Hühnern, Katzen und Hunden. „Ich hab's, ich hab's", hört man ihn schreien, „das ist die Erfindung des Jahrhunderts!" Und strahlend kommt auch Accetto gelaufen, denn er hofft, ein wenig Ruhm würde auch für seinen Sohn abfallen und ein klein wenig auch für ihn selbst; also kommt er angelaufen mit seinen zwei Gehilfen; die den Direktor jubelnd in die Luft heben und wie gewöhnlich übertreiben, da sie ihn dann übelst fallen lassen und halb zum Krüppel machen; und vor Begeisterung werfen sie auch den Sohn in die Luft, der, da er so leicht ist, bis zur Zimmerdecke fliegt, wo er sich den Kopf anschlägt und dann halb ohnmächtig herunterfällt und stammelt: „Danke, aber so ist es genug." Dann greift der Vater ein, einerseits erfreut über den Ruhm, der sichtlich im Entstehen ist, aber andererseits ein wenig verstimmt durch Pfeifleins und Heiligmanns wenig wissenschaftlichen Freudenausbruch. Es kommt zu Wortwechseln und Protesten, Accetto schlägt mit seinem Millimeterlineal bald nach rechts bald nach links, bis wieder Ruhe herrscht. Und da wird Professor Rasor gerufen, um ein Urteil abzugeben. Kennen Sie ihn?"

„Ja, den kenne ich."

„Tatsache ist, daß Direktor Wohlmut bis jetzt nur erfunden hat, was schon erfunden ist. So sieht es wenigstens aus. Wenn ihn Rasor darauf hinweist, dann bäumt er sich sofort auf. ‚Scheiße!' sagt er, ‚wie kann das sein? Das habe ich heute Nacht erfunden!' Nachdem er zum Beispiel lange beobachtet hatte, wie das Wasser kocht, er macht sich nämlich in einer Nacht zehn Tassen Kaffee, wodurch er dann übernervös wird, hat er den Dampfkolben und den Dampfmotor erfunden. ‚Von hier, das hab ich im Gespür, wird die industrielle Revolution ihren Ausgang nehmen', meinte er. ‚Aber das ist schon erfunden', sagte Rasor. Und er: ‚Herrgott nochmal, um wieviel Uhr?' ‚Vor zweihundert Jahren.' ‚Herrgott Sakrament, ich hab's gewußt, daß ich's nicht rechtzeitig schaffe. Aber wer sagt denn das eigentlich? Es könnte ja eine Fehlinformation sein.' ‚Das kann ich Ihnen garantieren', wiederholte Rasor, ‚das können Sie in jeder Enzyklopädie nachlesen.' Hier schweigt dann der Direktor gewöhnlich, und eine dumpfe Wut gegen die Geschwindigkeit des Fortschritts braut sich in ihm zusammen; es kommt dann vor, daß er sie an Accettos Sohn ausläßt, weil er ihn in seiner Blutarmut bleich auf dem Feldbett liegen sieht: ‚Wach auf, es läuft die Welt im Sauseschritt, Nichtstuer!' Und wenn Accetto das hört, wird er auch böse auf seinen Sohn: ‚Aus dir wird nie jemand werden, du bleibst ein Niemand wie Pfeiflein, wie Heiligmann', die er dann antreten läßt, und um ihm zu zeigen, wie wenig sie zählen, droht er ihnen mit dem Lineal und gibt ihnen dann Befehle: ‚Lacht! Weint!' und sie lachen und weinen. Dann wollen sie aber nicht mehr aufhören und versuchen, den Direktor noch einmal auf ihre Schultern zu heben, der aber, da er schon gereizt und ein Schlägertyp ist, Accetto zuruft, er solle sie bremsen. Was dann folgt, sind immer wenig erbauliche Szenen, vor allem für den Jungen, der Direktor ist nämlich ein sehr vernünftiger Mann, außer er kommt in Wut.

Dann erfand er so etwas wie einen Hubschrauber: Er baute ihn nicht ganz zusammen, sondern berechnete, sammelt Blechstücke, maß den Widerstand der Luft im Verhältnis zu der rotierenden Fläche, zeichnete das Profil, das die Propeller haben müssen, legte den Elastizitätsgrad des Materials fest, zeigte ein Spielzeug als Prototyp mit Federung. ‚Aber das gibt es schon', wurde ihm gesagt. Da begann er zu fluchen und war zwei Tage lang so rasend, daß ihm die Leber wehtat. ‚Das hat Sikorsky schon 1909 erfunden.' ‚Und wer ist das?' antwortete er. Accetto wollte ihn beruhigen. ‚Vor allem' sagte er ‚fluchen Sie nicht, sonst lernt es Feltrin auch.' ‚Aber der Propeller' sagte er, ‚der Propeller ist mein Patent.' ‚Nein', erwiderte Rasor, ‚den hat John Ericsson erfunden.' ‚Aber wann denn?' ‚1837.' ‚Ha', sagte er, ‚dieser hundsgemeine Kerl, Sohn einer solchen ... Sohn einer solchen ...' und er überließ sich seinen verbalen Ausschweifungen. Eines Nachts zerlegte er mehrere Brillen, steckte die Gläser in ein Rohr auf einem Ständer und sagte: ‚Das ist das Teleskop.' Da ließ man nicht einmal Rasor kommen. Accetto nahm ihn zur Seite und sagte: ‚Das hat Galileo Galilei schon 1609 erfunden.' Er wollte es nicht glauben: ‚Wer hat dir das gesagt?' ‚Das wissen alle, das lernt man in der Schule, auswendig.' ‚Das heißt, ich bin ungebildet. Was ich erfinde, zählt nicht', und er fing an zu brüllen, alles sei eine Mafia, die freien Erfinder würden wie Dreck behandelt, zählten weniger als Null; das Sagen habe die Mafia der Enzyklopädien, die verbreite das Unkraut, die Unsitten und die Gerüchte; dahinter steckten wohl schmutzige Interessen.

Eines Nachts ging sein Bunsenbrenner in die Luft, aber er hatte sich, wie er sagte, die Formel aufgeschrieben. ‚Ich habe eine Erfindung gemacht', erklärte er. Alle kamen gelaufen. Er machte das Experiment noch einmal, da ging die Tür in die Luft. ‚Habt ihr gesehen?' sagte er. Und Rasor: ‚Das dürfte Dynamit sein.

Das hat Nobel schon 1862 erfunden.' ‚Was soll das heißen?' ‚Das heißt, es ist zu spät, das Dynamit gibt es schon.' ‚Zum Teufel nochmal! Aber daß immer einer da ist, der dazwischenfunken muß? Wer ist denn dieser Nobel? Wird ein Faulpelz sein, ein Mafiöser, der die Dummen ausnützt und die Minister bezahlt, damit sie in den Büchern und Nachschlagewerken für ihn Propaganda machen.' ‚Er ist schon gestorben.' ‚Geschieht ihm recht.' Und die Geschichte nahm ihren gewöhnlichen Lauf mit wiederholtem Fluchen, Schimpfen gegen die Enzyklopädien, ein abscheuliches Durcheinander und Hiebe für Feltrin, weil er sich nie vom Feldbett erheben würde."

Als wir ankamen, hatte der Direktor den Elektromotor erfunden. Es war ein Tischventilator. Accetto war da, seine Gehilfen und andere Leute standen im Kreis herum, wohl Angestellte oder Wissenschaftler, denn die einen waren in Uniform, die anderen im Schlafanzug oder in abgetragenen, verlotterten Kleidern. Der Ventilator drehte sich mit hoher Geschwindigkeit, so daß im ganzen Gang ein starker Wind wehte und die Anwesenden ihre Jacken zugeknöpft ließen und so rote Augen hatten, wie man sie beim Motorradfahren bekommt; Heiligmann und Pfeiflein waren daher ganz aufgeregt und die Haare standen ihnen zu Berg. Durch die Luft flogen sehr viele Federn und viel Staub. Direkt vor dem Ventilator saß auf einem Stuhl mitten im Wind Rasor, der in dem Augenblick gerade sagte: „... der Elektromotor mit Wechselstrom wurde 1892 von Tesla, einem amerikanischen Ingenieur, erfunden."

„Wie, wie, wie? was für ein Ingenieur?" sagte ein jähzorniges Männchen, das ich sofort für den Direktor Wohlmut hielt. „Diesmal nehmen Sie mich auf den Arm! Ein Ingenieur! Hat man so was schon gehört?"

Accetto hörte sich diese Reden finsteren Blickes an, während seine zwei Gehilfen die Gesichter den Schaufeln des Ventilators näherten, um aus der Nähe zu sehen, wie sie sich drehten, und um sie mit Strohhalmen anzustupsen, die augenblicklich lautstark kleingesägt und in alle Richtungen geschleudert wurden. Dann versuchte Heiligmann auf Betreiben Pfeifleins, einen Finger hinzuhalten, zog ihn aber sofort wieder zurück: dann schaute er ihn an und zeigte ihn auch Pfeiflein.

„Sie wollen mich tatsächlich auf den Arm nehmen", wiederholte der Direktor, indem er mittels eines kleinen Hebels die Geschwindigkeit des Ventilators steigerte und dabei von allen bewundert wurde, „ich würde sogar sagen, er funktioniert ausgezeichnet."

„Ja", sagte Rasor, „aber wenn Sie mich fragen, wer ihn erfunden hat, muß ich es Ihnen ehrlicherweise sagen."

Der Direktor war entrüstet. „Beweisen Sie es mir doch, denn ich habe meinen Beweis vorgezeigt", und zu seiner und aller Umstehenden großen Befriedigung schaltete er ihn ein paarmal ein und aus.

„Der Beweis", antwortete Rasor, „steht in jeder beliebigen Enzyklopädie."

Bei diesen Worten huschte ein Beben über das knochige, dreiste Gesicht des Direktors: „Schauen wir nach, schauen wir nach", sagte er; und die Gehilfen echoten im Chor: „Schauen wir nach" und waren sehr erfreut über diesen Verlauf der Diskussion.

So erschien nach einem kurzen Geraschel ein großer Band, in dem Rasor zu blättern begann, wobei er ihn aber in der geöffneten Schublade des Tisches liegen hatte, um ihn vor dem beweisführenden Wind zu schützen, der stürmisch und ununterbrochen wehte. „Hier steht es", sagte er, „Nikolaus Tesla, kroatischer Herkunft, aber Amerikaner usw. usw. Hochspannungsstrom ... forschte ... konstruierte den ersten Elektromotor ..." Bei diesen Worten schloß der Direktor, der sich hinter ihn gestellt hatte und in den Band spähte, mit einem Schlag die Schublade, wobei er ihm auch die Hände einklemmte und fest zudrückte, indem er sich mit der Hüfte gegen die Schublade stemmte, während Heiligmann und Pfeiflein mit einem Satz den Ventilator gepackt hatten, als hätten sie schon darauf gewartet, und ihn auf vollen Touren so nahe an seinem Ohr laufen ließen, daß es von den rotierenden Schaufeln gestreift wurde, wobei das Geräusch einer Wurstschneidemaschine zu hören war.

Rasor schrie und protestierte: „Ich gebe kein Urteil mehr ab, von jetzt an gebe ich kein Urteil mehr ab."

„Sie gehören zur Mafia der Enzyklopädien, geben Sie's doch endlich zu!" brüllte der Direktor. „Ihr wollt Gesetze diktieren, aber nicht mit mir" und inzwischen hörte man, wie er ihm in verschiedenen fortschreitenden Geschwindigkeiten das Ohr schliff, während viele Umstehende betroffen und durch Angriffskraft des Ventilators und durch diese seine Zweckentfremdung eingeschüchtert waren; vor allem die Leser waren eingeschüchtert. Dann sagte Pfeiflein, er wolle ihn rasieren und strich ihm wie mit einer Mähmaschine über die Wangen; Heiligmann drängte, er solle ihn doch auch unter der Haut rasieren, nicht nur an der Oberfläche, und dann noch gegen den Strich.

„So geht's immer", sagte inzwischen Bisolf, leicht angeekelt, „wenn es nicht Feltrin ausbaden muß, dann Rasor."

Schließlich stolperte jemand über das Kabel oder die zwei Gehilfen zogen zu stark, so daß der Stecker herausfiel. In dem Wirrwarr befreite Rasor seine Hände und entfernte sich mit rot angelaufenem und beleidigtem Gesicht, wobei er seine Ohrmuschel befühlte und brummte, er werde nie mehr Urteile oder Gutachten abgeben. Die anderen fuhrwerkten weiter herum.

Ich spähte in das Büro des Direktors, das von einer Neonlampe erleuchtet war. Aber es war eigentlich nicht das, was man ein Büro zu nennen pflegt. Es gab alles mögliche drin: haufenweise lagen alle möglichen und vorstellbaren Gegenstände auf dem Boden, den Stühlen und ein wenig auf zwei Tischen, vieles hing an Nägeln an der Wand oder an Haken von der Decke. Offene Schubladen quollen über, und unter einem Bett sah längeres und ineinander verwickeltes Zeug hervor. Ein Glasschränkchen, in dem wohl Bücher hätten stehen sollen, hatte dagegen alle Borde voll unentwirrbaren Plunder. Alles war fettig und schmierig und grau oder verrostet; einzelne Stücke, abmontiert von Gegenständen, die man nicht mehr bei ihrem Namen nennen konnte. Wenn sie ein Loch oder einen Ring hatten, waren sie mit Draht zusammengebunden. Auf dem Boden führte ein Weg zum Tisch und zum Bett, auf dem aber Zahnrädchen, Klammern und Dichtungsscheiben verstreut lagen.

Im Zimmer war jemand, der Accettos Sohn sein mußte; er lag auf dem Bett und rauchte. In Gesicht und Gestalt glich er einem Stangensellerie, durchsichtig und grünlich weiß, Haar und Ohren abstehend und ausgefranst wie Sellerieblätter.

„Schöne Unordnung hier!" sagte ich. „Aber was ist das überhaupt für ein Zimmer? Sollte das nicht das Zimmer des Direktors sein?"

„Das ist es", antwortete er.

Da stand ich, war auf Glas getreten und hatte mir, als ich so etwas wie eine alte Kurbelwelle berührte, einen Ärmel schmutzig gemacht. Er hatte sich ein wenig aufgerichtet und schaute mich neugierig an. „Na und", sagte ich, „warum sieht es dann so aus?"

Er drückte seine Zigarette aus und begann ungefähr so zu reden: „Wenn irgendwo nur Wörter und Namen angehäuft werden, wie es in einer Bibliothek der Fall ist, dann bildet sich anderswo viel Müll; und das habe ich nicht aus der Luft gegriffen, gehen Sie einmal durch die Stadt, machen Sie die Abfalltonnen auf, die stehen ja überall, immer voll, quellen über und stinken; machen Sie die Tonnen auf, kramen Sie drin herum, was Sie finden, sind Dinge ohne Identität, ohne Namen; Sie können sie gar nicht nennen, außer sie sagen Schrott; man weiß nicht mehr, was sie genau sind. Es sind Überreste, während die Namen, die sie früher hatten, als sie bestimmte Dinge mit einer bestimmten Farbe und erkennbar waren, die Namen, eine Art Lack der Gegenstände, anderswo und für sich allein fortdauern. Zum Beispiel: Der Reihe nach geordnet und funkelnd können Sie sie in einem Wörterbuch sehen; und dort bleiben sie unempfindlich gegen die Zeit, die atmosphärischen Einwirkungen, die Säuren, auch wenn das Ding, dem sie genommen wurden, ganz zerfressen, zerbeult oder von Gras überwachsen und nicht mehr da ist."

Ich hörte ihm zu, lehnte mich an das Tischchen, machte mir aber Hände und Hose voll schwarze Schmiere; als ich wegrückte, zerriß ich mir die Hose an einem vorstehenden Nagel. Und ich gab acht, mit dem nackten Fuß nicht auf Nadeln zu treten.

„Sehen Sie", fuhr er fort, „Direktor Wohlmut sagt, um zu erfinden, brauche er keine Wörter, sondern Dinge, nichts darf a priori ausgeschlossen werden. So schickt er mich hier in die Umgebung der Bibliothek, wo gleich an der Einfriedungsmauer eine große Müllhalde enstanden ist und ich alles auflesen soll, was mir unter die Finger kommt. Wenn er kann, geht er selbst heimlich hin, wenn es noch dunkel ist, und wühlt tief hinunter in die Abfallmassen; am liebsten nimmt er Blechkram, Räderwerke, Rohre, aber auch Flaschen, in denen noch ein wenig Säure, Terpentinöl, Benzin oder Zinksolfat ist. Jeden Tag kommen Lastwagen und laden tonnenweise unbrauchbares Zeug ab. Außerdem ist herausgekommen, daß viele Wissenschaftler Sammler sind, das heißt sie holen sich aus dem Müll, den Abfalleimern, vom Boden und aus den Tonnen mancherlei Dinge nach ihrem Geschmack und tragen sie in der Tasche mit sich herum. Der Direktor hat vorgeschlagen, die Leute sollen ihre Fundstücke abgeben, und dafür sollen ihnen Erleichterungen oder Rechte zugestanden werden, zum Beispiel ein fester Platz oder ungestörter Schlaf, oder die Fundstücke sollen als Ersatz für die Schäden an Büchern, Stühlen und Gerätschaften einbehalten werden.

Manchmal finde ich auf der Müllhalde eine schon halb gemachte Erfindung, aber ganz zerbeult, zum Beispiel einen vergammelten Motor, der nicht mehr funktioniert und zudem kaum mehr als Motor erkennbar ist. Den bringe ich ihm, und Direktor Wohlmut gerät sofort in Ekstase; niemand weiß, was das Ding ist, was für eine Erfindung es überhaupt sein soll, und er untersucht es dann nächtelang mit aller Leidenschaft, nimmt es auseinander und baut es wieder zusammen, experimentiert nach Lust und Laune damit, manchmal riskiert er eine Unbekannte wie den Treibstoff und das Dng explodiert oder es bleibt liegen, reglos und stumm, oder es beginnt wie ein Wunder an irgendeiner Stelle zu funktionieren. Als er den Verbrennungsmotor erfunden hat, hätte sicher niemand gesagt, daß sich das verrostete Stück Gußeisen einmal in Bewegung setzen würde; es war ein Einzylinder mit Kopfventilen; was ich gefunden hatte, war ohne Räder, ohne Tank, es konnte alles sein, ein Heizkörper so gut wie ein Gaskocher. Aber der Direktor hat es so lange untersucht, praktisch und theoretisch, hat mit Hammer und Feile so lange daran herumgearbeitet, daß es schließlich, nachdem er an einem strategischen Punkt eine Kurbel eingesetzt und gedreht hatte, anfing zu funktionieren. Es war dann ein Motorrad, ein Viertakter mit langem Kolbenweg; vor Freude und Stolz ließ er es mit Höchstgeschwindigkeit laufen, und mit einem ohrenbetäubenden Lärm, denn den Auspuff hatten wir nicht dazu erfunden.

Mauern und Tische bebten, alle kamen gelaufen, um es sich anzuschauen, da ließ er's mit Vollgas laufen, um festzustellen, wie er sagte, welche Leistung es virtuell hergeben konnte. Ich bekomme von Krach und Abgasen sofort Kopfweh; und als herauskam, daß ein anderer, ein Deutscher, den Verbrennungsmotor schon seit langem erfunden hatte, Rasor sagte 1885, hat er seine Wut an mir ausgelassen, daß ich im Bett läge, meinte er, sei der Beweis für meinen Pessimismus und meinen Defätismus. Aber mich interessiert das alles nicht: wer etwas als erster erfunden hat, ob die Bücher und die Enzyklopädisten uns hinters Licht führen oder sich mit ihrer Glaubwürdigkeit nur großtun: mich interessieren weder die Namen der Dinge noch der Fortschritt.

Ich hatte, während er sprach, eine kleine Tür bemerkt. „Und wohin geht die?"

„Die geht in die Rumpelkammer."

Über Eisenkram steigend und mich darin verfangend, ging ich zu dem Pförtchen.

„Machen Sie ja nicht auf, um Gottes Willen!" sagte er, auf die Füße springend.

Aber ich drehte die Klinke herum und öffnete; da kam es herausgerollt: eine Lawine aus Kleinkram, nicht viel anders als im ersten Zimmer, aber hier mit einer unvorstellbaren Mannigfaltigkeit. Zum Glück war das Pförtchen klein und niedrig, eigentlich nur ein Durchschlupf, und daher sofort verstopft.

„Das ist die Privatsammlnug des Direktors; er wacht eifersüchtig darüber; er sagt, dies ist ein vollständiges Museum, von A bis Z, universal."

Auch Buchstaben waren herausgefallen: Ich sah ein A aus oxydiertem Kupfer, vielleicht kam es von einer Inschrift auf einer Marmortafel; dann sah ich einen ABAKUS, ich hatte noch nie einen gesehen; er war entzwei gebrochen; ich hob ihn auf und staubte ihn ab, und zu meinen Füßen stand ein ABT aus Terrakotta so groß wie ein kleiner Finger, mit einer Schnur an eine ABTEI aus Keramik gebunden, als Aschenbecher zu verwenden; wir machten uns daran, die eherne Verstopfung, das scharfkantige Eisenzeug, die spitzen kleinen Eisenstangen, die Hufeisen, die Eisenstricknadeln, die alten Bügeleisen, die magnetisierten Eisenstücke — um nur einiges zu nennen —, die miteinander herausgefallen waren, wieder hineinzuschieben.

„Da wird der Direktor schimpfen", sagte Feltrin.

Wir zogen die Tür zurück, um sie wieder zu schließen; es glückte uns beinahe ganz, dann band sie Feltrin mit einem Strick an der Mauer fest.

Natürlich kam in dem Moment der Direktor herein; er stieß einen Schrei aus, als hätte ich einen Altar entweiht: „Aber was machen Sie da! Spionieren Sie etwa in meinem Schreibtisch herum?" Auf dem Tisch lag ein Blatt kariertes Papier mit Tintenklecksen und Zahlen drauf, halb zugedeckt von Schrauben, Uhrzeigern und Unterlegscheiben und einem funkelnden, gut erhaltenen Barometer. Vielleicht eine im Entstehen begriffene Erfindung. Ich hatte es vorher nicht einmal gesehen. „Sie werden doch nicht gekommen sein, um mir was zu stehlen?" fuhr er fort.

„Nein, darum geht es nicht; ich suche eine Orientierung; die Bibliothek ist ja so weitläufig." Es war unschwer zu verstehen, daß ihm schon allein das Thema auf die Nerven ging. „Und es herrscht eine Unordnung", fügte ich noch hinzu.

Da war er vollends aufgebracht: „Dafür ist die Direktion nicht verantwortlich! Das sage ich Ihnen sofort."

„Ich weiß, ich weiß, das hab ich nicht gemeint, ich wollte niemanden beschuldigen."

„Aber es gibt Schuldige, wir wollen nichts vertuschen." Er hatte mich aus dem Büro hinausgezogen und die Stimme gesenkt. „Wollen Sie die Wahrheit hören?" sagte er. „Hier ist sie. Ich habe keine Angst, sie vor Ihnen und in der Öffentlichkeit zu sagen", sagte er; wir waren im Gang, und es war niemand da. „Eine Bibliothek könnte auf eigene Faust endlos dauern, ohne irgend etwas zu brauchen. Es wäre auch kein Direktor nötig. Aber hier drin sitzt irgendwo ein Spaßvogel und Genießer; und ich kenne ihn. Wissen Sie, wie er heißt? Vincenzo Gallo. Er wurde aus Mitleid hier eingestellt, ist aber der Hinterhältigste von allen, zuständig für die Erhaltung des Buchbestands; dabei ist es gerade er, der die Bücher falsch einstellt, die Signaturen tilgt, absichtlich Seiten und Buchdeckel austauscht. Das tut er aus Rache, und nun hat er sich werweißwo in diesem Keller eingenistet. Was soll ich da tun? Ich müßte die ganze Bibliothek lesen, um alles richtigzustellen, und vorher müßte ich ihn verhaften lassen; aber selbst wenn ich mehr Zeit hätte, meinen Sie, das wäre möglich und sinnvoll? Er klebt zum Beispiel die Seiten zusammen oder zerschnippelt sie zu kleinen Vierecken, so daß nur noch Konfetti aus dem Buch fallen; er tilgt Titel und Wörter, löscht jedes zweite Wort mit einer Säure oder mit Seppia aus, daß es nach Schimmelflecken aussieht; anstelle eines Buchs stellt er ein Kärtchen mit einer Scharade ein, denn derlei Narreteien machen ihm Spaß, oder auch mit einem Rätsel oder Anagrammen, die auf ein anderes Regal in einem anderen Raum verweisen, und schon ist man in einem Teufelskreis, so daß man den Erfinder der Bibliotheken, der Bücher und des Alphabets verwünscht. Oder man gelangt von einem Hinweis zu einem anderen, zu einem Buchumschlag etwa, in dem nichts drin ist oder nur einfaches Stroh oder weißes Polystyrol oder Glaswolle. Und nun warten Sie und hören Sie."

Er hatte sich allmählich erhitzt und zog mich am Ärmel, damit ich aufpaßte. Ich paßte auf, war aber auch ein wenig entnervt.

„Jetzt hören Sie, was er macht. Er versteckt in den Büchern Scherzartikel, die vor dem Leser hochschnellen, sobald er die Seite aufschlägt; wie sehr man da lachen muß, können Sie sich ja vorstellen. Und außerdem, was will er damit sagen? Manche sehen aus wie Heuschrecken, sind aber aus Papier ausgeschnitten; oder wie Frösche oder Männchen mit Kappe und herausgestreckter Zunge, die beim Herausschnellen einen Pfiff hören lassen, wodurch für den Benützer der ganze Ernst des Buches und der Bibliothek flöten geht. Und wenn es wenigstens nur einmal vorkäme! Bei einem Mal könnte man ja auch lachen; da wäre ich der erste, denn Lachen gehört ja zum Wesen des Menschen, nicht wahr? Und gegen einen Streich hin und wieder haben wir nichts einzuwenden, ich habe in meiner Jugend selbst Streiche gespielt. Wir taten den Zucker ins Salzfaß, wenn Sie wüßten, wie wir zu Haus darüber gelacht haben. Und dann das Salz in die Zuckerdose; ein Heidenspaß auch unter Freunden, aber ehrlich! Seine Streiche sind dagegen lächerlich, wiederholen sich ohne Unterlaß, immer dieselben. In manche Bücher streut er Nies- und Juckpulver, so daß sich die Fachgelehrten kratzen müssen, anstatt zu lesen, oder feuerrot werden, irgendwo eine Geschwulst bekommen, die Konzentration verlieren und meinen, sie hätten einen Floh; und wer eine Allergie hat, bekommt lauter rote Flecken mit Tausenden von sehr unästhetischen Bläschen und zieht sich dann vor lauter Kratzen bei lebendigem Leib die ganze Haut ab. Und die Fachgelehrten sind, wie Sie wissen, zu einem großen Prozentsatz sehr sensible und unduldsame Menschen. Auch Pfeffer, Paprika und Schwefeldioxyd streut er in die Bücher, was Geschwüre an den Händen, der Zunge und den Bindegeweben zur Folge hat. Oder besondere Pülverchen und seine Spezialgelatine, worauf es, sobald man das Buch aufschlägt, nach Scheiße und Verwesung riecht, alle davonrennen und gelüftet werden muß; falls es nicht dazu kommt, daß einer von den anderen bezichtigt wird, ihm sei heimlich etwas entwichen: Sie wissen selbst, wie leicht sich so ein Fachgelehrter gekränkt fühlt, er kann also in diesem Punkt keinen Augenblick nachgeben, bei keiner einzigen Gelegenheit in seiner ganzen ehrenwerten Karriere. Also entstehen Wortwechsel von Tisch zu Tisch, selbst zwischen sehr weit entfernten Tischen und einem vermeintlichen Schuldigen; sie schreien einander so bissige und wahre Beschuldigungen zu, von wegen zu langem Sitzen und gegenseitiger Achtung und empfehlenswerterem Beruf, daß der Tenor der ganzen Bibliothek absinkt; selbst wer in einer finsteren Ecke in die Entzifferung eines Buches vertieft war, sagt eiligst seine Meinung, denn auch er wird giftig, wenn er diesen Dunst in die Nase bekommt, der ihm fast den Atem verschlägt. Und dann kommen die Unverträglichkeiten zum Vorschein, die bis dahin verborgen geblieben sind. Alle lassen ihre Wut zum Beispiel an einem aus, der in Wirklichkeit nur ein Opfer und selbst angeekelt ist von dem Geruch des

Buches. ‚Du bist schlimmer als ein Klo', schreien die anderen Kollegen und Professoren. ‚Ich bin's nicht', antwortet der. Dann wird einer ausgeschickt zum Beriechen, der seine Diagnose schon aus einem Meter Entfernung stellt. ‚Hier ist etwas Großes und Hartnäckiges.' ‚Das ist das Buch', sagt der Beschuldigte. Und alle anderen: ‚Schäme dich, du verwechselst wissenschaftliches Arbeiten mit Bauchweh. Es gibt geeignetere Orte, wo man dich einsperren sollte, am besten für immer.' Aber es kommt vor und ist schon vorgekommen, daß mehrere Bücher, zum Spaß natürlich, mit einem Pulver bestreut sind, das, glaube ich, ein Laxativ ist, ein Pulver mit sehr starker abführender Wirkung; wenn also unter denen, die den Armen anklagen, einer dabei ist, der die Untugend hat, sich zum Umblättern den Finger zu lecken, dann bekommt er zuerst einen schwarzen Mund, das ist ein Zeichen, das ich nun schon zu erkennen verstehe; und was darauf folgt, scheue ich mich nicht als ein infames Verbrechen zu bezeichnen. Der Ankläger wird nämlich blaß, alle schauen auf ihn, er kämpft vergeblich gegen sich selbst und würde lieber sterben, als ein so peinliches Schauspiel abgeben; bis er sich unter Krämpfen und Verrenkungen, die ihn in die Knie zwingen, Luft macht, wodurch er den ganzen Saal und die angrenzenden Säle in Verwirrung und Angst stürzt, was einer Selbstanklage gleichkommt, auch im Hinblick auf das, was er nicht begangen hat. Nachdem das Entsetzen der ersten Augenblicke vorbei ist, der Schuldige und seine Schuld entfernt sind, wird derjenige, der zu Unrecht angeklagt war, mit einigen schüchternen Entschuldigungen wieder in die wissenschaftliche Gemeinschaft aufgenommen, obwohl der Verdacht eines heimlichen Einverständnisses und einer okkulten Kollaboration mit dem Hauptangeklagten noch an ihm haftet. Friede herrscht eigentlich nie, und die Bücher, die Frieden stiften sollten, zerstören ihn schließlich ganz; außerdem verleiten sie zu Zorn, Scham, übler Nachrede und Feigheit. Aber das ist noch nicht alles: Von all dem weiß ich nämlich nichts hundertprozentig sicher, ich kann aber ziemlich gut belegen, daß die Bücher mit etwas Unfaßbarem oder sehr Flüchtigem bestreut werden, das mit einem Schlag alle sexuellen Hemmungen nimmt. Etwas, das, sobald es eingeatmet wird, eine geschlechtliche Geilheit und eine fleischliche Begierde hervorruft, die sich mit der wissenschaftlichen Arbeit überhaupt nicht vereinbaren lassen. Hier ist es dunkel, und es gibt kein Personal. Ich habe gesehen, daß Bücher über Logik, Bücher über Rechnen und Mathematik als Liebesromane aufgefaßt und mit glänzenden Augen und dem dümmlichen Lächeln unkeuscher Gedanken immer wieder gelesen wurden. Das ist der hinterhältigste Streich, weil niemand bereit ist, ihn zuzugeben: Auf einmal sieht man gewisse Verhaltensweisen, ein gewisses Hinundhergelaufe auch bei reiferen Leuten, mehrfachen Dozenten; auf gewissen über die Bücher gebeugten Gesichtern liest man gewisse beharrliche Vorstellungen, gewisse Sinnverzerrungen und eine Einbildungswut, die sich auf alles richtet, was in der Nähe ist: Frauen, Männer, Dinge, Offizianten, so daß es das Beste wäre, man würde die Polizei rufen und die Bibliothek durchkämmen, um den äußersten Folgen, den Skandalen, dem unpassenden und widernatürlichen Gebrauch der Bücher vorzubeugen.

Ich sage Ihnen nur das Eine: Das Klo ist ständig voller Leute, wenn Sie das sehen würden: eine Schande! Alle stehen eng aneinander in einer Reihe und klopfen: ‚Na, wird's bald?' schreien sie dem ersten zu, der sich eingeschlossen hat. Der kommt nach einiger Zeit mit weit aufgerissenen Augen heraus, vielleicht Dekan einer Fakultät, ein Akademiker, ein alter Forscher; er hat sein Buch unter der Jacke, als wollte er ihm eine schlechte Figur ersparen, und das blöde Lächeln eines Perversen auf dem Gesicht. Sie werden verstehen, so gehen die Bücherschätze flöten, so kommen die Bücher beschädigt, zerbissen, allenthalben mit Spuren der Gewalttätigkeit zurück, denn die erotischen Substanzen, die sie ausströmen, steigen den Wissenschaftlern in den Kopf, so was sind sie ja nicht gewöhnt, es fehlt ihnen jegliche Erfahrung, so lassen sie ihre Gelüste irrtümlich vor allem an den leblosen Gegenständen ihrer nächsten Nähe aus. Ich habe schon Leute gesehen, die sich zu dritt mit einem Hocker in ein Klo einschlossen. Können Sie mir sagen, was an einem Hocker verführerisch oder leidenschaftlich ist? Und dann Federn, Tintenfässer, Heftchen, all das beschnuppern sie unentwegt und stekken es sich in den Mund; so schrauben sie auch Glühbirnen aus und tragen sie mit entflammten Mündern weg. Wenn zwei, die nebeneinander sitzen, gleichzeitig die Lust ankommt, streiten sie um einen Radiergummi oder jeder schaut mit dem geheimen Verlangen eines Ehebrechers auf das Buch des anderen; dann streckt einer seine Hände aus und berührt das Papier; der andere schimpft, er solle sich schämen, spielt mit Worten den Moralisten, und während auch er das erotische Gas einatmet, betastet er das Leder des Umschlags, schiebt seinen Finger unter den Buchrücken, aber das reicht ihm noch nicht, und in seiner Unbelecktheit schaut er sich beim Nachbarn etwas ab. Manchmal kommt es so weit, daß sie ihre Bücher austauschen, was in der Bibliothek strengstens verboten ist, denn jeder muß mit dem Buch zusammenbleiben, das er sich ausgesucht hat, als dessen einziger und legitimer Verantwortlicher er nach dem Gesetz gilt.

Aber das ist noch nicht alles. Er, Vincenzo Gallo, steckt Vogelpfeifchen in die Mauerrisse, und wenn die Luft durchzieht, bringt sie die Pfeifchen zum Klingen, so daß man Schwärme hungriger, gefährlicher Vögel zu hören glaubt, und außerdem bringt er von ihm selbst erfundene kleine Trompeten an, die bei Wind klingen, als würde eine wild gewordene Elefantenherde heranstürmen. Was er an den Schlüssellöchern macht, weiß ich nicht genau und auch nicht, ob er Wachs oder Siegellack verwendet, aber es hört sich an wie zischende Schlangen, und die Türangeln ölt er mit einer ätzenden Substanz, so daß sie schon bei einer leichten Bewegung so entsetzlich heulen wie mehrere Rudel Hyänen. Und das, um mich und die Bibliothek in Verruf zu bringen, alle, die studieren und sich aufopfern, zu terrorisieren und das Personal gegen die Direktion aufzuhetzen."

„Aber dann ist hier nichts“, sagte ich zum Direktor, „sind die wilden und giftigen Tiere gar nicht da, die Kobras, die Hyänen, die Pferde, die Ameisen und die Vögel?“

„Wer hat Ihnen denn diesen Quatsch erzählt?“

„Professor Rasor; er hat's erzählt und beschworen. Aber ich hab es selbst gehört; als ich allein dort unten war, habe ich alle diese Tiere schreien hören.“

„Sie dürfen doch nicht glauben, was Rasor sagt. Der gehört zur Mafia, davon bin ich inzwischen fest überzeugt, und er versucht die normalen Leute zu terrorisieren; er versucht es auch mit mir, möchte mir den Mund für immer schließen. Er führt nur Befehle aus, gehorcht der Enzyklopädie und deren Mandanten. Die Wirklichkeit sieht er überhaupt nicht ...“

„Aber dann ist hier alles ein Scherz, auch die Bücher?“

„Lauter Scherze von Vincenzo Gallo! Das ist seine Rache an mir. Ich bin ein Mann des Konkreten, mir gefallen Tatsachen, nicht Wörter; und er dagegen, stellen Sie sich vor, was mir hinterbracht wurde, er sagt, daß er im Büro verblaßt und daß er jede Nacht ein bißchen mehr verblaßt. Das sind die üblichen Ausreden, um nicht zu arbeiten, ich kenne ja das arbeitsscheue Gelichter, daran bin ich gewöhnt; aber wenn ich so unlogisches Zeug höre wie das, daß einer verblaßt, dann werde ich nervös. Dann sagte er noch, wenn ihn niemand anschaue, sei er jetzt schon imstande, durchsichtig zu werden. ‚Das kann ich auch, wenn mich niemand anschaut‘, ließ ich ihn über den Dienstweg wissen, ‚das kann jeder.‘ Aber er sagte, eine Weile, zehn Minuten oder eine halbe Stunde bleibe er auch vor den Leuten durchsichtig, er müsse nur weiter schweigen und dürfe keinen Lärm machen; und in manchen Fällen bleibe er, wenn er sich nicht rühre und ganz langsam atme, die ganze Nacht durchsichtig. ‚Mit so was kommst du hier nicht durch‘, ließ ich ihn wissen, ‚führ dich ordnungsgemäß auf.‘ Im Büro wurde er jedenfalls selten, äußerst selten gesehen; er sollte aber kein schlechtes Beispiel geben und vor allem nicht glauben, er könne mich zum Narren halten. Er sagte, früher sei er einmal Zauberer gewesen und kenne einige Tricks; in der Provinz vermutlich, bevor man ihn aus Mitleid hier einstellte; diese Legende kennen alle hier drinnen, viele glauben daran, und er nützt sie zu seinem Vorteil aus.

Jedenfalls war er durch sein unablässiges Beharren zum Schluß selbst davon überzeugt: er glaubte, er sei auf irgendeine Weise unsichtbar geworden, aber ich kann Ihnen versichern, unsichtbar war er nicht; im Gegenteil, dick und fett. Und ich wollte ihn von dieser Idee abbringen. Meinen Sie, so was kann sich ein Angestellter erlauben, der, auch was die Ehrenhaftigkeit betrifft, dem Direktor und den Benützern Rechenschaft schuldet?

Ich hab dann angefangen, mit ihm zu reden. ‚Setz dich', sagte ich. ‚Also schauen wir mal, du sagst, du bist undurchsichtig, aber du bist hier Hilfskraft, eingestellt nach der Verordnung für geistig Minderbemittelte, bezahlt nach Tarif VII B. Wie lassen sich diese zwei Dinge miteinander vereinbaren?'

‚Ja, wie lassen sich die vereinbaren?' sagte er. ‚Das frage ich mich auch.'

‚Und außerdem sitzt du hier vor mir', sagte ich, ‚und ich sehe dich bestens, du siehst so und so aus. Und in letzter Zeit bist du noch dicker geworden, das sehe ich mit dem bloßen Auge, aber wenn du willst, beweise ich es dir auch mit der Waage. Also, wie kann das geschehen, daß ein Durchsichtiger dicker wird und ich es sehe?'

‚Ja', sagte er auf seine völlig unsinnige Weise, ‚das ist merkwürdig, daß Sie mich als einen Dicken sehen und ich es tatsächlich ein wenig spüre, daß ich dick bin. Ich gebe zu, das ist merkwürdig. Aber ich muß darüber nachdenken; morgen gebe ich Ihnen Antwort.'

Tags darauf suchte ich ihn in seinem Zimmerchen im zweiten Stock auf, hinter dem Anatomiesaal und den Sälen mit den ‚RARITÄTEN' und den ‚UNSIGNIERTEN', denn er hätte es vermieden zu erscheinen, er hat nämlich einen eigenen Eingang auf der Rückseite, den nur er kennt.

Ich sagte zu ihm: ‚Also? Hast du nachgedacht?'

Und er: ‚Ja, Sie schauen mich aus zu großer Nähe an.'

Und ich: ‚Aber was soll das heißen? Wieso? Sollen vielleicht die durchsichtigen Dinge aus der Nähe sichtbar und nicht mehr durchsichtig sein?'

‚Sie möchten eine Diskussion anfangen', sagte er, ‚aber das mag ich nicht.'

‚Aber was denn für eine Diskussion! Du bist doch derjenige, der sagt, er sei durchsichtig. Nicht ich!'

‚Wie Sie wollen, mir liegt nichts daran. Ich zwinge Sie nicht dazu.'

Und ist es verwunderlich, wenn ich an dieser Stelle in Rage kam? ‚Das ist keine Meinung', schrie ich, ‚sondern eine Tatsache. Ich beweise dir, daß du nicht durchsichtig bist: Du sitzt jetzt vor mir, dick und fett; schau dich doch an, du wiegst bestimmt zwei Zentner, bist aufgedunsen selbst im Gesicht, siehst aus wie eine Riesenwurst. Wie ein Viertel Ochse. Na? Was sagst du jetzt?' Ich stand auf: ‚Na?' und sagte irgendwelche schwerwiegende Worte, auch hinsichtlich seiner Ehre, abgesehen von seinem Äußeren, wobei ich immer ungeduldiger wurde und immer mehr in Rage kam. Ich trat nahe zu ihm, und er murmelte: ‚Sie beleidigen mich, Sie denken nicht vernünftig.' Und als ich ihn so dick und so widersprüchlich sah, gab ich ihm eine Ohrfeige. Das war nicht richtig, man gibt einem Untergebenen keine Ohrfeige. Und welchen Grund hatte ich überhaupt dafür? Er hatte recht: ob er durchsichtig war oder nicht, ging mich nichts an. Und er wabbelte mit seinem ganzen Fett; seine Wange blieb rot und auch sein Genick, wenn ich ihn ein paarmal drauf schlug, der Arme! Aber manchmal zog ich ihn auch fest am Ohr, riß es ihm beinahe aus, zog es ihm bis vor die Augen hinauf, damit er's sehen konnte, als wäre er ein Schulkind; oder ich zwickte ihm mit zwei Fingern die Nase zusammen, drehte sie im Kreis herum und schrie: ‚Ist sie nicht durchsichtig?' und drehte sie mit Genuß und aller Kraft herum, wie wenn ich sie abschrauben müßte, dann verrenkte ich sie und zog sie nach allen Seiten, wobei ich ihn ohne Unterlaß vergeblich beschimpfte, ohne mich im geringsten zurückhalten zu können. Er verteidigte sich kaum.

Einmal sagte er: ‚Ich könnte auch mager sein. Was würde das ändern?‘

Derlei Diskussionen wiederholten sich nicht jeden Tag, aber doch häufig, denn wenn ich allein im Büro war, kam es mir in den Sinn, ich weiß nicht warum, daß er dort oben in seinem Zimmerchen saß und überzeugt war, er sei unsichtbar, und dagegen saßen zwei Zentner Speck, in eine glänzend graue Hose gefüllt, auf seinem Stuhl. Mir kam diese seine Flause in den Sinn, die jeglichen Sinnes entbehrte, und ich stellte ihn mir vor, wie er dort oben mitten in seinem Irrtum hockte und sich vielleicht sogar ein wenig darüber freute. Da packte mich eine Wut, ein Bedürfnis, ihm zu widersprechen, daß ich die Treppe hinaufrannte, durch alle Gänge, Säle, über eine kleine, nicht mehr benutzte Treppe, die ein Abschneider war, raste und über eine Terrasse und einen kleinen dunklen Flur bei ihm eintrat, nicht mit bösen Absichten, sondern um ihn von einem offenkundigen Irrtum zu bekehren. Es war der völlige Mangel an Logik bei ihm, was mich handgreiflich werden ließ; aber zugleich konnte ich nicht sagen, er hätte unrecht. Ich bin nach liberalen Grundsätzen erzogen worden, warum sollte ich mich also einmischen? Was hatte ich mit der Glaubenssphäre anderer Leute zu tun?

Doch trat ich ein, ohne anzuklopfen, als wollte ich ihn auf frischer Tat ertappen; und tatsächlich saß er gut sichtbar an seinem Tisch. Es gab ihm einen Ruck, weil sofort, von Anfang an, seine schöne Theorie mit der Wirklichkeit konfrontiert wurde. Ich setzte mich und redete wie ein Freund mit ihm: ‚Hier oben läßt sich's gut sein; ich bin auf Besuch zu dir gekommen. Na, sind dir deine Phantasien vergangen?‘ Ich legte ihm eine Hand auf die Schulter und sagte im Ton brüderlichen Scherzes: ‚Dann bist du also da!‘ Er wich zurück und sagte weder ja noch nein. Besorgt wickelte er ein halb gegessenes Brötchen oder eine Tafel Schokolode wieder ein und legte sie in die Schublade.

‚... oder bist du vielleicht ein bißchen durchsichtig? Ist es so?‘

Er machte eine knappe entschuldigende Gebärde; und mir schnappte schon die Stimme über; und unvermeidlich kam es zu einer Auseinandersetzung.

‚Was soll das bei dir heißen, dieses Durchsichtig, vielleicht, daß einer aus Glas ist?'

‚Nein', sagte er, indem er vorsichtshalber in die Ecke zurückwich, ‚das soll heißen, daß einer nicht trüb ist.'

Bei solchen Sätzen verlor ich den Verstand, da war nichts zu machen; ich wollte ihm einen Widerruf abnötigen, denn Irrtümer gibt es viele auf der Welt und auch viel Falsches, was ja natürlich ist; aber wenn seine Reden anfingen, sich in der Welt breitzumachen, dann würde er aus der Welt ein Babel der leeren Worte machen.

‚Einem anderen', antwortete ich ihm, ‚magst du das ja erzählen, aber mir nicht! Trüb! Aber wo denn? wer denn?' und ich ereiferte mich derart für meine Sache, daß ich mich eiligst auf ihn stürzte. Er bedeckte sich den Kopf mit den Armen und versuchte in seiner Jacke zu verschwinden. Aber ich erwischte ihn an einer Backe und zwickte ihn hinein, und ich kniff ihn durch seine Kleidung auch in die Brust, in die Hüften, in den Bauch, zum Teil als Beweis, zum Teil aber auch mit der deutlichen Absicht, ihm blaue Flecken, einen Bluterguß zu verpassen, die ihm selbst auch an den kommenden Tagen, auch privat die Absurdität seiner Behauptungen bezeugen sollte.

‚Also bist du da!' schrie ich, ‚bist nicht Luft!' Er rieb sich die Zwickstellen, rückte sich wieder auf seinem Sitz zurecht. Und ich: ‚Also fangen wir wieder einmal bei Null an. Dies ganze Fleisch da, ist das nach deiner Meinung etwas oder ist es nichts?' Es war schwierig, ihn zum Antworten zu bringen, denn er war noch dazu ziemlich nachtragend. Ich näherte mich ihm wieder: ‚Ist es etwas, oder ist es nichts?' und schlug mit der Faust drohend auf den Tisch, so daß die Federn, die Radiergummis und das Leimtöpfchen einen Satz machten und die Unordnung noch größer wurde, die in Wahrheit schon erheblich war, an der Grenze des Erträglichen bei einem Angestellten. Aber ich hätte meine Wut an allem auslassen mögen: seinen Stuhl zertrümmern und seinen Tisch, ihn mitsamt seinen Gerätschaften in die Luft schleudern, die Bücher zerreißen und an die Wand knallen und dann ihm an den Kopf werfen und mit den Füßen auf ihn steigen, bis er endlich davon überzeugt war, daß die Körper eine Ausdehnung und ein Gewicht haben und eine Masse, ich und er inbegriffen, und daß sich die Wörter nicht endlos aufs Geratewohl verwenden ließen, weil sie sonst aufbegehren und dann passiert, was passieren muß. Aber ich hielt mich zurück, um mich nicht ins Unrecht zu setzen; ich warf ihm nur im ersten Aufwallen einen Bleistift nach oder etwas Ähnliches, ein zusammengeknülltes Blatt Papier oder Büroklammern, und dann ging ich wieder, blieb aber für den Rest der Nacht nervös, redete im Kopf weiter mit ihm, verprügelte ihn und konnte nicht mehr arbeiten.

Ich glaube, daß er infolge dieser meiner Aufmerksamkeiten allmählich auf der Hut war und mir aus dem Weg ging, um nicht diskutieren zu müssen und hartnäckig bei seinen unwissenschaftlichen Überzeugungen bleiben zu können. Ist er im Moment da? Ist er nicht da? Wer weiß? Kommt er herein? Geht er hinaus? Anscheinend schon. Das ist seine Pflicht und es geht aus seiner Unterschrift in der Anwesenheitsliste hervor. In seinem Büro läßt er immer das Licht an, aber antreffen kann man ihn dort nun nicht mehr. Wenn ich in manchen Augenblicken so gegen Morgen an seine lächerlichen Behauptungen denke, und wie fehl am Platz, aufreizend und unwürdig sie sind, dann kann ich mich nicht mehr halten und renne hinauf: um die Wahrheit zu sagen, ich möchte ihn überrumpeln, unvermutet hinter ihm stehen und vernünftig reden, sehen, ob er sich nicht bekehrt hat und endlich dem gesunden Menschenverstand nachgibt. Aber ich finde sein Büro offen, das Radio läuft, was nicht gerade für seinen Diensteifer spricht; und was ich sonst vorfinde, ist Unordnung, nichts als große Unordnung und Staub, die Stühle stehen irgendwo und sind umgedreht, der Tisch wackelt, scheint bald zusammenzubrechen, und Blätter, Zettel, Etiketten, Büroklammern, Radiergummifusseln, Papierschnipsel auch auf dem Boden; dazu aufgeschlagene und zerknitterte Bücher, außerdem Töpfchen mit getrocknetem Klebstoff und Töpfchen mit Werweißwas, gewiß keine Bürosachen. Nun gut, in diesem ganzen Tohuwabohu, das noch nicht so schlimm wäre, in dieser ganzen Verwahrlosung und Nachlässigkeit, die sich auch auf die Gänge seines Kompetenzgebiets erstreckt, finde ich auch Brösel, Wursthäute, finde ich Hühnerknochen, Bratenreste, Soßenreste, saure Gurken und Reste von Getränken in einer Blumenvase; keinen Kaffee, was zulässig wäre, sondern Bier und Wein sowie einen unverwechselbaren Küchengeruch. In seinem Büro und in dessen Umgebung ißt er nicht nur, sondern er kampiert, und im Tintenfaß hat er Essig und Öl. Im Papierkorb liegen infolgedessen nicht die bescheidenen Dinge, die ein braver Angestellter normalerweise hineinwirft, also keine Papierreste, Kohlepapierstückchen, Reste vom Bleistiftspitzen; in seinem Papierkorb finde ich Papiere, in die Speisen eingewickelt waren, Servietten und Tischdecken, schmutziges Besteck, Plastikteller, fettige und noch warme Pizzaverpackungen. Und ich weiß, daß er nicht weit weg sein kann, denn die Bibliothek gleicht dort eher einem Lager; die Räumlichkeiten sind ihrem Zweck angepaßt, aber eigentlich ungeeignet, niedrig und windungsreich; so verschlungen und voller Hindernisse, daß ein Dicker oder sogar einer, der doppelt so dick ist wie er, bei dem schwachen Licht dort, wenn er sich in eine Ecke drückt oder zwischen zwei Regale oder unter eine Treppe oder in sonst eine Spalte, auf jeden Fall unbemerkt bleibt. Also treibe ich mich dort herum, aber auf leisen Sohlen, denn ich möchte sehen, ob er arbeitet und wie und ob er die Sucht, daß es ihn nicht gibt, immer noch hat, und ich möchte sie ihm eventuell ausreden. Ich schaue die Gänge hinauf und hinunter, manchmal riecht es nach Suppe, was sein typischer Geruch ist, und dann suche ich dort in der Runde, hinter den Türen, in den Fensternischen, suche mit einer Leiter oben auf den Balken und den höheren Regalen, denn er ist hinterlistig und zu allem fähig; selbst unter oder in den Schränken gelingt es ihm, sich zusammenzuducken, wenn er auch dick ist, und er wäre imstande, in ein Loch zu kriechen, nur um mir nicht Rechenschaft abzulegen über seine Arbeit. Man hört aber Wild oder Raubtiere schreien: das ist er mit seinen Vorrichtungen, um mir Schrecken einzujagen oder eine Schlappe beizubringen. Oder es springt plötzlich ein Kaninchen davon, oder eine Brut Turteltauben fliegt auf, er hat sich nämlich zwischen den Büchern einen privaten Hühnerhof angelegt; er kennt die Örtlichkeiten und holt sich dann die Eier. Die Hühner hat er sich mit trockenem Brot und Speiseresten günstig gestimmt; also vermehren sie sich dort rascher, und es gibt schon mehr Hühner als Bücher; das ist sein Reich, sein Gemüsegarten, und Hühner gibt's überall; er hat sie überall verstreut, um sie zu sieden, Brühe aus ihnen zu machen und um sie für sich zu braten."

Diese Worte sagte Direktor Wohlmut mit so zorniger Entrüstung, daß er ganz heiser dabei wurde. Während er sprach, hatte er den Ventilator wieder eingeschaltet und stand in Pose daneben, mit einem ebenso stolzen Gebaren wie ein Künstler neben seiner Schöpfung. Dazu sah man in der offenen Schublade Rasors *Neueste Enzyklopädie* flattern.

Als er fand, er habe genug geredet, schaute er auf die Uhr und drückte auf einen Knopf in der Wand. In demselben Augenblick schlug es sieben: es sah aus, als hätte er es mit seinem Finger schlagen lassen. Er hatte aber eine Sprechanlage betätigt, denn nun kam ein kleiner, keuchender und sehr eifriger Offiziant angelaufen.

„Stellen Sie das da wieder ein", sagte der Direktor und deutete mit offensichtlichem Mißvergnügen auf den Band, „hier wird gearbeitet und nicht herumgeplempert."

Der Offiziant schien in großer Furcht vor dem Direktor zu leben, als würde er sich einige plötzliche Handgreiflichkeiten erwarten, und er schaute ihm nicht einmal in die Augen. Wenn ich recht verstanden hatte, hieß er Kapp, oder habe ich mir das nur eingebildet, als ich ihm ins Gesicht schaute? Ich dachte, ich müßte die Enzyklopädie ausnützen. Wieso hatte ich nicht schon vorher daran gedacht? Ich sagte also: „Einen Moment! Wenn ich die Gelegenheit ergreifen könnte, da Sie nun schon einmal da sind ..."

Der Direktor schien mir wenig erfreut, sagte aber nichts, sondern drehte sich um. Während ich mich mit großem Eifer hinsetzte, hatte er mit der lustlosen Hilfe von Accettos Sohn ein großes zerbeultes Stück Blech mit noch alten Lackspuren, vielleicht die Motorhaube eines Autos oder den Rumpf eines Flugzeugs, unter dem Tisch hervorgezogen, auf den Tisch gelegt und angefangen, mit einem großen Schmiedehammer darauf herumzuhämmern, was einen ohrenbetäubenden Krach machte. Und weil es vielleicht nicht die Form annahm, die er wollte, fluchte er, stieß Verwünschungen gegen die Natur des Eisens aus, wobei er es anklagte, es sei eine Legierung aus billigem Aluminium und auch wenig wert; dann wurde er immer schärfer und schlug gewaltsam und zornig drein. Ich saß nur einen Meter von diesem Krach entfernt und bekam auch die Lacksplitter zu spüren, und außer daß ich kaum noch etwas hörte, kam in meinem Kopf auch das Alphabet durcheinander, weshalb ich ziellos bald nach vor- und bald zurückblätterte. Der Offiziant bückte sich und versteckte sich hinter mir wie hinter einem Bollwerk; ich spürte seinen bebenden Atem am Hals und er roch nicht gut, so als würde Gas ausströmen; also erging es mir wie zwischen zwei Feuern, und dazu kam noch der kalte Wind des Ventilators, der mich sehr störte, wenn er vorbeikam. Einen Augenblick sah ich, was ich suchte: das *Zwanzigste Jahrhundert*; aber ich hatte einen Splitter in einem Auge und einen zu nahen Hammerschlag abbekommen, weswegen ich mich in der Seite irrte und unwillkürlich mehrere Seiten weiterblätterte. Was ich unter all den Fährnissen trotzdem las, war folgendes:

Fahrradwege im Fegefeuer

Während des Radrennens Paris—Bordeaux stand der Engländer Mills unter einem derartigen Automatismus, daß man ihn am Ziel jeder Etappe auffangen und mit in die Höhe gestreckten Beinen auf eine Tragbahre legen mußte. Er radelte in der Luft weiter und sah weiter die Straße und den Staub. Mit einer Pumpe flößte man ihm Wasser und einen stärkenden Sirup ein. Dann setzte man ihn wieder auf den Sattel; vier Männer versuchten seine Beine festzuhalten, und ein fünfter band ihm die Füße rasch auf die Pedale. Das war der gefährlichste Augenblick für das Fahrrad wie für die Männer.

Danach schleuderten sie ihn erneut auf die Straße.

In manchen Augenblicken kam er zu sich und blickte nach rechts und nach links; und wenn niemand da war, rückte er, dabei weiter wie wild auf die Pedale tretend, zur Seite und verrichtete seine Notdurft. Gleich darauf gewann der Automatismus wieder die Oberhand, und er hielt bergauf und bergab einunddenselben Rhythmus durch. Normalerweise tendierte er dazu, geradeaus zu fahren, aber mit einem unfehlbaren sechsten Sinn sah er die Kurven voraus und fuhr sie mit einem so konstanten Radius, als ob er sie vorher schon berechnen oder sehen würde, wobei er unverändert auf die Pedale trat.

Nach dem Ziel steckte man ihn in eine Wanne voll Wasser oder legte ihm Schnee auf den Kopf. Dann war es, als würde er erwachen; er hörte plötzlich auf zu treten, seine Muskeln entspannten sich, er lächelte und redete freundlich mit seinen Freunden und seinem Trainer.

Er erinnerte sich an nichts. Nur einmal sagte er, er würde öfter vom Fegefeuer träumen, wo alle mit dem Rad führen, aber in dem Traum sei soviel Staub und Schutt, daß er von der Landschaft nichts Genaues sagen könne.

Das Blatt, von dem ich gelesen hatte, war gelblich, einige Millimeter schmäler als die anderen, vielleicht eine Fotokopie; auch war es nicht mit dem Rest zusammengeheftet, sondern mit einer rostigen Stecknadel festgemacht.

Kaum hatte ich Zeit, an einen Interpolationsscherz des Vincenzo Gallo oder eines anderen zu denken, da ließ der Direktor seinen Hammer auf das Buch niedersausen und schlug es entzwei. Ich befürchtete einen Hammerschlag auch für mich selbst, eine solche Raserei und Wut hatte ihn gepackt. Aber die anderen zwei oder drei Schläge streiften die Schublade und das Buch, als handle es sich um einen Feind, dessen Prahlereien er nicht länger aushalten konnte.

Und inzwischen schimpfte er auf mich los: „Sie lassen sich ja auch mit der Mafia ein! Sie gehören auch dazu! Weg mit euch allen, haut ab ihr Delinquenten, ihr Fälscher, ihr Gesindel." Er sah aus wie ein echter Geistesgestörter, man konnte Angst bekommen. Sogar Feltrin kam heraus, um nachzusehen, aber er war wohl daran gewöhnt, denn er rauchte, schlaff an den Türpfosten gelehnt, seine Zigarette weiter.

Ich zog mich mit Kapp eilends zurück. „Haben Sie gesehen, was er gemacht hat? Sie haben ihn in Wut gebracht", sagte Kapp.

„Wenn man in der Bibliothek nicht lesen darf", erwiderte ich, „wo soll man denn dann lesen?"

„Er denkt da anders, und man darf ihn nicht reizen, sich nicht unverschämt vor ihn hinstellen; so ist er eben." Er hatte sich den abgerissenen Teil der Enzyklopädie unter den Arm geklemmt, es war der 10. Band, Buchstabe te bis zet.

Ich sagte: „Ich will in Ruhe nachschlagen."

Und er: „Ist gut, mein Herr."

Aber ich wurde die Vorstellung eines dicken, irgendwo zusammengeduckten Vincenzo Gallo nicht los, der zischte und brüllte, falsche Fliegen und falsche Fledermäuse durch die Lüfte schickte, erogene Pülverchen ausstreute, die schreckliche Verblendungen verursachten, der vielleicht auch Bücher anknabberte, den Druck verwirrte und mit Vorbedacht Fehler ausstreute, weswegen man sich auf nichts mehr verlassen konnte. Ich ertappte mich bei dem Gedanken: ‚Aber kann denn ein Mensch durchsichtig werden?' Unvorsichtigerweise sprach ich ihn auch laut aus.

„Wer?" erwiderte Kapp sofort, „Vincenzo Gallo?" Und da ich nichts dagegen sagte, fuhr er fort: „Darüber müßte man als Arzt oder Tierarzt sprechen. Nun ja: es ist zwar selten, aber es kann trotzdem vorkommen."

„Unmöglich", sagte ich, um keinen Stoff für neuerliche ausgeklügelte Darstellungen zu bieten; ich wollte endlich diese Enzyklopädie, meine letzte Hoffnung, lesen und versuchte, sie ihm unter dem Arm herauszuziehen. Aber ich hatte eine Saite angeschlagen, die wohl wie ein Dorn in seinem Herzen steckte, denn seine Augen weiteten sich, wurden heller, und er begann zu reden; unwillkürlich entfernte er den Arm mit dem Band und näherte mir dagegen seinen Mund, dessen gasartiger Atem sich wie eine Glasglocke oder ein Schild vor ihn legte. Inzwischen fingen die Hammerschläge wieder an und dröhnten in meinen Ohren wie eine akute Mittelohrentzündung.

„Hier wird es nie Tag, und man verzagt allmählich", sagte Kapp mit Überzeugung. „Wenn jemand seine Jugend in Freuden an der frischen Luft verbracht hat, dann verzagt er hier drinnen nach kurzem. Und dann kann es eben passieren. Dann kann es passieren, daß der Mensch in einer Streß-Situation unter einem ständigen psychischen Druck aufgrund langfristiger Belastung durch Dutzende von Tonnen pro Kubikzentimeter mit seiner ganzen Seele und seinem ganzen Leib nichts anderes ersehnt als wegzulaufen, aber in seinem Innersten eine ebenso schwere, aber entgegengesetzte Belastung erduldet, die ihn an der Stelle festhält, wo er ist, etwa an seinem Schreibtisch im Büro, dann kann es passieren, daß dieser unterdrückte und verhöhnte Mensch, besonders wenn er dick ist, eines schönen Tages, da er es nicht mehr in seiner Haut aushält, seine Einheit als menschliches Wesen verliert und sich unter nicht mehr erkennbaren Formen in die Umwelt verstreut. Sein Organismus fällt auseinander, und die Organe nehmen als unabhängige, verantwortungsbewußte und der Fortbewegung teilhaftige Wesen heimlich Reißaus, das eine dahin, das andere dorthin, die Milz nach der einen Seite, die Leber und der Darm nach der anderen, und so die Thymusdrüse, die Herzkranzgefäße, die Speiseröhre, der Magenpförtner, die Zunge und die Zähne."

„Das ist doch Quatsch", sagte ich, „hören Sie auf!"

Und er: „Nein, wenn Sie das Phänomen verstehen wollen, müssen Sie von der Vorstellung ausgehen, daß der Mensch ein Aggregat aus Tieren ist, die in hautnaher Nachbarschaft miteinander leben. Ich hätte gern Medizin studiert und spreche gleichsam als Sachkundiger. Wenn Wohlbehagen herrscht, dann bleiben auch diese Tiere harmonisch beieinander und ineinander verschlungen wie in einem Nest; aber wenn das Leben häßlich wird, das verstimmt schließlich manches Tier, es wird unruhig und beißt: beispielsweise das Herz beginnt hin und wieder auszuschlagen, den Lungen geht die Luft aus und sie müssen sich bekümmert setzen, die Blase läßt sich nichts mehr sagen und verspritzt aus Protest Wasser; bis schließlich keines mehr an seinem Platz bleiben will, und es zu Feindschaften kommt und dann alles rennet, rettet, flüchtet. Eine Seltenheit vom histologischen Standpunkt aus, das weiß ich wohl; aber es kommt doch vor; man spricht dann nicht von einem Verschwinden der Person, sondern von der Diaspora ihres ganzen Wesens. Nase, Schlund, Zunge, Gaumensegel, Gaumenzäpfchen fliegen weg und mischen sich unter die Spatzen, Eulen, Käuze; man hört sie auf einem Zweig singen, wenn einer da ist, sonst auf einer Dachrinne oder einem vorstehenden Nagel. Sie ahmen jeglichen Vogel nach, und binnen kurzem, wenn sie zutraulich geworden sind, bleiben sie gern mit den Vögeln zusammen und streifen gemeinsam mit ihnen durch die Gegend. Die Ohren, immer zu zweit, sehen aus wie in der Luft vibrierende Kolibris; ein Auge kann man manchmal sehen, wenn es auf dem Boden liegt und sich furchtsam wie eine Schnecke hinter sein Lid zurückzieht. Die Nerven dehnen sich allerorten aus, unfaßbar wie Spinnweben: auf den Bücherrändern, von einem Regal zum anderen, auf dem Boden zwischen den Fliesen, so daß man dran kleben bleibt. Das Herz dagegen läuft, seiner Natur gemäß, davon wie ein Hase und springt so schnell es kann; kaum ist es draußen in der frischen Luft, wo es sich frei fühlt, macht es einen großen Satz, und niemand kann es halten, niemand weiß mehr, wo es ist, außer es flitzt einem Direktor oder seinem Sekretär zwischen den Beinen durch, mit hochgestellten Ohren, und verschwindet dann wieder und man hört nur noch ein Aufspringen in der Ferne. Die Lungen sind Mammuts, die hohl und dumpf trompeten; sie ringen nach Luft, damit sie nicht aussterben, und wenn es kalt ist, atmen sie Dampf aus. Die Drüsen erscheinen als Kröten oder Salamander; sie halten sich unter Steinen auf und scheiden Schleim und Gift aus. Und dann der Darm: der schlüpft aus dem unteren Hinterteil des Menschen heraus und bewegt sich nach unten weiter; er sucht nach Feuchtigkeit; kommt er zum Beispiel an alten Latrinen vorbei oder findet er eine alte Kloake außer Betrieb, dann regiert er dort wie eine Königspython an der Mündung des Brahmaputra, schwimmt im schwarzen Schlamm, nährt sich von Ratten, Fröschen und Kaulquappen und kommt bei Tagesanbruch an die Oberfläche, um die Aussicht zu genießen.

Aber der Kopf! Seine Kasuistik ist am wenigsten vorhersehbar. In der Zeit der Qualen und des Streß, wenn der Betroffene schon meint, er platze, aber noch nicht platzt, ist es, als würde sich aus seinem Kopf durch die Poren an der Stirn, an den Schläfen und am Hals etwas herausdestillieren; sich eine klebrige, säuerliche Flüssigkeit herauspressen; und der Betroffene spürt, daß in seinem Inneren eine Art Joghurt aus Millionen Mikroben gärt. Dann geschieht es, daß eines Nachts dieses sogenannte menschliche Hirn anfängt herauszukommen wie aus einem Ameisenhaufen und auf dem Kopfkissenbezug herumzuwimmeln, zuerst in einem begrenzten Umkreis, dann nach und nach in die Umgebung ausschwärmend: über das Kopfende des Betts, die Wand, das Nachtkästchen. Der Betroffene hat das Gefühl, ein schöner, weitschweifiger und schwindender Traum bringe ihm Erleichterung, und dabei geht sein Hirn im Gänsemarsch weg, als bestünde es aus Ameisen, die elektrische Leitung hinauf, so daß die Birne, auch wenn sie ausgeschaltet ist, noch ein klein wenig Licht spendet; und ebenso der Messingknopf der Schublade, die Eisenkugel der Bettlade, die Türangeln und die Klinke, als wäre Phosphor darüber gestrichen. Diese Myriade von Insekten läßt, indem sie austrocknet, ein silbriges Krüstchen zurück, das beim geringsten Hauch wie Staub oder wie Puderzucker auffliegt, während der Kopf des Betroffenen leer bleibt; und die Krüstchen entfernen sich in immer weniger konsistenten und immer schwankenderen Wölkchen, die von der Pflicht der Intelligenz befreit sind. Wenn diese Insekten endlich im Freien sind und viel zu fressen haben, wachsen sie zu einer sichtbaren Dimension heran; sie bekommen Beinchen, Flügel, Flügeldecken, manchmal Zangen oder Stacheln, je nach dem, worauf sie früher spezialisiert waren. Und dann breiten sie sich aus und vermehren sich; man kann sie in allem und jedem mit normalen Insekten verwechseln; aber ein Naturforscher wüßte sie nirgends einzuordnen, auch wenn sie den schon bekannten Gattungen ähnlich sehen. Wenn sie sich durch Zufall wieder unter einer Rinde, in einem Loch im Holz, in einer Aushöhlung zusammenfinden, dann können sie, falls es viele sind und ein wenig klebrig zusammenhängen, noch den Schimmer einer Intelligenz erzeugen, vielleicht durch eine globale Kindheitserinnerung, die sich jedoch nicht anders auszudrücken vermag als in einem schwachen, für sich allein stehenden traumhaften Leuchten.

In der Zwischenzeit erschlafft die ganze Haut wie eine leere Tüte, wobei sie aber in den Kleidern bleibt, die ihrerseits, ohne daß jemand darauf achten würde, in den Korb der schmutzigen Kleider geworfen werden, die in die Reinigung zu bringen sind.

Diese Fälle sind aber sehr selten; vielleicht gibt es sogar nur den einen, der unserem ehemaligen Vincenzo Gallo zugestoßen ist. Sie entziehen sich auf jeden Fall der klinischen Beobachtung, da sie eintreten, wenn keiner dabei ist; zu Hause im Bett, auf dem

Bürostuhl oder auf der Schulbank bleiben nur einige Schuppen abgeschabter Haut, ein paar abgenagte Fingernägel und ein paar überflüssige Haare und das Hemd oder die Jacke zurück, kaum mehr. Von Vincenzo Gallo aber soll die ganze Haut vollständig mit allen Klamotten am Kleiderständer hängen, wenn es nicht ein Scherzartikel aus Gummi ist oder ein hochmoderner Taucheranzug.

Vincenzo Gallo läßt sich also als diensttuend bezeichnen, aber überall verstreut und unter Tiergestalten. Es ist unwahrscheinlich, daß sich alle diese Gestalten wieder einmal zusammenfinden wie früher: sie haben Angst vor dem Direktor Wohlmut und sind nun schon verwildert; sie rächen sich: sie nagen an den Büchern, den Regalen, erschrecken das Personal, stechen und bedrängen die Schläfer und nicht nur die. Vielleicht wird eines Tages alles einstürzen und hier wird freies Feld mit der entsprechenden Fauna sein; und wenn jemand eine Heuschrecke, einen Regenwurm, eine Hühnerlaus oder eine Spinne anschaut, wird er nicht wissen, daß es sich um Vincenzo Gallo handelt."

Während Kapp noch sprach, gelang es mir, ihm den Band wegzunehmen, indem ich die natürliche Gasschranke um ihn herum durchbrach. Ich wollte mich setzen. Da war eine offene Tür; wir betraten eine längliche schmale Abstellkammer, eine Art engen Raum unter einer Treppe: Dort war zu meiner Überraschung Iris, ausgerechnet Iris, die sich in einem Spiegel betrachtete und kämmte und sich allem Anschein nach zum Weggehen zurechtmachte.

„Redet er von Vincenzo Gallo?" sagte sie, als sie Kapps letzte Worte hörte.

Ich wollte nicht auf sie achten und senkte den Kopf, denn nach meiner Meinung hatte sie selbst sicherlich als Komplizin von Albonea Schaselon zu meinem Schaden gehandelt. Ich hatte dagegen die Enzyklopädie aufgeschlagen und auf den einzigen Stuhl gelegt, auf dem schon viele Mäntel lagen. Auch an der Wand hingen an Haken viele Mäntel, und Schirme standen in einem Schirmständer.

„Sie, Käppchen, wissen aber nicht alles", sagte Iris dann zu ihm gewandt.

Ich wollte das 20. Jahrhundert studieren und war über das Buch gebeugt, um es durchzublättern. Sofort fand ich: *20. Jahrhundert, Chronik aus dem.* Aber auf der einen Seite von mir war Kapp, und um seinen kranken Atem nicht einzuatmen, mußte ich meinen Kopf auf die andere Seite drehen, wo Iris war. Ich war in der Mitte, und was sie redeten, ging genau durch mich hindurch. Iris war so schön wie eine Fee. ‚Ach! wenn ich nur die Prüfung nicht hätte!' dachte ich. Und insgeheim mußte ich ihren Mund anschauen, der war weich und rosarot, ohne Schnurrbart und ohne Behaarung; und sonst ein klein wenig frühlingshaft; und ihre Stimme war wie eine Schlinge für Füchse.

„Sie, Käppchen", sagte Iris an meinem Ohr, „Sie kennen die berühmte Geschichte seiner Jugend nicht, als Vincenzo Gallo noch mager war und durch ein Schlüsselloch paßte."

„Doch, aber früher einmal ..." sagte Kapp an meinem anderen Ohr.

Und Iris: „Wenn Sie sich nicht mehr erinnern, erzähle ich sie Ihnen: Mit vier Jahren war Vincenzo Gallo ein dürrer, schmächtiger Schlingel, der seine Amme halb wahnsinnig machte. Mit fünf begann er die Leute zu belästigen. Er hängte ihnen auf der Straße schon brennende kleine Feuerräder oder Knallfrösche an, und während sie schrien und unter Mühen das Feuer löschten, das aus ihren Kleidern aufloderte, stahl er ihnen Hut, Handschuhe und Geldbörse; dabei folgte er seinem angeborenen Instinkt."

Ich starrte verzweifelt in die Enzyklopädie hinein, während mir die Zeit unerbittlich auf den Kehlkopfdeckel klopfte; ich tat also, als würde ich lesen, um ein wenig Stille zu fordern, aber meine Augen kamen nicht über den Titel hinaus, denn die Stimme von Iris schlüpfte in mein Ohr und in die linke Kleinhirnrinde wie eine Hemiparese. ‚Walte Gott, daß sie wenigstens bald zum Ende kommt', dachte ich hartnäckig, denn ich hörte, daß sie bei der Kindheit angefangen hatte.

„In der Schule", sagte Iris, „als Vincenzo Gallo das vorgesehene Alter hatte, war ein Lehrer, der die Kinder erziehen sollte; der ging morgens hinein und redete ohne Unterlaß, aber im allgemeinen beachtete ihn niemand, denn niemand wollte sich von der Hauptbeschäftigung, dem Stehlen, ablenken lassen; die Größeren gingen den Kleineren mit gutem Beispiel voran, so daß alle in der Schule große Fortschritte in Verstellung und Geschicklichkeit machten. Unter den Bänken herrschte ein sehr intensives Leben und Treiben, verschiedene Pulver wurden zuhilfe genommen, um Jucken und Niesen hervorzurufen. Auch der Lehrer wurde zum Übungsobjekt, aber mehr des Schauspiels halber: Während er sprach, warfen sie ihm beispielsweise Fliegen in den Mund, die sich summend unter die Wörter mischten, wobei sie deren Klang änderten und dann plötzlich als falsche Konsonanten herausflogen. Der Lehrer, der arme Teufel, war ein wenig verschreckt und stotterte daher. Er glaubte, das sei eine Schwäche von ihm selbst, ein Zeichen seines vorgerückten Alters.

Auf jeden Fall war Vincenzo Gallo nach drei Monaten schon unter den Geschicktesten. Er versteckte einige kleinere Sachen in seinen Zähnen, in der Nase, in den Augenfalten; das waren Nähnadeln, Reißnägel, Brösel, Fäden, Federn, Papierstreifen, Löschpapier. Andere Gegenstände versteckte er zischen seinen Zehen, unter der Zunge oder zwischen Backen und Zahnfleisch. In den Achselhöhlen hatte er Würste, Brot und zwei Spiegeleier; in den Ohren eine Abstellkammer. Das Haar trug er lang und dicht, es diente gewissermaßen als Tresor. Aber wenn es vorkam, daß zufällig die ganze Klasse schlief, in der Pause etwa, dann kamen auf leisen Sohlen die Pedelle angeschlichen, die in Federmäppchen, Schultaschen, Mantel- und Jackenfutter und Taschen kramten; aber ihre Hände waren wie aus Luft, so vorsichtig und leicht, und auch wenn einer wach war, wie beispielsweise der Lehrer, merkte er nichts. Gallo klauten sie eine Uhr, die er vorher verschluckt hatte, einem anderen einen Zahn, der ganz silbern aussah, außerdem Füller, Geld, Bleistifte, Kämme, Gummis, Schnürsenkel und sogar Hemden und andere Kleidungsstücke, in denen einer steckte. Aber Tatsache ist, daß die Pedelle nie auf frischer Tat ertappt wurden, daß sie nie jemand deutlich gesehen hat; es waren Vermutungen; denn manche Gegenstände, vor allem sehr winzige, verschwanden und tauchten nie mehr auf. Deshalb verkörperten die Pedelle in der Schule ein Ideal höchster Vollkommenheit, nämlich den Wunsch aller, unsichtbar zu werden.

Als Vincenzo Gallo eines Tages bei Schulschluß ein Grüppchen ehrbarer Damen in Rauch und Blitze hüllte, sahen ihn zwei Gendarmen ganz deutlich und liefen ihm nach. Mit einem Satz verschwand er unter irgendwelchen Röcken; er war nämlich von sehr kleiner Statur und spindeldürr. Aber die Gendarmen sahen seine Füße. Um sich nicht fangen zu lassen, zündete er einen Rock an; in dem Tumult, der darauf entstand, konnte er um ein Haar entwischen, wobei er flugs noch eine Tüllschleife und eine Schuhspange schnappte. Als er die Gendarmen auf den Fersen hatte, sprang er auf eine schnell vorbeifahrende Straßenbahn. Aber dort fiel ein Sitz seiner Zündelsucht zum Opfer. Die Passagiere schrien, und auch der Wagenführer schrie, weil er mit dem Fuß die Bremse nicht finden konnte. In der Sperre am Ende der Straße — Gendarmen und Feuerwehr — blieb er hängen: Er war in einer mit zwei Schlössern verschlossenen Aktentasche versteckt, die ein Herr unter dem Arm hatte. Dies nur, um zu zeigen, wie geschickt er schon damals war. Sie konnten ihn nur herausziehen, indem sie ihn zu viert andauernd festhielten. Sie führten ihn dann vor den Direktor, aber unvermittelt schlüpfte er in das Hosenbein des einen Polizisten seiner Eskorte, während sich dieser pflichtschuldigst in Habachtstellung begab. Der andere hatte Gallos Ruck rechtzeitig gesehen und ihn am Knie erwischt, wobei er jedoch gegen die Disziplin verstieß. Der Direktor war vor Zorn über die vorschriftswidrigen Zustände in seinem Büro rot angelaufen; aber Vincenzo Gallo wollte das Hosenbein nicht mehr verlassen. Sie zogen zuerst von unten, dann von oben an ihm, und schließlich zwangen sie ihn durch ein Feuer im Hinterteil aus der Hose herauszukommen. Das mag unglaublich erscheinen, aber man muß sich vorstellen, daß er so dünn war wie eine Sardine, und daß dies im Vergleich zu später Lappalien waren. Während der Direktor seine Daten in ein Register eintrug, verschwand die Feder, dann der Federhalter, dann die Tinte aus dem Tintenfaß; man durchsuchte ihn, fand aber nichts. Schließlich wollte man ihn mit einem Maßstab messen, aber inzwischen war das Register verschwunden; man ließ ein anderes bringen, aber da war der Maßstab weg. Der Direktor kochte vor Wut, aber er bekam ihn doch nicht zu fassen."

Iris sprach so gut, als würde sie vorlesen; hörte dabei aber nicht auf, in den Spiegel zu schauen und sich zu kämmen.

Ich stand da wie der Ochse vor dem Berg, sah nur auf ihren Mund er vergaß beinahe mich selbst.

„Da er nun einmal auf diese Bahn gekommen war, verlebte er seine Jugend bald in Internaten, bald in Gefängnissen, bald außerhalb davon. Im Lauf der Jahre wurde es aber immer schwieriger, ihn zu fassen, einzulochen und sitzen zu lassen. Bei einem solchen Individuum ist, um die Wahrheit zu sagen, die Justiz praktisch ohnmächtig, denn es gab kein Vorhängeschloß, keinen Riegel, keine Tür und kein Fenster, das er nicht hätte öffnen können. Er konnte sich verflüchtigen, wann und wie er wollte, und er wäre auch imstande gewesen, sich nie erwischen zu lassen, denn er war fähig, sich als Blitz zu verkleiden und sogar unter den Augen der Häscher und Gendarmen zu verschwinden. Das machte er sogar öfter zur Übung und zu seinem Vergnügen. Da war er zwölf. Unverfroren wartete er, daß sie ihn zu zehnt oder zu zwanzigst umzingelten — die Zahl spielte keine Rolle — und daß sie ihm die Handschellen zuschraubten, die ihrerseits mit doppelten Ketten an den Handgelenken von zwei stiernackigen Polizisten zu seinen beiden Seiten abgesichert waren. Zwei andere Polizisten gingen voraus und vier hinterher; diese vier waren beispielsweise erprobte Langstreckenläufer, Fechter und Lassowerfer. Die beiden seitlichen erprobte Ringkämpfer. Die zwei Vorausgehenden bewaffnet und treffsichere Schützen. Vincenzo Gallo wartete, daß sich eine Mauer aus Zuschauern bildete, er hatte nämlich schon damals eine Neigung fürs Theater: Die Leute blieben stehen und schauten, die Ladenbesitzer liefen auf die Straße, denn sein Name wurde allmählich bekannt, an den Fenstern waren Leute, in der ersten Reihe standen Großfamilien mit Kindern, Tanten und dem Opa wie im Zirkus. Dann verschwand Vincenzo Gallo auf einmal, Läufer und Boxer wurden zwecklos, weil ihn niemand weglaufen sah. Alle schauten einander einfach ins Gesicht und merkten, er war nicht mehr dort, wo er gerade noch gewesen war.

Der Applaus war unvorstellbar; seine Tricks jedesmal neu, im Augenblick erfunden und jedesmal ein Kunstwerk, so kann man sagen; Handschellen, Vorhängschlösser, Ketten: das gab es für ihn nicht. Er schlüpfte aus ihnen heraus, als hätte er keine Knochen, dann verschwand er schlicht. Er mimte zum Beispiel eine Fluchtbewegung, da rückten ihm die Polizisten auf den Leib, aber er war schon weg. Da vermuteten sie etwa, er wäre durch einen Gully verschwunden, durch eine Tür in einen Pfahl gelangt, hätte sich als Polizist verkleidet und wäre noch unter ihnen; es kam zu den unwahrscheinlichsten und absurdesten Vermutungen: er könne sich schrumpfen und verdorren lassen, in jemands Hosentasche kriechen, oder seine Gefangennahme sei eine optische Täuchung, ein Spiegeltrick gewesen. Sie dachten auch, der wirkliche Vincenzo Gallo lasse aus der Ferne eine ihm ähnliche Gummipuppe agieren, um sie hinters Licht zu führen, und lasse ihr dann die Luft aus. Im Bericht der Polizisten stand geschrieben, am Boden seien ein Stückchen Darm und Nylonfäden liegengeblieben, sie hätten Klammern, einen Alkoholflecken, Fäden aus seiner Jacke gefunden. Manchmal blieb sein Hut am Boden zurück, manchmal ein Schnürsenkel, unanfechtbare Beweise dafür, daß er da gewesen war und sie ihn vielleicht einen Augenblick lang gefaßt und gefesselt hatten. Aber nicht mehr.

Als er vierzehn wurde, ließ ihn ein Staatsanwalt, der sich für schlau hielt, vor Gericht erscheinen, um ihm den Prozeß zu machen, wobei er ihm unter Eid versprach, vor dem Urteilsspruch würde ihn niemand anfassen. Pünktlich setzte er sich auf seinen Platz auf der Anklagebank. Aber bald kam dem Gerichtsschreiber der Stift abhanden, bald das Papier, bald lief die Tinte über den Boden, dann wieder ins Tintenfaß zurück oder auf den Richterstuhl hinunter; einem Rechtsanwalt fehlte plötzlich die Brieftasche und wurde in der Tasche eines anderen wieder gefunden, unter gegenseitigen Beschimpfungen und Bezichtigungen der beiden. Zwischen den Prozeßakten erschienen Eier und Küken, schließlich sah man auch Hühner auffliegen, welche die Polizisten nicht zu fangen kriegten, und so flog alles auf, durch die Verfolgung der Hühner, an der sich das Publikum, die Zeugen und der Staatsanwalt beteiligten. Und auf einmal sah es aus, als säße auf dem Platz des Vorsitzenden ein zweiter Vincenzo Gallo im Hermelin; der Vorsitzende erschien mit Handschellen auf der

Anklagebank, während die Geschworenen den Dreispitz der Carabinieri auf dem Kopf hatten. Da war das Durcheinander auf dem Höhepunkt, niemand fand mehr seine Jacke, Hüte schwebten durch die Luft wie an unsichtbaren Widerhaken und Fäden; ihre Besitzer versuchten hochzuspringen, um sie sich wieder zu holen, sie kletterten auf die Tische oder bildeten, einer auf den Schultern des anderen stehend Menschenpyramiden, wobei ganz unten die Pförtner standen, die aber, die Armen, das Gewicht nicht mehr aushalten konnten, dann krachte alles zusammen, stürzte über Bänke, Sperrschranken und Neugierige, aus all dem tauchte dann das unschuldige, ironische Gesicht Vincenzo Gallos auf. Da begann der Staatsanwalt, seinen Eid vergessend, zu schreien. ‚Haltet ihn fest! Verhaftet ihn! Fesselt ihn!' Die Carabinieri hörten auf, hinter den Hühnern herzulaufen, suchten ihn im Handgemenge und zwischen den aufgestapelten Stühlen. Als sie ihn barfuß auf der Tribüne des Gerichts zu sehen glaubten, ergriffen sie ihn, aber es war ein beisitzender Richter, der Gallos engbrüstiges Jäckchen anhatte und wie eine Elster zu kreischen anfing und um Hilfe schrie. Inzwischen erschien und verschwand Vincenzo Gallo in einem fort in Rauchwolken, wobei er jedesmal in erstaunlichen Verwandlungen wieder auftauchte: in Gestalt einer alten Dame, eines Bischofs, eines Schwimmers, eines ganz gewöhnlichen Menschen, des Königs, der Königin oder des Buben. Als dann zuletzt auch die Rechtsanwälte, Zeugen, Richter, Stenografen und Geschworenen hinter ihm her waren, zischte er wie der Blitz in eine Schublade, oder so sah es wenigstens aus. Unverzüglich wurde sie aufgemacht, aber von ihm war keine Spur mehr da. Man fand höchstens ein Ei, etwas Körperpuder oder rauchende Knallfrösche.

Manchmal ließ er sich der Übung halber ins Gefängnis bringen. Um wieder herauszukommen, konnte er dank seiner Tarn-, Akrobatik- und Verrenkungskünste die belanglosesten Fehler in den Sicherheitsanlagen ausnützen. Vor allem die Schlösser hatten für ihn keinerlei Geheimnisse; er war imstande, jedes mit dem Fingernagel seines kleinen Fingers zu öffnen, der war lang, leicht gekrümmt und hatte sieben verschiedene Einschnitte. Oder er nahm seine Zahnplomben zu Hilfe, denn das waren in Wirklichkeit feinste Werkzeuge, Skalpelle, Schraubenzieher, Dietriche und Bandsägen vom kleinsten Format. Sein Ausgangspunkt war folgendes theoretisches Prinzip: Alles läßt sich auseinander nehmen und wo man hineinkommen kann, kommt man auch wieder hinaus. Entweder entwich er durch das Guckloch, oder es gelang ihm auf unerklärliche Weise, durch die Mauern oder durch den Fußboden durchzusickern, als wäre sein Körper nicht aus Fleisch oder als würde er sich entstofflichen. In Wirklichkeit hatte er nur Tricks, das heißt, er schaffte alles dank seiner natürlichen Begabung und der Übung.

Sein Ruhm, sich aus der Schlinge zu ziehen, brachte ihm aber auch einige Unannehmlichkeiten ein. Wenn er auf der Straße vorbeiging, bildete sich eine Schlange Leute, die ihn zum Beispiel hermetisch von der Außenwelt abschließen wollten, ihn in ein Faß, in eine große Milchkanne oder einen Betontank sperren. Er akzeptierte gern, sagte aber, das sei für ihn zu wenig, sie sollten doch das Faß im Wasser versenken, die Milchkanne an einem Strick aufhängen und ihn mit Handschellen in den Tank stecken. Oder man lud ihn unter unzähligen Komplimenten zu sich nach Hause zum Mittag- oder Abendessen ein und sperrte ihn dann plötzlich in die Kühltruhe oder schob ihn unter einem Vorwand in einen Schrank und verschloß die Türen sofort mit dem Schlüssel; oder man steckte ihn in ein Safe in der Wand oder unter einem anderen Vorwand in einen Koffer und zusammen mit ausgestopften Vögeln, mit Moos und Laub und dürren Ästen unter eine große Glasglocke. Unfehlbar fand er die schwache Stelle und den Weg hinaus, ohne jedoch sichtbare Spuren von Brüchen oder Trümmern zu hinterlassen. Es ist nicht zu leugnen, daß derlei Anhänglichkeit und Aufmerksamkeiten ihn auf die Dauer ermüdeten; denn während er zum Beispiel friedlich in einem Restaurant zu Mittag aß, wurde er plötzlich an den Stuhl gefesselt, bekam eine Schlinge um den Hals geworfen und wurde wie eine Mumie in Gaze eingewickelt, oder der Stuhl selbst hatte eine Vorrichtung, die wie ein Foltergerät losschnellte und ihm Hände und Füße festnagelte. Er befreite sich stets ohne große Schwierigkeiten; schlüpfte heraus wie ein Fischlein, öffnete mit dem Nagel der kleinen Zehe Vorhängschlösser und knüpfte Stricke auf, oder er schraubte rasch den Stuhl auseinander und öffnete ihn dann wie eine Tür. Im allgemeinen applaudierten die Ober, die Köche und die Gäste von Herzen, und der Besitzer ließ eine Gedenktafel anbringen: ‚Hier befreite sich Vincenzo Gallo aus der Garotte, hier entwich Vincenzo Gallo dem chinesischen Stuhl' oder: ‚Hier löste er 52 Knoten, hier öffnete er 27 Vorhängeschlösser.' Aber die übertriebene Häufigkeit konnte ihm manchmal auch lästig werden. Man warf ihn eingewickelt wie eine Wurst in einen Brunnen voll Messer und Wasser; während er seiner Wege ging, fingen ihn gleichzeitig vier Hundefänger mit ihren Lassos, und unter Lachen und Scherzen zwängten sie seine Füße in lederne Fußfesseln für Pferde; sie sperrten ihn in einen Käfig, in einen Sarg, den sie beerdigten. Oder sie öffneten, um ihn den Bratenduft riechen zu lassen, das Bratrohr und schoben ihn plötzlich von hinten hinein, schlossen das Rohr und stellten die größte Hitze ein. Da hörten sie ihn singen. Es vergingen fünf, zehn Minuten, eine halbe Stunde. Jemand öffnete besorgt das Bratrohr. Ein schwarzes, verkohltes, rauchendes Bündel lag darin; bestürztes Geschrei, Ohnmachtsanfall der Frau des Hauses. Man rannte ins Bad, um das Riechsalz zu holen; aber das Bad war besetzt; man zählte die Häupter ...; man klopfte und klopfte, brach die Tür auf: Unter der Dusche stand Vincenzo Gallo und sagte lächelnd: ‚Entschuldigt, ich hab geschwitzt und war so frei.' Wie er's gemacht hatte, war ein Geheimnis."

‚Aber hört sie denn nicht mehr auf', dachte ich, indem ich eine Art Hypnose von mir abschüttelte. Ich wetzte auf meinem Sitz herum wie vom Teufel gepiesackt und raschelte nervös mit den Blättern, hob und senkte meinen Kopf vor der Schrift, tat so, als müßte ich Fliegen verscheuchen. Aber Iris fuhr unerschütterlich fort, sich zu kämmen und zu reden.

„Das war seine Jugend. Dann geschah es eines Tages, daß eine Taube seltsamerweise, vielleicht weil sie auf Reisen war und nicht haltmachen konnte, vielleicht wegen einer wahnwitzigen und unerklärlichen Vorliebe, ihm zwei Eier in eine Tasche legte. Das überraschte selbst ihn, er fühlte sich aber insgeheim auch ein wenig geschmeichelt. Er steckte sich die Eier in eine Achselhöhle, und kurz darauf kamen zwei Täubchen zur Welt. Damit begann sein vertrauter Verkehr mit den geflügelten und den nicht geflügelten Tieren. Während die zwei Täubchen heranwuchsen, gewannen sie ein Täschchen seines Hemds besonders lieb, und auch wenn es für sie ziemlich eng war, betrachteten sie es als ihr Zuhause, das Nest ihrer Kindheit. Morgens flogen sie aus und blieben den ganzen Tag unterwegs, auf der Suche nach Körnern, nach Wasser und um mit den anderen Tauben zusammenzukommen, wie es natürlich ist; eine halbe Stunde vor Sonnenuntergang kehrten sie dann zurück; sie waren fähig, Vincenzo Gallo zu finden, wo immer er sein mochte, dank jenes unfehlbaren Orientierungssinnes, den die Tauben haben, speziell die Gattung der Brieftauben. Sie schlüpften unter seine Jacke und hinein in das Hemdtäschchen, wo sie sich so dünn machten wie zwei Blätter Papier und glücklich und zufrieden die Nacht verbrachten. Es muß gesagt werden, daß man an der Jacke nicht die geringste Ausbuchtung bemerkte: Sie fiel gerade lotrecht hinten wie vorne, und das schneeweiße, gestärkte Hemd hatte niemals eine Falte, eine ausgeweitete Stelle oder irgendeinen anderen unästhetischen Defekt.

Da kam das berühmte Kaninchen, in den folgenden Jahren ein bekannter Gast vieler Bühnen. Es war ein weißes Kaninchen mit weißen und orangefarbenen Augen. Als Vincenzo Gallo und das Kaninchen einander begegneten, spürten sie eine gegenseitige natürliche Anziehung. Sie waren beide allein auf der Welt, Vincenzo Gallo ein Waisenkind und das Kaninchen verschreckt und erst seit kurzem geboren; dazukommt bei Vincenzo Gallo ein Geruch nach Wald und Erde, der auf Tiere magnetisch wirkte. Vincenzo Gallo beugte sich ein wenig hinunter, während das Kaninchen aufrecht auf seinen Hinterbeinen stand und schnupperte; er streckte seinen Arm ein klein wenig aus, und das Kaninchen war, einer plötzlichen Eingebung folgend, mit zwei Sprüngen schwups in seinem Ärmel. In der ersten Zeit lebte es in der Nähe des Ellbogens; zum Fressen kam es heraus, und um sich die Pfoten zu vertreten; wenn es herauswollte, scharrte es vernehmlich. Dann ließ Vincenzo Gallo seinen Ärmel nach unten hängen, und es schoß hervor wie ein Pfeil; es sah eigentlich aus wie ein Hase, war jung und lustig; es grub Löcher in die Erde, fraß Kräuter und Wurzeln, nagte allerlei da und dort; die Tiere sollten sich frei und unabhängig fühlen, so wollte es Vincenzo Gallo, ungehindert gehen und kommen können und draußen ein eigenes Leben führen; unabhängig in den wichtigsten Bedürfnissen. Er spürte sie gern auf seiner Haut und war ihr sicheres Zuhause, aber sie sollten auch gern unterwegs sein, mitten durch die bunte Welt fliegen oder laufen. Als das Kaninchen größer wurde, fühlte es sich nicht mehr wohl: entweder war der Ärmel nicht mehr geeignet oder es war gerade in dem Zwischenalter, bevor man erwachsen wird, nach vielem strebt und immer unzufrieden ist. Wahrscheinlich fühlte es sich beengt und es fehlte ihm der Komfort. Nachdem es eines Tages lange auf einer Wiese geweidet hatte, aber offenbar nicht lange genug, kehrte es ganz kribbelig und zappelig in seinen Ärmel zurück. Vincenzo Gallo achtete nicht auf derlei psychische Störungen; gern stellte er eine Unterkunft zur Verfügung, aber weiter nichts. Da ging das Kaninchen auf Entdeckungsreisen: es kletterte hinauf auf die Schulter, überquerte den Rücken und die Brust, schaute zwischen den Hemdknöpfen hinaus. Dann stieg es noch höher, streckte seinen Kopf aus dem aufgeknöpften Hemdkragen und kletterte, einem unvernünftigen Trieb folgend, aufs Haar. Hier erschraken etliche Vögel, denn sie hatten sich dort ihre Nester gebaut, und sie fingen an zu kreischen; auch Schnecken waren da, einige Flöhe und ein Kuckuck: alle verstimmt über den Eindringling und dessen sperriges Volumen. Als das Kaninchen daher den Zylinderhut umgekehrt und unbewohnt auf dem Tisch stehen sah, sprang es mit einem Satz hinein, und von da an war der Zylinder seine Wohnung. Der Hut war geräumig; das Kaninchen hatte sich ganz unten eingenistet, und wenn Vincenzo Gallo auf Reisen ging und ihn auf dem Kopf trug, wußte es sich ganz oben gegen die Wand zu stemmen und zwischen Filz und Futter einzuschlafen wie in einer seidenen Hängematte. Das weiße Kaninchen freute sich über diese ehrenvolle Unterkunft, die in Vincenzo Gallos Wohnanlage den Platz des Wach- oder Kirchturms innehatte, erhaben über die ärgerlichen Zusammenstöße in den Stockwerken.

Vincenzo Gallo beherbergte nämlich — und hier liegt der Hase im Pfeffer — nun schon eine stattliche Anzahl von Tiergattungen, insbesondere geflügelte, da er niemals nein sagen konnte, weder auf stumme Bitten noch bei bereits vollzogenen Ansiedlungen. Gegen Abend zogen alle diese Vögel wirbelnd ihre Kreise um seinen Kopf und gingen dann schön langsam einer nach dem anderen ins Bett: sie schlüpften unter den Hemdkragen, in die Ärmel, in die Taschen. In den Aufschlägen der Hose wohnten winzige Vögel aus Patagonien, aber viele nisteten mitten im Haar, wo sie aus Wollfäden und ausgefallenen Haaren ihre Nester gebaut hatten. Eine Henne trottete, wenn sie die Dunkelheit nahen sah, auf Vincenzo Gallo zu, flatterte auf sein Knie, das ihr als Sprosse diente, und schlüpfte dann durch eine offene Tasche in die Hose bis zum Hosenboden; sie machte es sich im Schritt bequem, wo sie ganz wenig Platz einnahm: sie sah nämlich nur so korpulent aus, weil sie sehr viele Federn hatte. Um dieselbe Zeit kamen aber die Fledermäuse und die nächtlichen Raubvögel heraus; eigentlich war es nur einer, ein Kauz, der zwischen der Wattierung und dem Futter auf der rechten Seite des Fracks lebte; dort war eine Art Höhle, dunkel und gemütlich, die ihm genau entsprach und in die er beim ersten Morgengrauen zurückkehrte.

Drei Flöhe lebten in seinem Haar, ernste, reinliche Leute. Sie kamen aus einem Kleinzirkus und beherrschten eine Nummer mit Miniatursprüngen und Überschlägen auf dem Trapez, einfach, aber stets vollendet ausgeführt. Sonst waren sie in einer Art kleinem Camping zu Füßen seines Haares; gewöhnlich belästigten sie niemanden. Vincenzo Gallo achtete sie, und sie waren Vincenzo Gallo dankbar. Er hatte sie aus dem Zirkus herausgeholt, den Händen eines grausamen und ausbeuterischen Dompteurs, eines gewissen Ferguson, entrissen, der niemals müde wurde zu fluchen und sie aufzupeitschen. Sie mußten mit einem Feuerring arbeiten, was für ihre feinfühlige Wesensart völlig ungeeignet war, und der Dompteur war schmutzig und verschwitzt und hatte schlechtes Blut, so lebten sie ohne jegliche Hygiene, Genugtuung oder Garantien. Damals waren sie Sklaven, Tag und Nacht, immer an der Arbeit, bleich und abgezehrt, schwarz und pessimistisch ihr Gemüt; sie schliefen in einem Mauseloch, wenn man so sagen kann, einem dreckigen, finsteren und stinkendem Loch unweit des Ohrläppchens ihres Dompteurs, wo sich die sicherlich nicht gesunden Geruchsschwaden der Seborrhoe stauten.

Es läßt sich nun ruhig sagen, daß Vincenzo Gallo durch sein Geschick und sein Naturtalent ein vollendeter Illusionist und Zauberkünstler geworden war. Er verstand sich auf keine Kunst, in dem Sinn, daß er etwas gelernt hätte, sondern es ging alles nach seinem persönlichen Naturtalent.

Das Schauspiel, das er auf einhelligen Wunsch im Theater zeigte, war seinem Wesen nach einfach, klar und autobiographisch gefärbt. Der Vorhang erhob sich über einer leeren Bühne, die eine Zeitlang leer und still blieb. Wenn irgendein ungeduldiger Witzbold im Publikum saß, wurde er von den vielen zum Schweigen gebracht, die zum x-ten Mal dem Schauspiel beiwohnten. Dann trat ein Diener in blauer Zirkuslivrée mit Verschnürungen, Achselklappen, goldenen Bordüren und Knöpfen auf. Er hatte ein sehr kleines Aluminiumköfferchen in der Hand; sehr klein, aber sichtlich schwer. Das legte er in der Mitte der Bühne flach auf einen Hocker; dann verschwand er wieder hinter den Kulissen. Und da begann sich das Köfferchen zu regen und zu beben, dann wackelte es, dann sprang ein Schloß auf, dann sprang das zweite auf, der Deckel öffnete sich weit und etwas Schwarzes entrollte sich, das sich im Nu aufblies und eine dritte Dimension bekam. Es war Vincenzo Gallo in Frack und Zylinder, der sich noch den Hemdkragen zurechtzupfte, eine Verbeugung und eine grandiose Handbewegung zum Gruß machte. Ein warmer, beinahe liebevoller Applaus war ihm stets sicher. In diesem Moment begann seine Nummer, die er rigoros allein durchführte, das heißt ohne die Mithilfe anderer menschlicher Wesen.

Er zog sofort alles Mögliche aus den Taschen und ebenso aus dem Mund, den Ohren und den Zähnen. Bleistifte, halbe Buchstaben, Schreibfedern, Radiergummis, Stecknadeln, Reißnägel, Zirkel, ganz oder in Teilen, Füllfederkappen, Tintenkapseln, Schwämmchen, Filzstückchen, Zangen, Briefmarken; was beeindruckte, war nicht die alltägliche, ja schulische Beschaffenheit der Gegenstände, sondern ihre unwahrscheinliche Fülle, die sich auf der Bühne zu kleinen Hügeln anhäufte und dann ins Publikum abrutschte. Darauf folgten Gummis, Schnürchen, Bänder, gummiertes Papier in Schnipseln, die überall kleben blieben, und dann eine kilometerlange Schnur, die aus einem Ohr herauszukommen schien, und er zog und zog, und es kam immer etwas heraus wie bei einer Spinne, die ihr Netz webt, bis ein ungeheures klebriges Fadengewirr zu sehen war, das sich über die ganze Bühne und das Proszenium ausdehnte. Das Publikum erschrak, bekam beinahe Angst, der Knäuel könnte weiterwachsen, dann auf einmal in die Luft gehen oder das Theater in die Luft sprengen. An der Stelle war die Vorstellung wie ein Thriller, die Schwächeren murmelten ängstlich ‚es reicht'. Man stelle sich eine Lawine vor, die sich in einem völlig aufgelösten Schreibwarenladen im Kreis dreht. Es war etwas Gewaltiges daran und etwas Komisches, zum Fürchten, aber auch zum Lachen. Das war Vincenzo Gallos eigentliches Talent, so was wie ein unbegreiflicher Wirbelwind. Dann legte sich die große wirbelnde Schlinge wie Schnee auf die Erde und schmolz; erst erschien ein Zylinderhut und dann er, der sich mit einer simplen Geste aus dem Gewirr befreite. Darauf lüftete er seinen Hut zum Gruß, und Spatzen flogen heraus: Das Licht war wie am frühen Morgen, und sie zwitscherten im Flug. Die Leute freuten sich; die Scheinwerfer strahlten, als wäre nach dem Winter der Frühling gekommen und als hätte sich das Wetter aufgeheitert. Da kamen allmählich paarweise Tauben heraus, dann Turteltauben, Amseln, Finken, Krähen,

Kolibris, Wiedehöpfe, Spechte, und sie kamen aus Taschen, Täschchen und Ärmeln, aus dem Kragen, den Revers, dem Futter, man wußte gar nicht woher. Er sah aus wie ein Baum im Wind, eine stark geschüttelte und unglaublich belebte Pappel, die mehr Vögel hatte als Blätter; es war das Verrückteste, was man sich denken kann und nie auf einer Bühne gesehen hatte, eine Art Weltwunder. Ab und zu sprang ihm ein riesiger Pfau auf den Kopf und schlug dort sein Rad. Das Publikum geriet in Ekstase. Dann sah man Hühner herumspazieren; eine Riesengans mit intelligentem Verhalten; Enten und Entlein. Er öffnete beispielsweise seine Jacke ein wenig und ein Eisvogel kam heraus; er hob einen Frackschoß, und ein Schwalbenschwarm flog auf. Diese Nummer war von jeher für unmöglich gehalten worden, weil die Schwalbe niemandem gehorcht. Dann kam mit einem Salto mortale das Kaninchen und schien zu lachen; wer im Publikum ein Theaterglas hatte, sah auch die Flöhe, die auf seiner Schnauze und seinem Schnurrbart akrobatische Schwünge machten, während das Kaninchen sozusagen die Piste darstellte. Wenn sich das Licht dann allmählich neigte und es nach Dämmerung aussah, kamen unter dem einstimmigen Gekreisch der Damen die Fledermäuse heraus und ein wunderschöner Uhu, der schweigend über das Parkett flog und sich auf dem samtenen Geländer einer Loge niederließ.

Wenn die Vorstellung ihrem Ende zuging, wimmelte es im Theater von Vögeln: sie hockten auf den Armen der Lüster, auf dem Stuckwerk und den Balustraden der kleinen und großen Logen. Und sie zwitscherten und sangen miteinander wie ein Orchester, während das Publikum im Stehen immerfort applaudierte. Das Kaninchen war beinahe ein kleiner Schauspieler geworden: es stand neben seinem Herrn, aufrecht auf den Hinterpfoten, und vollführte mit seinen Ohren etwas, das von weitem aussah wie eine Verbeugung. Die Flöhe hüpften wie besessen und vom Erfolg berauscht von einem Ohr zum anderen. Er brauchte dann weder zu pfeifen noch zu rufen oder in die Hande zu klatschen. Alle Tiere, so sorglos und fröhlich sie sein mochten, verloren Vincenzo Gallo nie aus den Augen. Kaum drehte er sich um und ging zu seinem Koffer, da stürzten sie sich schon auf ihn wie ein Luftwirbel, wie wenn er sie alle ansaugen würde, und verschwanden unter der Jacke, unter dem Westchen, im Hut, jedes an seinem angestammten Platz. Es konnte auch zu einer kurzen Auseinandersetzung kommen, zu einem Hickhack von seiten eines Vorlauten, angestiftet wegen des Gedränges und der wenigen Eingänge. Mancher glänzte metallisch wie eine Schreibfeder oder ein Taschenmesser; mancher schien, wenn er sich niederließ, aus Filz, Schwamm oder Löschpapier. Aber das geschah nur in einem kurzen Augenblick der Blendung. In wenigen Sekunden blieb Vincenzo Gallo allein auf der Bühne zurück, im Begriff wegzugehen, und eine große Stille herrschte: denn alle hatten wie verzaubert dagestanden und dem Vogelwirbel nachgeschaut. Dann brach ein donnernder Beifall los; Vincenzo Gallo blieb stehen, drehte sich wieder um, während das Publikum außer Rand und Band schrie, ihm Blumen und Konfetti zuwarf. Mit einer schönen Gebärde strich sich Vincenzo Gallo seine Jacke glatt, nahm sich ein streunende Feder von der Nase, zog sich die Manschetten zurecht; geschmeidig, dünn und elegant wie ein Aal machte er vor dem Publikum die gebührenden Verbeugungen. Er sah aus wie ein Pianist nach dem Konzert, schien schmächtig und allein, niemand war jetzt mehr sicher, ob der Zoo von vorhin wirklich existierte. Er selbst schien in diesen letzten Augenblicken wie ein Anzug, in dem niemand steckte, und sein Gesicht war so reglos und glatt, daß es aussah wie ein von der Luft hochgehaltener Darm. Dies um zu zeigen, wie sehr ihm die Kunst des Taschenspielers im Blut lag. Er drehte sich um, stellte zuerst ein Bein in sein Köfferchen, dann das andere, beugte sich nach vorn, mit dem Rücken zum Publikum, schrumpfte zusammen und kehrte wie durch ein Wunder in den Koffer zurück: ein Säckchen, dem die Luft entwichen ist, er und alle seine Illusionen. Von innen schloß er den Deckel; man hörte es zweimal schnappen, dann war es vollkommen still. Der Diener trat auf, nahm mit zwei Fingern das Köfferchen und trat ab. Es gab noch einmal Applaus und Dacaporufe, aber Vincenzo Gallo erschien nicht wieder und der Vorhang fiel herunter. Das ganze Schauspiel hatte etwas Unglaubliches, und man weiß tatsächlich nicht und hat es nie erfahren, wo die Tricks waren: der Koffer, hieß es, habe geheime Mechanismen und sei innen sehr geräumig, so groß wie ein möbliertes Zimmer; die Tiere, hieß es, seien nicht lebendig, sondern von einem Kaleidoskop widergespiegeltes Licht; und auch die Schreibwaren seien alle aus Seidenpapier oder trockenem Eis. Und Vincenzo Gallo sei in Wirklichkeit der Diener, während der Frack leer sei und ein Loch im Boden vertusche. Dann hieß es sogar, es handle sich um Spiritismus und Vincenzo Gallo sei ein beschworener Geist; andere meinten aber, es sei alles nur Kino mit dreidimensionalen Effekten. Leider, so wurde ihnen geantwortet, regne es auf die Köpfe der Zuschauer auch anfaßbare und lästige Vogelscheiße."

Kapp schlug die Augen auf und zu und seufzte; ich rückte weg von diesen höllischen Seufzern. Iris war noch nicht fertig, es sah aus, als sollte sie nie mehr fertig werden.

„Ja", sagte sie, „manchmal kommt es aber vor, daß die Jugend glorreich verläuft und das Leben dann von einem bestimmten Moment an das Gegenteil ist. So erging es Vincenzo Gallo, als er anfing dick zu werden. Anfangs versuchte er sich zu widersetzen: er aß Kleie, Grünzeug und Heu, aber mit einem solchen Appetit, daß ihm alles anschlug, selbst die Holzfasern. Und das Kaninchen, die Tauben und die Ente standen um ihn herum, schauten ihm zu, denn man konnte beinahe mit dem bloßen Auge sehen, wie er auseinanderging; seine Kleider spannten, die Nähte waren nah am Platzen: an Weste, Hemd, Hose, Jacke sprangen ihm alle Knöpfe weg, und er konnte sich die Schuhe nicht mehr zubinden. Auch die Vögel, die Amseln, Finken, Wiedehöpfe undsoweiter flogen davon, denn es gab keinen Platz mehr, und sie wollten nicht sterben. Sie setzten sich ringsum auf die Stühle und auf die Drähte und beobachteten ihn schweigend. Er fastete, aber das half nichts, denn Dickerwerden war nun sein Geschick, und mangels anderer Dinge wurde er auch von der Luft dicker und vom Bratenduft. Nur die Flöhe hatten noch

Platz, aber auf einmal bekamen sie es auch mit der Angst zu tun, da sie ständig den Stoff reißen hörten und die Haut so gespannt war, da setzten sie sich auf sein Ohr und beweinten ihn. Er sagte, um etwas zu versuchen, ‚bindet mich zusammen', dann blieb er liegen wie eine verschnürte Salami; er ließ sich in eine Schachtel stecken. ‚Aber legt mir Handschellen an!' sagte er. Sie warteten zehn Minuten, eine halbe Stunde, dann öffneten sie die Schachtel, und er regte sich nicht, war aber feuerrot von einer Anstrengung, an die er nur gedacht hatte, und murmelte: ‚ich kann's nicht mehr'. Er ließ sich auch zusammengebunden ins Meer werfen; aber er blieb oben wie ein Schiff und lief keinerlei Gefahr, im Gegenteil, nach einer Weile stiegen Kinder auf ihn und ruderten.

Das mag alles übertrieben erscheinen, aber das hat mir Vincenzo Gallo alles im Vertrauen selbst erzählt; schließlich wurde er dann so dick, daß er nicht mehr als Taschenspieler auftreten konnte, da schloß er sich ein und wurde Angestellter."

Als Iris an dieser Stelle angelangt war, kam es mir vor, als würde ich nach einer Abwesenheit wieder zu mir kommen, denn eine Sirene hatte ausdauernd zu heulen begonnen, und durch die Tür kamen sehr viele Leute und drängten sich hier zusammen; jeder suchte nach seinem Mantel und seinem Schirm; es war Dienstschluß für die Angestellten. Nun war die Zeit zu Ende, ich mußte mich beeilen, es war acht, heller Tag, und ich hatte nichts erledigt, hatte mich die ganze Nacht unablässig und ausschließlich ablenken lassen.

Da packte mich wieder Angst, Ungeduld und Hektik, und rasch riß ich fünf oder sechs Seiten aus der Enzyklopädie heraus.

Ich schaute auf: der Kopf des Geheimrats Sumpfer kam genau über mir aus einem winzigen Fensterchen in der Decke und sah mich an: „Das nicht!" sagte er. Aber die Menge war schon so groß, daß der Stuhl umkippte, die Enzyklopädie hinunterfiel und getreten wurde und ich selbst ins Gedränge kam. Kapp war wie vom Erdboden verschluckt; Iris dagegen war der Länge nach auf mir gelandet, und wir wurden aneinander gedrückt, Gesicht an Gesicht, und auch im übrigen so eng aneinander wie Sardinen in einer Büchse, derart, daß ich zuinnerst verwirrt war. In der Menge sah ich Accetto, Waldau, Rasor; Heiligmann und Pfeiflein, Klagebrecher; ich sah auch Herrn Natale, übel zugerichtet, einem abgenagten Apfel ähnlich, auch den Direktor Wohlmut, der aber, da er kleiner war, zwischen den Schultern der anderen zu verschwinden neigte. Beinahe streifte ich Iris' Mund, doch sie reagierte nicht. Neben mir murmelte Feltrin: „Hab ich ein Kopfweh!" Ich hielt meine Blätter unter der Jacke fest in die Achselhöhle gepreßt; aber in dem Gewühl wurde ich bald gezwickt, bald an irgendwelchen Härchen gezogen, bald wurden mir Strohhalme in die Ohren gesteckt. Jemand kitzelte mich, und ich spürte seine Finger, die mir aber wie Federn vorkamen. Im Mund hatte ich Salzgeschmack, mein bloßer Fuß wurde mehrmals getreten. Alle drängten, blieben aber am selben Fleck, und aufs neue war ich dabei, ein Sklave der Sinne zu werden.

Da sah ich in der Ferne Sumpfer, in seiner nächsten Nähe Frau Schaselon, die im Gedränge bei der Tür japste und versuchte sich einen Weg zu mir zu bahnen; sie drohte mir mit Gebärden; was sie sagte, hörte ich wegen des Stimmengewirrs und des Getrappels nicht. Vielleicht: „Haltet den Dieb! Haltet den Dieb!" Mir war klar, ich würde nie mehr hier herauskommen, auch wenn mich alle wohlwollend anschauten. Mit einer beinahe unmenschlichen Anstrengung löste ich mich von Iris und schaffte mir Platz in dem Gewühl. Meine Arme und meine Beine waren wie Blei, und mein Hals war, als steckte er im Griff eines Regenschirms; ich atmete nämlich auch schwer, ich schnarchte.

Ich schob und drängelte derartig, daß ich unvermittelt draußen stand, vor meiner Haustür. Seltsamerweise war sonst niemand herausgekommen.

Ich ging hinein, mein Bett war ganz zerwühlt und ich selbst zugerichtet wie ein Landstreicher; voll Staub, Federn, Fäden, Spinnen und Spinnweben hingen an mir, die Knöpfe fehlten, die Taschen abgerissen, der Hosengummi auch, Insekten flogen in meinem Haar herum, ein Schuh war sohlenlos, mein Mund gefühllos und geschwollen, ein Rest Zahnweh steckte in einem Zahn. Aber ich hatte die Blätter aus der *Neuesten Enzyklopädie*.

Ich legte mich aufs Bett, schlug die Blätter ordentlich auf und begann wegen des schwachen Lichts mit großer Anstrengung zu lesen.

20. Jahrhundert, Chronik aus dem

Das Jahr 1901 brachte den großen Durchbruch des Buches. Bis dahin lag in Europa die Durchschnittslesezeit pro Kopf knapp unter 0,05 % oder bei 43 Sekunden in 24 Stunden. Zwischen 1900 und 1910 ist ein plötzlicher Anstieg auf 1 Stunde 22 Minuten pro Person pro Tag zu verzeichnen. Darauf folgte ein schwindelerregender Anstieg: 1911 eine Stunde 40 Minuten, 1912 zwei Stunden, sodann ein beständiges Anwachsen bis 1935 (7,15 Stunden) und in den zwei folgenden Jahrzehnten ein Einpendeln bis zum absoluten Spitzenwert von 8,44 Stunden im Jahr 1959. Da dies der arithmetische Durchschnitt ist, heißt es im Klartext, daß es gewisse Bevölkerungsschichten zwischen 1950 und 1959 auf 14 bis 15 Stunden Lektüre täglich brachten. Mit einer leichten Verspätung folgten die anderen Kontinente, als erste Nordamerika und Japan. Man darf wohl sagen, daß es sich hierbei um das eindrucksvollste Phänomen der Moderne handelt.

In den fünfziger Jahren sah man abends nur sehr wenige Leute auf der Straße, denn die Mehrheit war zu Hause und las, und selbst die vereinzelten Nachtwandler hatten kleine Taschentücher bei sich. Rasch hatten sich die Bräuche geändert; die Familien aßen in aller Eile zu Abend, dann nahm jeder wieder sein Buch zur Hand, der eine auf dem Sofa, der andere im Sessel, der dritte auf einem Küchenstuhl, mancher sogar auf der Klobrille. Das Dienstmädchen las unter der Decke zusammengerollt Bücher, welche die Frau des Hauses schon gelesen hatte. Die Frau des Hauses las im Schein eines Lämpchens bis in die frühen Morgenstunden, der Herr des Hauses brachte die Nacht im Wohnzimmer zu und schlief beim Morgengrauen ein, die Nase auf der letzten Seite eines Kriminalromans. Das waren die Ausschweifungen der damaligen Zeit. Aber nicht anders war es tagsüber auf den Baustellen, in den Straßenbahnen, in den Büros: alle hatten ein Buch mit Lesezeichen bei der Hand, und sobald es eine Pause gab, wurde nur gelesen, und wenn es zum Ende der Pause klingelte, wurde ein allgemeines Seufzen laut. Dies um einen Begriff zu geben vom moralischen Klima der damaligen Zeit. Ob Versammlungen, politische Tagungen und Konferenzen Erfolg hatten oder nicht, läßt sich nicht sagen, denn die Teilnahme war groß, sofern sie mit den Bürozeiten zusammenfielen; aber das Desinteresse für die behandelten Fragen war offenkundig, da alle von irgendeinem Buch abgelenkt waren, das sie entweder unter der Zeitung oder unter dem Aktendeckel oder hinter dem Rücken des Vordermanns versteckt hatten. Und es kam vor, daß die Vorsitzenden, obwohl sie immer noch den Vorsitz führten und mit dem Kopf nickten, verstohlen in ein Buch äugten, das sie aufgeschlagen auf den Knien liegen hatten, und daß der Redner, angewidert vom Klang seiner eigenen Worte, unter dem Vorwand, ein Zitat zu suchen, schweigend hinter dem Mikrofon stand und einen Roman las, während ringsum schon längst alle unbekümmert lasen, es las der Tontechniker, die Übersetzerin, der Personalchef und die Türsteher. Eine große Stille lag über den politischen Versammlungen, es war wie im Lesesaal einer Bibliothek, und bisweilen dauerten sie zur allgemeinen Befriedigung ziemlich lange.

Dann kam der berühmte Zusammenbruch des Jahres 1959: binnen weniger Tage las niemand mehr ein Buch, im Gegenteil, es graute einem vor den Büchern, und man wollte sie nur loswerden.

Um eine Vorstellung von der Tragweite des Phänomens zu geben, sei nur gesagt, 54 Millionen Schriftsteller wurden arbeitslos, hinzuzufügen mindestens die dreifache Anzahl von Personen, die wirtschaftlich auf sie angewiesen waren (3 bis 4 pro Schriftsteller). Berechnungen ergaben, daß in Italien die einheimischen Schriftsteller im Lauf der 50 Jahre sinnloser Entwicklung eine Dichte von 6 % der Gesamtbevölkerung erreicht hatten; das heißt ca. eine Million 800 000. In Frankreich und Deutschland sind die Daten ähnlich. In England stiegen sie auf 7 % und auf 8 % in Irland. Der europäische Durchschnitt belief sich auf 5,5 % mit Spitzenwerten von 12 % im Prager Stadtgebiet und in Wien; weitaus niedriger war der Prozentsatz der ländlichen K. u. K.-Schriftsteller mit 0,3—0,2 %. In Asien war das Phänomen ebenso verbreitet und überwältigend, obschon es dort aus klimatischen Gründen Landstriche gibt, die, was die Schriftsteller angeht, noch jungfräulich sind, wie das Tiefland von Turan und die sibirischen Steppen, die Salzwüste von Takla Makan und das Kara Kum, so waren dafür die Zahlen in Indien, Japan, China und Sibirien überaus hoch. Dasselbe gilt für Südamerika, Australien und Ozeanien: ein einmaliges Phänomen stellen einige Inseln dar: die Fidschi-, Salomon- und Marquesas-Inseln, wo eine erdrükkende Mehrheit fremdstämmiger Schriftsteller (70 %) sich im Lauf von 50 Jahren gegenüber der einheimischen Bevölkerung, großenteils Analphabeten und der fortgesetzten Lektüre abgeneigt, durchzusetzen vermochten. Ein Teil der Einheimischen floh in die Berge, suchte Zuflucht in den Kratern der Vulkane und im Dickicht der tropischen Vegetation; der andere Teil akzeptierte die Alphabetisierung, die Schulen und die Bücher und erlag wie der Rest der Welt der Versklavung durch diese geradezu erbitterte Lesesucht. Indem die Schriftsteller den 15—20 % Eingeborenen die Lektüre ihrer Bücher zur Pflicht machten, importierten sie auch die typischen Krankheiten der sitzenden Lebensweise und der schlechten, oft verbrauchten Luft wie Arthritis, Blähungen, Magengeschwüre, Verstauchungen aufgrund langen Liegens wie auch Erkrankungen der Augen und des Gehirns. Infolge der Rezession geschah es, daß die Schriftsteller, von einer heimtückischen Neurasthenie und einem Gefühl der Unsicherheit befallen, von Gerüchten und Hoffnungen getrieben, zu wandern anfingen und zuerst langsam in kleinen Verbänden, später in ausgesprochenen Kolonnen nach Italien und in den Mittelmeerraum im allgemeinen strömten. Die deutschen Schriftsteller zusammen mit den holländischen, schwedischen, finnischen, tschechischen zogen zuerst den Lauf des Rheins, der Mosel, der Donau und der Elbe entlang, überschritten dann wie gewöhnlich den Brenner oder Tarvisio, entweder zu Fuß oder mit dem Auto, 50 % mit ihren Familien, 10 % mit einem oder zwei Adepten, die aber noch keine fertigen Schriftsteller waren, 20 % mit einer Beischläferin und die übrigen 20 % allein oder mit einem Genossen. Über den Gotthard, den Simplon, den Mont Cenis, über Fréjus und Trenda kamen die Franzosen, Engländer, Basken, Spanier und Marokkaner, die sich im Rhônetal vereinigt hatten; groß war die Anzahl derer, die nach Rom wanderten. Banden verlotterter und ausgehungerter Schriftsteller trieben sich am Tiber herum. Man sah richtige Galgenvögel, gelbgesichtig und mit stinkenden Haaren Zichorie und Ruchetta ausrupfen und mit dem Taschenmesser ein Stück Brot zerteilen. Viele schliefen und lebten im Auto, viele im Kolosseum, in den

Caracalla-Thermen, auf dem Forum, ohne Hygiene und beinahe mittellos. Man stelle sich vor, daß die Bevölkerung Roms im Lauf weniger Monate auf 13 Millionen anstieg; es handelt sich um mutmaßliche Schätzungen, sowohl wegen der quantitativen Unbestimmbarkeit des Zuwanderungsflusses seitens der Schriftsteller wie auch wegen des fortschreitenden Auszugs aus der Stadt seitens der früheren Bewohner. Mit Beginn der Sommerferien 1959 bemächtigte sich eine unübersehbare lärmende Horde der Stadt und ihrer sämtlichen Vororte.

Man darf aber nicht außer acht lassen, daß auch unter den Kritikern Arbeitslosigkeit und infolgedessen Unzufriedenheit krassierte. Es mag unmöglich erscheinen, aber Kritiker gab es noch mehr als Schriftsteller, nur daß sie nicht so auffielen und gesitteter waren. Man rechnet gemeinhin, daß die Wachstumskurve der Kritiker in normalen Zeiten einen durchschnittlichen Koeffizienten hat, der ein wenig über der Wachstumsquote der Schriftsteller liegt. Haben wir beispielsweise bei den Schriftstellern einen Koeffizienten von + 1 %, was bedeutet daß sich ihre Anzahl in 100 Jahren verdoppelt, so verdoppeln sich die Kritiker mit einem absoluten Koeffizienten von + 1,01 oder + 0,01 über dem Koeffizienten der Schriftsteller bereits in 92 Jahren. Das trifft zu, wenn die Wachstumskonstante im Lauf der Zeit immer dieselbe bleibt, was aber in Wirklichkeit nicht der Fall ist. Es gibt Zeiten demographischer Explosion bei der Kritik bei gleichzeitigem Rückgang der Schriftsteller und umgekehrt; oder auch Änderungen bei derselben Rate mit plötzlichem Ansteigen oder Sinken, was in Zeiten besonderer Konjunktur bis zu 2,8 % gehen kann. In den 50 Jahren des schwindelerregenden Wachstums bei den Schriftstellern lag die Rate der Kritiker anfänglich unter den Durchschnittswerten der letzten 120 Jahre, als wäre gleichsam die Kritik zeitlich zurückgeblieben. Dann paßte sie sich an und überbot den von Schriftstellern erreichten Rekord in Nordamerika und Europa sogar um 0,04 %.

Die Kritiker sind gewöhnlich seßhafter veranlagt. Daher kam es bei ihnen nicht zu Migrationsphänomenen, wenn sie auch infolge ihrer großen Anzahl eine ungeheure Belastung darstellten für die Stadtverwaltungen, Krankenkassen, die öffentlichen Verkehrsmittel, die subventionierten Mittagstische; eine allgemeine Unduldsamkeit ihnen gegenüber war die Folge, aber auch ein allgemeines Verantwortungsbewußtsein. „Wir haben sie immer mehr werden lassen", sagten die Leute zueinander, „wir haben sie verwöhnt, sie als Ansteckblume verwendet, und jetzt drücken sie unsere Bilanz." Andere, die Umweltschützer, die Ökologen sagten, das hätte man sich vorstellen können, daß dieses wahnwitzige und unverantwortliche Wachstum schließlich einmal abbrechen und dadurch die Lebensqualität auf dem ganzen Planeten beeinträchtigen würde. Diese Tausende von Tonnen Kritiker müßten nun entsorgt werden (so pflegte man sich damals auszudrücken), ohne daß die menschlichen Siedlungen Schaden nähmen. Die Umschulung, mit der man es versuchte, erwies sich als in großem Umfang nicht durchführbar, da sich die Angestellten weigerten, Kritiker in ihre Büros aufzunehmen; die wenigen, die eingestellt wurden, waren faul und geschwätzig, hatten bisweilen Schwierigkeiten mit dem Alphabet und rochen penetrant nach Zwiebeln. Die meisten — und es geht hierbei um immense Zahlen — blieben in ihrer Wohnung oder auf ihrem Stockwerk und verbreiteten Gerüchte über die einzelnen Posten bei den Wohngeldausgaben; oder bevölkerten scharenweise die Lesesäle der Bibliotheken, die Wartesäle der Omnibuslinien und der Eisenbahn; manche saßen an Straßenbahnhaltestellen oder unten in der U-Bahn und schauten die Geschäfte in den unterirdischen Galerien an, lasen die Plakate an den Wänden und die Zeitung. Und sie hatten immer etwas zu bemängeln, über die Preise zu schimpfen, aber so, daß es der normalen Bevölkerung schwer auf die Nerven fiel. Es gab zwar Leute, die weiter darüber ihre Witze machten und das drohende Ungewitter des Krieges nicht heraufkommen sahen. „Wenn du nicht achtgibst, fällt dir noch ein Kritiker in die Suppe", sagten sie mit übertriebenem Leichtsinn. Niemand konnte mehr etwas tun, ohne einen Schwarm Kritiker um sich zu haben, die mit leiser oder mit lauter Stimme Urteile und Ratschläge austeilten, den Kopf schüttelten und ein wenig später begannen, aufeinander loszuhacken, sich in Parteien zu spalten und einander auch zu ohrfeigen, zu boxen, anzuspucken, zu verfluchen, anzurempeln und mit Steinen zu bewerfen, wie man sich unschwer vorstellen kann, wenn es zu viele Nichtstuer gibt. Einige Zahlen dazu: Die stärksten Ballungen von Kritikern waren in den großen Metropolen; wo bis zu 13,3 % (in Turin, Mailand, Genua), bis zu 12 % (in Bologna, Piacenza, Rom, Neapel), bis zu 11 % (in Catania, Lecce, Venedig) anzutreffen waren. In den kleineren Städten mit weniger als 200 000 Einwohnern gingen sie zurück, um in den winzigen Städten wieder anzuwachsen mit Spitzenwerten wie in den großen Metropolen (San Remo, Imola, San Severo). Um uns nur auf Italien zu beschränken. Aber in Europa und in den vier anderen Kontinenten war das Phänomen ähnlich, ausgeschlossen natürlich die Antarktis, wo sowieso nur wenige Tier- und Pflanzenarten gedeihen.

Zu den ersten Kriegsfeuern, den ersten Scharmützeln kam es in den Tagen unmittelbar vor dem Aschermittwoch 1960, als 140 Schriftsteller in zwei Omnibussen schreiend, in Hemdsärmeln und mit Fahnen durch das Dorf Vimercate fuhren, wo unter der Marquisette eines Cafés in Grüppchen Kritiker mit vor Mißbilligung angewiderten Mienen saßen, und, da sie rein zufällig Tomaten im Zustand fortgeschrittener Fäulnis bei sich hatten, das taten, was jeder tun würde, wenn er Schriftsteller wäre und einem Kritiker begegnen würde, mit einem typischen Kritikergesicht, das geradezu nach Ohrfeigen schreit und auch nach Tomaten, so welche zur Hand sind. Aus dem Café kamen noch andere Kritiker heraus, noch weitere erschienen in den Fenstern, andere waren unterwegs oder saßen vor dem Fernseher. Da es im Dorf ruhig war, konnte man die Schreie überall hören, und die 140 Schriftsteller wurden von 502 Kritikern umzingelt, das waren praktisch alle, die das Dorf zur Verfügung hatte (6,3 % der Einwohner). Wie es ausging, ist schrecklich zu sagen: Die zwei Omnibusse wurden in Brand gesteckt, und alle kamen in den Flammen ums Leben, die Chauffeure inbegriffen.

Es gibt noch eine andere Version des ersten Zwischenfalls: Ein Schriftsteller fuhr mit dem Motorrad über die Hügel des Chiantigebiets; es war der erste Fastensonntag, und die drei Kritiker saßen auf einem Heuwagen, wo man sie aus Höflichkeit hatte aufsitzen lassen; sie hatten Kirschen bei sich, und als sie den Schriftsteller in ihre Nähe kommen, hupen und schimpfen sahen, fingen sie an, die Kirschkerne auf ihn hinunterzuspucken. Naturgemäß kochte der Schriftsteller vor Zorn und Empörung. Was tut er da? Verantwortungslos zieht er ein Feuerzeug heraus und zündet den Heuwagen an: Nur der Mann, der den Traktor fuhr, kam mit dem Leben davon.

Mag nun der eine Fall wahr sein oder der andere, oder mögen beide aus dem Nichts entstandene Gerüchte sein, in ganz Italien folgten darauf Racheakte, Überfälle, Massaker. In Mailand wurden 15 000 Kritiker mit ihren Kindern ertränkt. Genua war in Händen der Kritiker, aber 4000 Schriftsteller kamen auf dem Seeweg und veranstalteten eine zweite Bartholomäusnacht. Eine Kolonne ungarische und böhmische Schriftsteller wurde bei Treviso abgefangen und in der Nähe einer Autobahnüberführung in Stücke gehackt; andere unerfahrene Schriftsteller wurden in die Sümpfe des Podeltas gelockt und dort wie Sumpfhühner mit MGs abgeknallt.

Mit anderen Worten, ganz Italien stand in Flammen, und nach Italien Frankreich, Großbritannien, Österreich, die Deutschländer; und der Brand dehnte sich ostwärts aus über die Donau, über den Bosporus und in einem Monat hatte er sich in Asien bis zur Beringstraße, zum Chinesischen Meer und bis Ceylon ausgeweitet. Und in Afrika sah man selbst in den Urwäldern Zambias, im Kongobecken und in den Sanddünen von Ténéré Kritiker gegen Schriftsteller kämpfen.

Der Krieg dauerte 14 Monate, aber 14 Monate, die einer Apokalypse gleichkamen. Als Waffe wurde alles Mögliche verwendet, aber insbesondere am Anfang das Feuer bei großen Konzentrationen und Gedränge von Gegnern. Das Gas war die bevorzugte Waffe der Schriftsteller, und sie versprühten es überall da, wo es nach Kritiker roch: sie hatten unterwegs immer eine Gasflasche geschultert und einen Gummischlauch für Flammenwerfer. Auf diese Weise legten sie ganze Stadtviertel in Asche und verbrannten zig-tausend Kritiker. Wenn man aber den Verdacht hatte, auch nur ein einziger Kritiker könnte in einem Getreidefeld versteckt sein, wurde das ganze Feld niedergebrannt, um ihn aufzuspüren, und so brannten riesige Futteranpflanzungen, Baumkulturen und Weiden nieder, dabei kam es zu einem Massenmord von Rindern, Pferden, Schafen, Ziegen und Geflügel, als Folge davon verschwanden vom Markt Butter, Käse, Eier, Wolle und Fleisch; dies um zu zeigen, welchen Grad von Barbarei man erreicht hatte. Propan und Metan wurden verwendet, um Bomben auf die Zusammenkünfte und die Versammlungsorte der Kritiker zu werfen. In Paris wurde, als die gesamte Bevölkerung zu Hause war, um der Gefahr zu entgehen, und nur bewaffnete Kritiker unterwegs waren, die ganze U-Bahn mit geruchlosem Gas vollgepumpt, und das war eines der grausamsten Verbrechen, denn dabei kamen 600 000 um wie in einer Mäusefalle. Die Übriggebliebenen, nur einige Tausend, ließ man im Hof des Louvre verhungern. In Paris gab es nach zwei Monaten keinen einzigen Kritiker mehr.

Da zogen die Schriftsteller mit einem großen Befreiungsheer die Bahnstrecke Lyon—Marseille entlang. Singend gingen sie im Gänsemarsch auf den Schienen, als ein ganzer Eisenbahnzug, von einem Kritiker gelenkt, sie mit wahnwitziger Geschwindigkeit von hinten überraschte und auf einer Strecke von über 10 km alle zermalmte: 22 000 Tote. Die Überlebenden zerstreuten sich verstört und verängstigt in kleinen Gruppen über Burgund und die Franche Comté, wo sie, sobald sie in Dörfer und Städte kamen, ohne weiteres überwältigt und hingemetzelt wurden. Schätzungsweise eine Zahl von 1 200 000, darunter die 125 000 Frauen und Freudenmädchen in ihrem Gefolge.

Die Kritiker verteidigten sich mit Feuerlöschern. Anfänglich wurden sie nur zum Löschen der Flammen benutzt, aber dann sah man, daß speziell die Kohlensäure, wenn sie in geschlossenen Räumen verwendet wurde, zum Ersticken führte. Also wurde sie als Waffe eingesetzt, und es ist leicht vorstellbar, welches Massensterben dabei herauskam, ebenfalls durch den Einsatz von Feuerlöschern mit Staub und Schaum, die unter den eng zusammengedrängten Schriftstellern zur Panik führten, mit verheerenden Folgen für alle Anwesenden. Sie kamen auch noch darauf, Kupfersolfat, Schwefel, Schädlingsvernichtungs- und Pflanzenschutzmittel zu versprühen, die, durch die Haut oder beim Atmen aufgenommen, die Nervenzentren lähmen. Um die Wahrheit zu sagen, es wurden auch konventionelle Waffen verwendet, obschon sie für diesen Konflikt nicht typisch waren. Man bediente sich entweder derselben Vernichtungsmittel wie bei Stechmücken, Flöhen und Motten, oder es kam zu Mann-gegen-Mann-Kämpfen und zur unrühmlichen Rauferei mit der bloßen Hand.

Um nicht im Anekdotischen steckenzubleiben: Es lassen sich drei Phasen unterscheiden: die erste gekennzeichnet durch die großen gegenseitigen Massenvernichtungen vom März bis zum Juni 1960, durch die Bildung von Territorien, die entweder unter der Macht der einen oder der anderen standen; die zweite, etwas mattere Phase war ein trotz allem äußerst blutiger Frontkrieg. Die dritte Phase, die im November begann, läßt sich als gegenseitige Ausrottung bezeichnen: die letzte Erfindung war nämlich der sogenannte Bakterienkrieg. Die Kritiker fingen beispielsweise einen Schriftsteller lebendig ein und impften ihm eine Meningitis, Scharlach, Keuchhusten oder den Hepatitisvirus C ein und schickten ihn wieder unter seine Artgenossen zurück. Da die Zeiten so schlimm waren, Hungersnöte und Gleichgültigkeit dem Leben gegenüber herrschten, entwickelten sich Epidemien, die zu 50 bis 60 und 70 % verhängnisvoll ausgingen. Das europäische Beispiel wurde in der ganzen Welt nachgeahmt: unter den Schriftstellern verbreitete sich eine schwarze Beulenpest, die drei Monate, von Dezember bis Februar, dauerte und nur wenige verschonte. Bei den Kritikern setzte sich die Cholera so fest, wie man es noch nie gesehen hatte: sie dörrte alle aus, drückte allen die Bäuche leer und ließ sie am Ende wie ein verdorrtes Gedärm liegen; es war die größte Geißel seit Menschengedenken. Wie durch ein Wunder wurde die Zivilbevölkerung nicht befallen. Ungläubig sah sie den Schrecken zu und versuchte die Schäden für sich und ihr Hab und Gut in Grenzen zu halten.

Es wurde weder ein Waffenstillstand geschlossen noch ein

Friedensvertrag unterzeichnet, unter anderem, weil keinerlei Vertretung mehr existierte; die Angesehensten, wenn man so sagen kann, die Erbittertsten auf beiden Seiten waren schon im Gaskrieg der ersten Wochen gefallen. Die Überlebenden redeten irre, halbtot vor Gelbsucht, Skorbut und Stereotypie.

Als in der nördlichen Hemisphäre die Sonne im Widder stand, also Ende März 1961, raubte eine allgemeine Erwärmung des Klimas den allerletzten Kritikern und den letzten Schriftstellern jeglichen Rest an Lebenskraft. Die Jahreszeit wirkte als universales Antibiotikum. In der anderen Hemisphäre gab es noch ein paar verschleppte Lepra- und Staupefälle, einige letzte Raufereien, aber der Hunger hatte schon alle gezähmt. Das Ergebnis dieses Krieges? Rückkehr unter die früheren Prozentsätze, ohne Sieger und Besiegte. Tote beinahe 100 000 000, die Hälfte auf der anderen Seite. In der Nähe aller Hauptstädte beeindruckende Haufen halb beerdigter Skelette; aber jede Stadt, jedes Land legte einen eigenen sogenannten Literatenfriedhof an oder auch ein Ossarium ohne Aufschriften und ohne Namen, in dem alle Knochen zusammengeworfen wurden, nun unter keiner Flagge mehr. Kritiker und Schrftsteller liegen durcheinander in diesen künstlichen Hügeln wie Fliegen und Ameisen.

Ein größeres Problem waren die Kriegsbeschädigten, die Krüppel und die durch Schock verrückt Gewordenen; insgesamt 30 bis 40 Millionen; unter den Geistesgestörten und Schwachsinnigen vorwiegend Schriftsteller (165 % mehr) und eine entsprechende Mehrheit an Blinden und Verstümmelten bei den Kritikern, außerdem Leute mit Verbrennungen von 40 bis 50 % der Hautoberfläche. Ein schmerzlicher Anblick: In den riesigen Siechenhäusern, die sich allerdings mit der Zeit leerten, sieht man noch heute Schriftsteller mit dumpfem, blödem Blick Seite an Seite in der Sonne sitzen wie dürre Holzscheite, und in der Nähe gehen Kritiker spazieren und lassen ihre mechanischen Gelenke und die Rädchen ihrer Prothesen knacken. Manchmal kommt es noch zu Wortwechseln, aber sehr selten. In einem Krankenhaus in Dortmund haben vier Schriftsteller einem Kritiker eine Plastiktüte über den Kopf gestülpt und ihn ersticken lassen. In Lille amüsierten sich die Schriftsteller, die in der Überzahl waren, indem sie einige asthenische Kritiker mit einer Luftpumpe aufpumpten und in ein Brunnenbecken warfen: drei starben an Darmrissen, zwei ertranken. Aber in Krakau vergiftete ein Kritiker allen Schriftstellern systematisch die Suppe mit Bleioxyd, nach einem Massensterben und einer Untersuchung wurde der Kritiker isoliert, er war nämlich noch nicht überzeugt, daß der Krieg zu Ende war.

Aber das sind nur kleine Episoden.

Das Ergebnis war folgendes: In den ersten Nachkriegsjahren waren die Schriftsteller beinahe vom Erdboden verschwunden; in ganz Europa gab es nur noch 30 unversehrte und denkfähige Exemplare, das heißt 0,00001 % der Gesamtbevölkerung. In manchen Staaten fehlten sie völlig, wie in Belgien, Österreich und Nordamerika, wo der Krieg in besondere Grausamkeiten ausgeartet war und im letzten Monat die Kämpfe von Mann zu Mann selbst vor Hauseingängen, Fahrstühlen und Treppenhäusern nicht haltmachten. Auch die Rasse der Kritiker ging beinahe völlig unter: der eine oder andere, so hieß es, sei noch auf den Bermuda-Inseln, einer auf einem Atoll im Korallenmeer, der aber fünfzig Jahre zurückgeblieben sei. Andere, wenige, wohnten in aller Stille auf dem Land und nährten sich von Gemüse.

Es war schon nach acht. ‚Vielleicht hat Wohlmut doch recht', dachte ich, ‚den Enzyklopädien darf man nicht trauen: die sind in Händen der Mafia.' Ich war empört.

Ich hatte das Fenster aufgemacht, um ein wenig Luft zu bekommen. Aber es schien an dem Morgen nicht Tag werden zu wollen oder zumindest mit großer Verspätung, denn draußen war es immer noch Nacht. Ratlos und verzweifelt legte ich die nutzlosen Blätter auf mein Nachtkästchen; die Zähne und der Kopf taten mir weh; ich schloß einen Moment die Augen.

Wieviel Zeit vergangen war, weiß ich nicht; vielleicht eine halbe Minute oder eine ganze. Als ich einen Lufthauch spürte, öffnete ich sie wieder, und es war plötzlich heller Tag, da wunderte ich mich sehr, daß das Tagwerden in so unbegreiflichen Sprüngen vor sich ging. Und auch die Glühbirnen waren wieder normal und machten das gewohnte Licht. Ich schaute auf das Nachtkästchen, ich schaute auf den Boden, in die Schublade, unter das Bettuch, unter das Kopfkissen, aber die Blätter der Enzyklopädie waren nicht mehr da, als hätten sie sich in Luft aufgelöst. Da lag nur ein verstaubter Notizblock. Der Wecker hatte seit geraumer Zeit geläutet. Was war das für ein Tag?

Klett-Cotta
Die Originalausgabe erschien
unter dem Titel »Le tentazioni di Girolamo«

Printed in Germany
Schutzumschlag: Klett-Cotta-Design
Gesetzt aus der 10 Punkt Palatino von Alwin Maisch, Gerlingen
Auf säure- und holzfreiem Werkdruckpapier gedruckt
und gebunden von Gutmann, Heilbronn

Die Deutsche Bibliothek - CIP-Einheitsaufnahme

Cavazzoni, Ermanno:
Mitternachtsabitur : Roman / Ermanno Cavazzoni. Aus dem
Ital. von Marianne Schneider. - Stuttgart : Klett-Cotta, 1994
Einheitssacht.: Le tentazioni di Girolamo <dt.>
ISBN 3-608-93196-1

Riccardo Bacchelli bei Klett-Cotta

Riccardo Bacchelli wurde 1891 in Bologna geboren; in den zwanziger Jahren schloß er sich dem Kreis um die Zeitschrift „Ronda" an, einer Schriftsteller - Vereinigung mit traditionalistischen Zielen. Bacchelli hat ein umfangreiches episches, lyrisches und essayistisches Werk geschaffen. Als Höhepunkt seines Œuvres gilt „Il mulino del Po". Bacchelli starb1985 in Mailand.

Die Mühle am Po

Roman. Aus dem Italienischen von Stefan Andres.
832 Seiten, Leinen, ISBN 3-608-95465-1

„Die Mühle am Po" ist eine meisterlich angelegte, überwältigend erzählte Chronik: Epos von der Geburt einer Nation, Familiensaga und historischer Roman zugleich. Die Literaturgeschichte bezeichnet dieses Werk als„ohne jeden Zweifel größten italienischen Roman der ersten Hälfte dieses Jahrhunderts".
„Der Roman, der den Erzähler Bacchelli in der ganzen Welt bekannt gemacht hat." *Norddeutscher Rundfunk*
„Ein großartiger, mitreißender Roman". *RIAS Berlin*

Der Komet

Roman. Aus dem Italienischen von Stefan Oswald.
354 Seiten, Leinen, ISBN 3-608-95667-0

Die Tage der Bürger von Fumalvento sind gezählt: Ein Superkomet stürzt auf die Erde zu, und hier, im Herzen der Emilia Romagna wird er auftreffen. Jedenfalls hat Pomilio Bruscantini dies prophezeit, Astronom und Mitglied der allmächtigen Geheimgesellschaft Gran Congretà ...
Ricardo Bacchelli fabuliert, augenzwinkernd, mit schier unerschöpflichem Einfallsreichtum.

Dino Buzzati bei Klett-Cotta

Dino Buzzati wurde 1910 in Belluno, Veneto, geboren. Nach seinem Jurastudium wurde er als Journalist schnell bekannt durch seine Beiträge zur Cronica nera. Kriegsberichterstatter, danach Chefredakteur beim Mailänder „Corriere della sera".
Buzzati starb 1972. Sein Werk umfaßt Romane, Erzählungen, Theaterstücke.

Die Tatarenwüste

Roman. Aus dem Italienischen von Stefan Oswald.
238 Seiten, gebunden, ISBN 3-608-95643-3

Dieser Roman des italienischen Erzählers Dino Buzzati ist die Parabel eines Lebens, das durch Hoffnung und Illusion um seinen Sinn betrogen wird. Der junge Leutnant Giovanni Drogo wird auf ein abgelegenes Fort am Rande einer weißen Steinwüste kommandiert. In Erwartung großer Ereignisse nimmt er seinen Dienst auf: ein Tatarenheer, so lautet das Gerücht, sammelt sich im Norden zum Angriff.
Das Reglement in den einst mächtigen Mauern der Festung erweist sich zunehmend als sinnleeres, ja absurdes Ritual.
Die Jahre vergehen; die manchmal fieberhaft herbeigeredete, dann wieder ganz unwahrscheinliche Stunde der Bewährung bleibt aus.
In magischen Bildern von großartiger Eindringlichkeit zeichnet Buzzati eine Existenz, die sich im unerbittlichen Fortgang der Zeit verliert.

Panik in der Skala

Erzählung. Aus dem Italienischen von Fritz Jaffé.
68 Seiten, Pappband, ISBN 3-608-95587-9.

Die lächelnde Bourgeoisie ist zu einer Premiere versammelt. Der Komponist Pierre Großkopf wird vorgestellt, verdächtig, durch untergründige magnetische Ströme mit den politischen Extremisten in Verbindung zu stehen. In einer Loge sitzen drei Männer mit Gesichtern, aus denen eine finstere Entschlossenheit spricht. Sind sie Sendboten einer Revolution? Gerüchte kommen aus den Vororten, bei der Polizei weiß man nichts Genaues, das Publikum traut sich nicht mehr nach Hause. Bald geht es in dem Theater zu wie in einem provisorischen Flüchlingslager.
„Ein Kabinettstück moderner Novellistik", urteilte die Frankfurter Allgemeine Zeitung.

Kieseritzky bei Klett-Cottta

„Kieseritzky hält seine Leser in Bewegung...Amüsements und Schocks lösen einander ab, hingerissen zwischen Sprachwitz und Denklust wird die Lektüre zum Ereignis."

Die Zeit

„... seine Fan-Gemeinde wächst von Buch zu Buch."

Stern

„Stilsicherheit und technische Brillanz, Gedankentiefe und historische Geistesgegenwart - da ist alles, was große Literatur ausmacht."

Süddeutsche Zeitung

Das Buch der Desaster

Roman. 214 Seiten, gebunden, ISBN 3-608-95497-X

Anatomie für Künstler

233 Seiten, gebunden, ISBN 3-608-95648-4

Der Frauenplan

Etuden für Männer.
Roman. 326 Seiten, gebunden, ISBN 3-608-95728-6

Obsession

Ein Liebesfall
112 Seiten, gebunden, ISBN 3-608-95171-7

Trägheit oder Szenen aus der Vita Activa

215 Seiten, gebunden, ISBN 3-12-904670-4

Die ungeheuerliche Ohrfeige oder Szenen aus der Geschichte der Vernunft

244 Seiten, gebunden, ISBN 3-12-904481-7

Der Sinnstift

Hörspiele. Nachwort von Manfred Mixner.
320 Seite, gebunden, ISBN 3-608-95901-7
Mit zwei Hörspielkassetten